通識教育叢書・通識課程叢刊

中文實用寫作二十講

張高評　主編

代序

改革、轉化、創新、應用

「大一國文」課程，大學生需不需要持續修讀？這個問題學界已爭論了三、四十年，仍然莫衷一是。眼看大一國文學分，從八學分降為六學分，再降為四學分，有些大學只剩兩學分必修。可能將下探兩學分選修，看來了無止跌回升跡象。這反映了學術生態的現實狀況，在人為刀俎，我為魚肉的形勢下，中文學界一直束手無策，任人宰割，甚至坐以待斃。課程限縮了，員額也隨之縮減了，語文教育走向黃昏夕陽。問題的癥結，固然在教學方法的講究，但是教材內容的選取偏向，更左右了教師之揮灑，教材之施展。

教材好比劇本，教師猶如演員，教法就是演技。有了一流演員，若搬演不合時宜的劇本，受限於劇本，演技再好，將不受歡迎。其實，通識國文的困境不難解決，能否因應客觀形勢，接軌現實生活，選編合宜教材，當是核心關鍵。什麼是合宜教材？指轉化專業知識，連結職場需求，追求實用與創意，切合現代和生活。以如是之理念編寫教材，用這種精神實施教學，與時俱進，學用合一，教學品質將可望改善，學習興趣將可以提升。傳統之大一國文教學，負載太多的文化使命、哲學思辨、文學美感、真理追求。教人成聖成賢，作君作師，一副「斯文在茲」的模樣。這樣期許與理想，較之其他系所之教學，未免沈重，未免不切實際。在這功利掛帥，實用領航之時代，自然被評價為成效不彰，偏離實際，列為退場觀察之課程。

管理學大師彼得杜拉克（Peter Ferdinand Drucker, 1909-2005）針

砭美國大學教育的缺失，以為「都以學科為主」，「是以產品為導向，而不是以市場或最終用途為出發點」；然而職場需求的人才，「愈來愈強調應用，而不是學科的訓練」。影響所及，於是學術的專業與市場的需求，嚴重脫節。這現象也發生在臺灣的大學教育，人文學門特別嚴重，大一國文教學只是具體而微的冰山一角而已。人力銀行研究指出：學用合一的系所出路好、薪水高、容易找到工作，因為它切合市場需求。所以，臺北科技大學電機系博士班員額，提供給在職進修半數，這是回歸市場導向；臺灣大學中文系與電機系合作，開授程式設計課程，目光已關注「最終用途為出發點」。廣達電董事長林百里，向來關心高等教育之創意，最近提出「創新，是要發展應用！」或許科學教育愈來愈注重學科訓練，而不是強調應用，所以科技大老才有如是的呼籲。科技教育偏向學科訓練，都要拉回應用主軸；人文教育之課程設計，大一國文之教材內容，豈可持續不食人間煙火？僅傳授些陳意過高的「屠龍之技」，而忽略了世間並無龍可屠之事實。

從先秦兩漢以來，儒學大師一致標榜經世致用，宋代理學開山胡瑗強調「明體達用」，明清思想家顧炎武等治學更提倡「實學」。有使命、有策略、有目標，士人不能為學問而學問，為教學而教學。《尚書》〈洪範〉所謂「利用、厚生」，強調學以致用，正是傳統儒者標榜之「最終用途」。「為往聖繼絕學，為萬世開太平」，是文化傳承者的口頭禪，明體達用不應該只是宣教的口號。大一國文教學既是中華文化存亡絕續之所寄，面臨不絕如縷之危機，就必須實事求是地承擔，勇於改革、轉化、創新、應用。危機往往就是轉機，態度決定高度，格局影響結局，該是通識國文反思內省的時候了。大一國文何去何從？中文教育應持續墨守？或走向翻轉創新？《易》〈文言〉所謂「窮變通久」，早作絕佳之提示。

大一國文學分的遞減效應，背後隱藏許多過來人的失望與不滿，長久積累了三、四十年，絕非一朝一夕之故。由於有必修作為保護傘，所以教師笑罵由人，教材教法仍然我行我素。有朝一日如果改為選修，下場之悽慘，應該不難想見。有鑑於上述之認知，筆者於十年前執行教育部頂尖大學計畫，組成「實用中文寫作」計畫團隊，持續五、六年，針對語文表達之實用化、創意化、生活化、現代化，林林總總，共研發八十餘個子題。先後出版《實用中文講義》上下冊、《實用中文寫作學》一至六編。同時啟動研發團隊，前往臺北、新竹、雲林、嘉義、臺南、高雄等大學院校，宣揚實用中文寫作之理念，培育種子教師。其中，與國立臺北護理健康大學姚彥淇教授、國立臺北教育大學孫劍秋教授密切合作，三民書局協辦，已舉辦五次研習會，科技院校、高中教師參加者逾五百人次。影響所及，科技院校教師紛紛參考「中文實用寫作」理念，自編通識國文教材。大家同心協力，已跨出革新教材之步伐，成功不必在我，可喜可賀。

推廣「中文實用寫作」之理念，主要在提升教學品質，引發學習興味。教材之改革、教學之創新，不再只是以培養優質產品為導向，而是「以市場或最終用途為出發點」。教學分流，因材施教，是核心觀念。好比螺絲釘的製造，設計之初、生產之中、出廠之後，究竟是拴在玩具上？裝在飛機上？甚或應用在人造衛星上？相信早有明確的規劃，以及審慎的精算。以「最終用途為出發點」，真乃實事求是之科學精神。「中文實用寫作」的理念，正是如此：標榜實用，追求創意，以生活化為表達場域，以現代化為最終用途。明體達用四字，正是自渡渡人的執行策略。在教學操作上，以個人儲備之人文素養、語文能力為本體、為本位，結合市場需求或最終用途，進行改革、轉化、創新、運用。如此，將可以學用合一，功不唐捐。

有關大一國文教材之研發子題，前四年為成功大學邁向頂尖的項目，後二年改為雲嘉南區域教學中心的計畫，感謝成功大學與教學中心的經費支持，更感謝本研發團隊的同心協力。本計畫著重教材之研發、教法之創新，較貼近教學中心之期待。結案報告，共研發十六個「中文實用寫作」之子題。外加先前研發之公文寫作、自傳寫作、命名取號及論文選題，共二十個子題，總為一編，名為《中文實用寫作二十講》，為學界開拓學用合一的課程，提供別開生面的教材。它，有可能作為改善國文教學之救病良方，更有可能成為拯救大一國文的諾亞方舟。如何利用厚生？存乎一心而已。

《中文實用寫作二十講》，可歸納為三個單元：其一，生活指南，舉凡民生日用之必須，以實用化、生活化、現代化為導向，而進行教學寫作。此一單元當為教學之重點與大宗。其二，研習密碼，肄業大學必須具備若干通關利器，嫻熟一些進階本領，以便將來學以致用。其三，創作入門，專家現身說法，學者金針度人，企圖提示竅門，鑿開璞玉。要之，三者皆不以明體為已足，尚須落實表現運用。

電影《侏儸紀公園》有句對白：「生命都會尋找出口！」找到出口，就等於找到活路，《中文實用寫作》系列論集之編印，正有此種企圖和用心。改革傳統、轉化本體、創新教材、結合應用，自己課程自己救，大家一起來！

張高評

國立成功大學名譽教授

二〇一五年十二月二十八日

目次

一　生活指南

二　研習密碼

三　創作入門

一　生活指南

學習好好寫自傳

邱文仁*

根據 yes123 求職網的調查，百分之六十六點二的面試官表示，只會花「六十秒以內」看一封履歷表！只有短短「六十秒」，面試官決定要不要繼續看這封履歷表？同時，決定求職者是否有進一步的面試機會。

從此可知，履歷表的好壞，關鍵性的影響你的面試機會。

而想得到一份好工作的您，知道企業「初步篩選履歷表」，會依據哪些條件呢？

調查顯示，企業「初步篩選履歷表」的步驟，是先關心求職者的「學歷學科」、「工作經驗」、「技能專長」等等。因此，求職者想在茫茫履歷表中脫穎而出，對於個人經驗、技能專長的描述務必清楚明瞭！其技巧是「詳細但不繁瑣」，適時用「點列」、「條列」的寫法，能讓企業主更一目了然。

不寫自傳，面試機會拱手讓人！

但是，求職者也千萬別忽略了自傳。

---

* 職場達人，前 yes123 求職網副總經理。

一封自傳，可以透露出求職者的思維模式、邏輯能力、個性及文字表達能力等等。其重要性絕對不亞於「點列」、「條列」的履歷表。

所以，對求職者而言，寫出讓面試官願意給予面試通知的「履歷表」及「自傳」，都是求職者一定要擁有的基本功夫及入門票。不過，每年都有高達四成的求職者沒有寫自傳。履歷表與自傳，就是企業主在見到求職者前，評斷「是否給與求職者面試機會」的唯一依據。所以，寫了履歷表卻不寫自傳，等於把面試機會拱手讓人。

基本上，沒有寫自傳的履歷表，是很難得到好工作的面試機會的！

我在人力資源行業工作十二年的資歷中，看過無數的履歷表及自傳。我發現，即使求職者寫了自傳，也不一定符合企業的需求。特別是社會經驗較少的新鮮人寫自傳，往往有「寫作口語化」、「火星文」、「錯別字」等等毛病。尤其「開場白」和「結語」，可能會讓面試官大吃一驚！

但是社會新鮮人也不必太害怕，因為年輕人的工作經驗一定不會太豐富。所以，社會新鮮人一般自傳長度約八百至一千字，內容可分三段，必須每一段落都切中「求職」主題，為最佳寫法。

自傳錯誤一：花太多篇幅描述家庭背景

大部分新鮮人寫自傳，都會從「家庭背景」寫起。但往往會一不小心就寫太多，變成一篇叫「我的家庭」的文章。所以，企業主看完後，還是不知道求職者要應徵什麼職務。往往，面試官只稍微掃描自傳，當六十秒內還看不到所關心的訊息時，你費心準備的自傳，面試官也不會有耐心往下看了，實在很可惜。

自傳錯誤二：不合適的創意，會阻擋面試機會

還有，因為年輕人的創意當道，有一些新鮮人會使用「特別的開場白」，企圖讓主管「驚豔」。不過，「驚豔」不成，反而造成「驚嚇」。

曾經有求職者在自傳開頭寫著：「在下於二十五年前，從裂縫中來到台南的小鄉鎮。打從母親看到在護士懷中的我，很殘酷的說了：『好醜噢！這不是我生的！』之後，便開始了我沒人愛的傷感童年。」

試想，如果你是面試官，你會如何反應呢？

我也曾經看到一篇自傳，寫著：「本篇分成兩大部分，前面都是鬼話，後面是結論。若是不想看臭蓋，請直接跳至最後一段」！或是，「我是一個來自東部的傻小子，對未來有著極不確定的惶恐」。

這些自傳開場白，雖然滿有特色，但這些訊息，讓面試官覺得該求職者抓不到重點，或是，曝露太多缺點。所以，並不會讓我有邀請該求職者來面試的念頭。

自傳的第一段，求職者可直接針對「個人學歷、學科、學習」符合企業需求來做說明。多敘述自己在校所修過的課程、做過的專題，以強調個人專業能力沒問題。但不需要多餘延伸自己的求學態度，或自謙自己什麼都不會。

例如，我曾經看過有求職者寫著：「學長曾說過一句話：準備研究所考試的那一年才發現，很多觀念都是睡覺睡到一半，起床上廁所的時候忽然想通的！之所以對這句話那麼深刻，是因為大學階段的成績不好，但我認為，總有一天能搞懂土木到底在學什麼！」、「到大學期間，也是沒什麼認真讀書（汗……會不會太誠實……但是沒辦法，我這個人真的不太會說謊，各位老闆企業主看到了請多多包涵）。」

類似像以上內容若寫在自傳中，就很不恰當。雖然我看到了總是想笑，但無助於讓我了解求職者是否能勝任職務。所以不可能給予面試機會！

第二段，在「敘述社團和工作經驗」方面，我建議求職者盡量舉出社團活動或兼職打工期間的具體貢獻。或是連結過去的經驗與求職目標的相關性，說服企業主「你就是他要的人」。

我也曾看到求職者寫到：「有句軍中諺語『流血流汗不流淚，掉皮掉肉不掉隊』，頗能勾勒出我在軍中的生活寫照」；「大學時代，在『吃』這方面有特殊表現，曾是系上大胃王比賽的冠軍。本人秉持我不入地獄，誰入地獄的佛家精神，為同學們服務。」

這一類特殊的順口溜或事蹟，與求職無關。雖然趣味性十足，卻無法展現個人優勢特質，也無法讓我給他面試機會。

第三段，新鮮人要加強說明個人的競爭力，以及再次表達進入企業的企圖心。寫自傳最忌虎頭蛇尾，而且求職是一個互相尊重互動的過程，求職者不需要自我貶抑或顯得偏激，但也需要注意應有的禮貌。若新鮮人寫著以下語句，建議務必修改內容。

例如：「只要你有錢，我就是忠誠的一條好狗！（good boy~）come！」；「師長曾告戒我『過旺的自尊心，成為職場上的致命傷』。我已經知道在職場上沒有人在乎我的自尊！」；「最近我在處理一些事情，電話可能會漏接，也不會回撥。個人目前沒什麼收入，所以儘量省錢，沒事不要撥電話給我，最好用 e-mail 連絡。」

另外有新鮮人可能為了表示慎重，使用較艱澀的文言文，如：「敝人甚盼有幸參與此項工作，若蒙執事先生慧眼，請撥空通知，不棄本人面試為荷。專此，順頌商祺」。

在自傳結尾的部分，求職者不需要特別使用此類句型，除了用法可能錯誤，還容易出現錯別字。新鮮人只要使用最熟悉的白話文，再次表達個人的專業、個性、態度競爭力，企業主自然能從求職者的履歷自傳中，了解其「思維模式」、「表達能力」、及「所學所能」，判斷是否給與面試機會。

以下是我建議的第一種版本

第一段：我的學歷、學科、學習，是你要的人

新鮮人可將自己在校所學，與所應徵的職務所需知識緊密相扣。可敘述一下自己在學校修過什麼課程或所得到的好成績，（如果成績不好就不要提了！）表明自己的學歷、學科、學習，與所要應徵的工作有高度相關。

如果未來想做的工作與本科系所學無直接關連，也可透過陳述「擁有相關證照」、「曾經選修或旁聽相關課程」，以及「常常閱讀相關雜誌書籍」的經驗來補強，在在表示自己的學習能夠因應未來職務的需要。例如：

以心理系畢業生應徵金融產業理財專員為例

本人畢業於世新大學心理系，在校期間，除了用心鑽研本科系的必修課程之外，由於本身對金融知識充滿高度興趣，因此另外選修了財務金融系的金融市場分析、總體經濟學、個體經濟學、基金管理、財務管理等課程。在大三那一年，並考取信託專業證照、人身保險專業證照，對金融知識充分了解，有把握在工作中應付自如。

如果沒有修課經驗、也沒有證照的話，可以這麼寫

本人畢業於世新大學心理系，在校期間，除了用心鑽研本科系的

必修課程之外，由於本身對金融知識充滿高度興趣，我常常利用課餘時間，到財務金融系旁聽金融市場分析、總體經濟學、個體經濟學、基金管理、財務管理等課程。也有固定閱讀商業週刊、財訊雜誌、哈佛商業評論、*Newsweek* 等國內外財經讀物，不但對金融知識有充分了解，在英文能力上也多有精進，有把握在工作中應付自如。

第二段：我過去的工作、社團經驗所呈現的經驗及個性，是你要的人

如果想應徵工程師，在校期間又曾經在某大企業的資訊部門有過工讀經驗，便可以大書特書，強調自己過去的經驗有助於未來擔任工程師的職務。

倘若學生時期的兼職經驗沒有「直接」和「未來工作」相關，也可以用「個性」、「態度」上的共同性來呈現，凸顯自己與該職務間的關連。例如：

理財專員需要溝通能力、挫折容忍力、團隊精神及服務精神等特質

在校期間，我曾擔任系學會會長，帶領過十五個幹部舉辦校園商業競賽活動，學到溝通、協調、合作的藝術。對於自己與人溝通及管理組織的能力深具信心，也深知組織中團隊合作的重要性。而由於心理系的訓練，我的挫折容忍力也比一般人高出許多，能夠永遠保持積極進取的精神，處理每一項迎面而來的挑戰。

此外，我在大四時曾利用課餘時間擔任星巴克（Starbucks）服務人員，不但因此熟悉應對進退的所有禮儀，我也發現自己非常喜歡服務人群。看到顧客能夠享受滿意的服務，是我擔任服務人員期間的最大樂趣。

如果沒有社團經驗、也不曾工讀的話，可以舉出在課業上學習的經驗佐證

在校期間，由於心理系的訓練，我發現我的挫折容忍力比一般人高出許多，能夠永遠保持積極進取的精神，處理每一項迎面而來的挑戰。再加上心理系的教學強調「團體合作、小組分工」，因此我從四年來數十次的小組報告，以及人物採訪與研究中，學習到與人溝通、協調、合作的藝術，也深知組織中團隊合作的重要性。如果未來能夠幸運地擔任理財專員，我有充分的信心，在面對與客戶溝通、和人群互動的情況時，能夠順利並快速地提供客戶所需資訊。

第三段：再次「強調個性上的競爭力，是你要的人」

新鮮人在這一段可多多表達個人的學習精神及企圖心，例如勤奮、積極、樂於學習……等，並懇請面試官給予面試機會。例如：

我的個性開朗，而且願意不斷地學習。若未來有機會進入貴公司，我將不斷精進自己的專業知識，並會向同事、主管請益，懇請給予面試機會。

自傳就像個人的廣告信，在履歷中要盡量凸顯自己的優勢，以及本身的「學科」、「技能」、「個性」、「態度」和未來職務之相關性。如果自傳寫得很好，就會更清楚的知道自己和未來這份工作的關連性。這樣的準備，讓求職者即使在面試時，也會別具信心，可說是一舉兩得！

如果用以上這種方式寫自傳，就可以把自己的過去（包括自身擁有的知識、技能、個性、態度），和新工作所需要的職能「串接起來」。如果能做到這一點，連面試都會「贏」。

面試時最常問的問題，就是，**你為什麼想應徵這份工作？**

因為求職者經由寫自傳的過程，已經很有邏輯的，把自己的「過去」和「未來」串聯起來了。所以，當面試官問求職者「你為什麼想應徵這份工作？」時，求職者大可以用自傳中所陳述的內容，表達自己擁有該職務所需要求職者具備的「知識、技能、個性、態度」。因為對這份工作有興趣，也對於從事該工作非常有信心，這就是應徵這份工作的理由。

當然，如果以自傳中「具體的例子」，說明本身具備該職務需要的「知識、技能、個性、態度」就更具說服力了！

面試官還很喜歡問求職者：**你有什麼優、缺點？**

當求職者被問到這個問題時，最好的答案，是面試官「想聽」的答案。

關於問到你的「優點」，如果是和該職務所需要的特質吻合，是面試官「最想聽」的答案。

根據上面的自傳（以心理系畢業生應徵金融產業理財專員為例），理財專員因為是業務職，所以，「挫折容忍力高，溝通能力強」是該職務需要的個性競爭力。所以，如果你回答自身的優點是「挫折容忍力高，溝通能力強」，面試官會感到你就是他要的人才！而且，面試官可能會要你舉例說明，這時候，以自傳中的範例陳述，用口語向面試官表達，更具說服力！

另外，當面試官問求職者：你有什麼「缺點」時？求職者該怎麼回答呢？

求職者請注意！人或多或少都有缺點，如果面試官問到你的「缺點」，千萬不要胡亂回答！要先準備一個跟工作「無關痛癢」的缺點，才不會引起面試官的疑慮。在不同類型的缺點中，面試官最不能接受的缺點，其實是「人際關係不好」！「人際關係不好」是面試的大地雷！一定要避免相關的答案！

不過，雖然「你有什麼缺點」是一個面試必考題，但不管求職者打算怎麼回答，這「只是」面試的題目而已。請務必注意！**求職者「完全不必」在「自傳」中描述自己的任何「缺點」**。因為，自傳是幫助求職者得到面試機會的必要步驟，等於是個人廣告信。求職者不必先在自傳中自曝其短，免得一不小心在字裡行間曝露不必要的負面訊息，因此喪失面試的機會。

在很多的面試過程中，面試官很喜歡讓求職者「自我介紹」。這時候，如果你曾經以以上的格式寫自傳，求職者大可以以自傳的內容為「底子」介紹自己。

一　將自己在校所學，與所應徵的職務所需知識緊密相扣。可敘述一下自己在學校修過什麼課程？或，陳述自己得過的好成績，表明自己的學歷、學科、學習，與將要應徵的工作有高度相關。

二　陳述自己過去的工作經驗或社團經驗，從中表明自己擁有相關工作經驗或是在個性、態度上，與應徵的職務穩合。

三　最後，表達個人的學習精神及企圖心，例如勤奮、積極、樂於學習……等，希望得到面試官的認同。

在某些外商公司，求職者甚至被要求用「英語自我介紹」。這時候，只要把自傳翻譯成英文，用相同的邏輯做自我介紹，也是一個很好的表達！

總之，過去你可能不在意的「文字表達能力」，但這種既基本又簡單的能力，竟然會是老闆考慮用人的第一個重要項目！試想，求職者如果沒有透過履歷表和自傳的正確表達，又怎麼會進展到面試階段呢？在人事主管收到履歷表的那一刻，就已經在體會求職者的「文字表達能力」。所謂文字表達能力，包括「有沒有錯別字？」「文法通不通順？」最重要的是，「有沒有充分表達自己的專長？」等等。求職者必須通過文字表達能力的考驗，才會進展到面試階段。

其實在面試的過程中就已經自然的篩選了員工的表達能力，因為員工的表達能力會立即運用在工作上。上班族必須寫出簡明、沒有錯誤的句子，隨時運用在文書及報告中，更遑論傳播及文字工作者。

不過，你也無須認為自己的文字欠佳就氣餒。只要多多練習，多閱讀，自然可以愈來愈駕輕就熟。寫作絕對是愈磨愈利的技能，不妨先從順暢達意開始練習，進而進展到深度和廣度。

在工作場所中，「良好的表達能力」，不但是一個重要的利器，也是老闆們最重視的能力之一。無論是對內溝通或對外發表、提案，「表達能力」都十分重要，這雖然只是一個基本技能，卻絕對不能忽視！即將邁入職場的你，必須常常練習增進你的「表達能力」，才能在求職面試時，及未來進入職場中，表現得更加傑出。而自傳就是你進入職場的第一個「表達能力的考驗」，也是第一個「表達能力練習」的開始！

而求職者也可以參考另一種自傳格式，求職者以條列式表達：（一）成長背景、（二）大學主修、（三）相關經歷、（四）未來規劃。這種格式也是求職者可以參考的範本。例如：

一　成長背景

國中時，我們全家搬遷花蓮。在好山好水的環境中，讓我培養了開放的心胸！自小，我對陌生環境抱持著冒險精神，體會到凡事皆為挑戰；再加上父母對我的教育，使我能夠獨立思考，對事情，也抱持著認真負責的態度。

二　大學主修

從小，即認定學習外語的志向，英文也因興趣關係，一直保持不斷學習。高中參加全民英檢，得到八百九十五分；到了大學，選擇就讀日文系，而擁有第二外語的能力，也有助於搜集資訊，及多角度的思考。我非常喜歡閱讀，透過閱讀，開拓了更寬廣的視野。

三　相關經歷

（一）日文學系／協助辦理活動、系刊編輯製作以及日文家教實習

大二起，即加入編輯系刊的行列，編輯工作養成我凡事細心的習慣，我也同時負責設計封面、封底，系刊印刷成冊後，得到大家的好評。而家教實習，則是每週兩次實際上臺教學，藉此加強臨場反應力及增加實作經驗。

（二）社團活動／加入服務性質的社團

利用寒、暑假期間，一年定期兩次返鄉服務，我七次深入偏遠地區的國小，舉辦營隊活動。我曾接任營隊文宣組組長，兼任隊輔職位。雖然每天都有很多事情要處理，但社團夥伴總是發揮團隊合作精神，彼此都有服務人群的共同目標，最後圓滿完成任務的喜悅與成就感，是我一生難忘的美好回憶。

（三）打工經驗／某某企業計時人員

利用服役前的空檔，曾到某某企業敦北店工作，工作內容包括進貨點收、標籤製作、貨品清點、環境清潔、會場布置、文宣派發等等。雖然項目繁多，但是我都能樂在工作。工作中的我充滿熱情，與同事相處良好，對於交辦事項用心負責，經常得到店長讚賞。

四　未來規劃

在臺北就學期間，除專注學業外，也熱衷參與許多展覽和藝文活動，充實不少文化相關概念。未來我想從事編輯、記者、或藝文相關工作，期許自己磨練出更多的實務技能，培養更多的創意思考與靈敏度。當然，也透過不斷的付出及學習，能對貴公司產生貢獻。懇請給予面試機會。

問題討論

題目一：自傳為填寫履歷的必備，寫了履歷表卻不寫自傳，等於把面試機會拱手讓人。自傳的寫作，亦有其技巧及方法，不可輕易忽略，如火星文等，都是應避免的。本文曾列舉了幾項寫自傳易犯錯誤，你可以列舉出來嗎？或者你覺得還有其他哪些易犯的錯誤呢？

題目二：履歷被採用，是求職成功的一大步。但是最關鍵的關卡，莫過於面試，面試的應對決定是否被錄取。因此，本文中列舉了幾種面試時常會遇到的問題，如「你有什麼優、缺點？」、「你為什麼想應徵這份工作？」，你可以試著模擬面試情境，寫好你的答案，模擬面試過程而加強應對嗎？

題目三：除了自傳之外，面試場合，時常會要求求職者做簡單的自我介紹。本文中已提供了自我介紹的秘訣，如與工作內容作緊密結合，聰明如你，可否依照本文所教授的技巧，試著擬訂草稿，作自我介紹的練習呢？若您所要應徵的工作，需要外語相關能力，可否試著以外語作自我介紹的練習呢？

自傳寫作的原則和要領

張高評*

自傳，是自我形象的寫照，是哀樂人生的剪影，是投石問路的明燈，更是自我行銷的利器。記述不必鉅細靡遺，但要具體而微。不宜敷衍了事，虛應故事，應講究凸顯個性，表現才情，展示優長，傳達神韻。另外，人生觀點、自我期許，自傳中亦不妨順帶略及。

自傳，文體上屬於傳記之一種。《左傳》、《史記》，堪稱史傳文學、人物傳記的典範作品。傳記寫作，追求史學之真、文學之美：敘事宜忠誠真實，文筆宜優雅美妙，《左傳》和《史記》有絕佳的示範。自傳雖是個人生平的實錄，寫作時若能取法乎上，以史傳文學或敘事文學為標竿，借鏡其中的原則與要領，則可望寫出信、達、雅的作品。對於自我行銷、平生簡介，必有助益。

筆者從事《左傳》、《史記》的教學研究多年，今借鏡史傳文學的表現，參考創造性思維的寫作，用現代的文字演繹出來，希望有助於自傳的寫作。為了方便解說，有關自傳寫作，歸納為雙原則，五要領：

* 香港樹仁大學中國語言文學系系主任、成功大學名譽教授。

自傳寫作的雙原則

一　量身訂作與獨一無二

《左傳》敘寫春秋五霸，齊桓公、晉文公、宋襄公、楚莊王、秦穆公，各有功業，各有形象；同敘戰役，亦絕不犯重。《史記》同敘武將，孫武、孫臏、吳起、韓信、李廣，各有精神面目；同傳謀臣，張良、陳平，亦皆風格獨具，絕不千篇一律。梁啟超《中國歷史研究法補編》論史德，所謂鑑空衡平，敘述忠實。

展示個性、體現才能，是自傳寫作的第一個要領，「量身訂作，獨一無二」，是其要求。所謂「人心不同，各如其面」，自傳內容有其獨特性，不同人有不同之精神面目。因此，每一篇自傳，從個性、家庭，到求學歷程、處世經歷，到人生成就，未來展望，都要像自畫像一般，如實反映，真誠不妄。不能複製，不容虛假，不許誇大，不可雷同，猶如相體裁衣，獨一無二，這是自傳寫作的第一個原則。

二　常事不敘與大書特書

清方苞提倡古文義法，曾稱：「《春秋》之義，常事不書，而後之良史取法焉。」「常事不書」，是孔子作《春秋》時材料取捨的原則。影響所及，不管是《左傳》、《史記》、《漢書》，或者是其他史書，以及現在的新聞報紙，也多傳承筆削大義，遵守「常事不書」的潛規則。新聞報導的基本原則，平常的事，是不會去關注的。所謂狗咬人往往不是新聞；但是人咬狗，就絕對是新聞。

不管是雜誌還是報紙，記載的都不是平常事件，此即所謂「常事不書」。同理，平凡尋常的事情，不必寫進自傳裡面。要寫的是人生重大事蹟，特別的經歷，值得大書特書的功業。還有，要敘記生活中富有代表性的、關鍵性的、最難忘的、轉捩點的事件。也許是最好的，也可能是最壞的，選取最重要時刻，最經典的事件，來凸顯你的人生閱歷，記錄你的成敗毀譽。自傳下筆前，先要回首前塵，蒐集材料，從記憶深處淘洗出重大事件、特別事件。首先，挑選成功的、光彩的事件，加以大書特書。其次，失敗的教訓、挫折的啟示、異常的經驗、難忘的觸發，也都值得採錄入傳，大書特書。

綜要言之，自傳涉及材料的取捨，筆法的詳略、重輕，乃至於常事不書、大書特書，多不離《春秋》「筆削」手法的運用。

自傳寫作的五要領

一　凸顯亮點與擇精語詳

晉陸機（261-303）〈文賦〉云：「立片言而居要，乃一篇之警策。雖眾辭之有條，必待茲而效績。」建立警策，就是凸顯亮點。運用鮮明的形象，生動的語言，將主要訴求，典型事件，中心旨趣，重大轉折，作擇精語詳之強調。自傳寫作，是實用文章之一環，自然以創意為依歸。突出亮點，作為一篇之警策，猶「萬山磅礴，必有主峰；龍袞九章，但挈一領」，為讀者設想，警策與挈領都是亮點的設計。《左傳》敘城濮之戰，著眼於「報施、救患、取威、定霸」；《史記》敘信陵君，提敘「仁而下士。士無賢不肖，皆謙而禮交之，不敢以其富貴驕士。」作為事件敘述之綱領，個性寫作之亮點，值得取法。

材料既已蒐集，事件業已取捨排比，接下來就要「擇精語詳，凸顯亮點」。所謂亮點，大抵指的是精彩的事件，眉飛色舞的經歷。人生重大事件、特殊事件，加上精彩事件，這個部分要寫的特別詳盡，因為這是你最得意的人生片段。重大的、特別的事件，有時候是負面的，比如說有一件很丟臉的事蹟，很失敗的經驗，很挫折、很沮喪的遭遇，這也是重大、特別的事件，刻骨銘心，令人難忘，引人反思。重大的、特殊的事件看似負面的，最終卻逆轉勝，可以經由亮點設計，在自傳裡面作強調。從中得到什麼寶貴的教訓？得到什麼深沈的反思？也可以作為一篇之警策。所謂「前事不忘，後事之師」;「前車覆，後事可鑑」；所以，歷史教訓也不妨坦然面對，寫入自傳中。畢竟，再不堪，那也是人生經歷的一部分。總之，無論不堪回首或精彩得意，自傳裡都要寫得稍微詳盡，外加重點渲染。所謂詳盡，就是文字要稍微多一些。有關亮點事件絕對不能只平鋪直敘，有必要重點強調，渲染烘托。

自傳凸顯亮點，令人印象深刻，往往引人入勝。既因此了解你的人生片段，更體察到你的應變能力、情緒智商、個性特質，以及創發性、執行力。因此，必須精心設計，刻意經營。

二　比事屬辭與義以為經

孔子作《春秋》，由其事、其文、其義三者綴合形成。《禮記》〈經解〉稱:「屬辭比事，《春秋》教也」；事件如何編比？辭文如何連屬？一切歸本於義意的指向。清方苞論古文義法，以「言有物」為「義」,「言有序」為法。據此，則史事編比，辭文表述，皆屬書法的範疇。方苞所謂「義以為經，而法緯之」，義在先，而法在後；所謂「法以義起」、「法隨義變」云云，就義法、文法而言，其事、其文、其義之辯證關係，誠為一針見血之論。自傳寫作，先選擇一生的代表事蹟，接著安排述說次序；其次，運用文辭連綴事件。千言萬語，皆以凸顯立意之旨趣，塑造自我的形象為依歸。

自傳，經由自我形象的塑造，來展示各個層面的自我，所以選擇素材很重要。在尚未下筆之前，要先想好：自我形象怎樣透過這篇自傳來塑造？如何讓人家知道我的個性才能？這不只是平鋪直敘即可。我處世待人的態度如何？學業專長表現如何？閱歷經驗如何？未來展望又如何？最好透過素材的選擇，事件的排比，經由文字的前後連屬，綴合聚焦在某一個主題上，這就是比事屬辭。譬如自傳決定寫自己曾經是個不怎麼樣的人，於是敘記失敗、挫折、消極、不爭氣的事蹟，但由於某一個關鍵因素，痛定思痛，浴火重生，變成一個積極向上、奮發有為的青年。形象既已轉換新生，命運也隨之否極泰來。雖然有不堪的過去，但是目前當下、未來是看好的。從失敗中獲得教訓，從挫折中焠煉智慧，讓人相信自己是有抗壓性的，將來可以面對更大的挑戰，有一定的擔當。下筆之前，已確定坦然面對上述不堪的往事，以便檢討過去，策勵將來，這叫「意在筆先」。立意既定，然後排比事蹟，表述辭文，以闡發設定的旨意，此之謂屬辭比事，或比事屬辭。

一篇自傳不能只用平鋪直敘，只是「直紀其才性」，只是「唯書其事蹟」；那就如賬簿，大事紀，單調枯燥，了無生氣。既乏文采提味，將不便於閱讀與接受，更遑論有說服力。其實自傳是作文的濃縮，首先，要把事件一個一個排比起來。在蒐集材料的時候，就必須有所取捨。有些要，有些不要。要跟不要的標準是什麼？首先，取決於這篇自傳想表現怎樣的自我，想讓讀者得到什麼樣的印象？在尚未下筆之前，就得先敲定。敲定之後，再取捨資料，才會知道這個資料我要，那個資料我不要。清・方苞義法指出：《史記》「於蕭何，非萬世功不著；於留侯，非天下所以存亡不著；於汲黯，非關社稷不著」，這攸關形象塑造的指向，攸關取材之原則，立意的指南。如果搜集的素材與著述旨趣不相關，就要知所取捨，懂得割愛。

〈淮陰侯列傳〉，為《史記》名篇，文章旨趣，主要凸顯韓信對劉邦忠心耿耿，始終如一，既沒有背叛的念頭，更沒有背叛的行動。韓信幫劉邦打天下，為三大功臣的第一名，但是最後竟然被殺掉，還被抄家滅族。司馬遷要為韓信平反冤獄，中心旨趣既已敲定，接著就用比事屬辭，外加藝術性的手法，將真相加以表現。跟平反冤獄相關的，就採取；跟這個無關的，就不寫。一開始敘寫這位開國英雄，有三件不名譽的事情，在亭長家吃霸王飯；讓漂母送飯給他吃；在淮陰市場中，從一個不良少年的胯下爬過去。寫這些幹嘛呢？原來他塑造韓信是一個有恩報恩，有仇也以德報怨的人。這樣的人，會背叛恩人劉邦嗎？當然不會！韓信「勇略震主，功過天下」，曾經三分天下有其二。項羽派武涉離間他，齊人蒯通兩次三番遊說他，異口同聲，勸他背叛劉邦，自立為王，都被韓信一一婉拒。所以《史記》敘寫這些，正是和韓信「忠貞不二」的主題有關係的。

寫自傳，首先確定訴求的重點，究竟要塑造怎樣的形象？舉凡跟塑造之主旨、形象一致的，我就多寫；跟主題無關的，就不寫，或者輕描淡寫。素材取捨底定以後，最後，才是如何撰寫，如何塑造形象的問題。這就是剛才第三項所說的「擇精」，跟主題相關的「義以為經」。《文心雕龍》論作文，強調「脈注綺交」，脈絡關注到主題表現，扣合到形象塑造的重點。各重要事蹟排比交叉在一起，可以表現主題，這對自傳寫作，也深具啟發意義。

三　詳近略遠與著眼當下

《荀子》〈非相〉篇有言：「傳者，久則論略，近則論詳；略則舉大，詳則舉小」；清章學誠《方志略例》〈與戴東原論修志〉云：「史部之書，詳近略遠，諸家類然。」此之謂也。詳近略遠，固是史傳通例。司馬遷《史記》，上下三千年之通古紀傳，詳載秦楚之際，以迄漢武帝在位時事，即遵循略遠詳近之修史法則。

歷史的寫作法，通常是詳近略遠。時間越是靠近現在的，會寫得較詳盡；距離越是遙遠的，就會寫的更簡略。一般而言，有漸無頓，乃是歷史演化的通則。且看現代、當代的歷史，大多從最近的歷史遞嬗而來。歷史越接近，影響越直接、越切實。個人一生的歷史也是如此：因此，幼稚園、小學，距離現在遙遠的，要簡略，甚至不必寫；大可以從高中開始寫起，銜接到現在大學；或者從國三生涯寫到現在。若是碩士生，最好強調大學之生涯、研究之點滴，這就是詳近略遠。

接下來，要著眼當下，具體呈現目前的盡心致力，尤其是前往應徵工作的當下。目前你為了美好的將來，正儲備什麼知能？有什麼作為？有哪些績效？這有必要強調，不要把重點擺在過去幼稚園、國中。就算過去成就有多輝煌，因為已經很遙遠了，也不會銜接到現在來。如果是大學生畢業要應徵工作，最好論述三、四年級的情況，選了什麼課？課程有什麼啟發？哪位老師教得特別精彩，讓你特別有收穫？自傳的內容選材，最好有其針對性，主要是選擇跟應徵的工作有關。譬如說要應徵小學老師，就要想到大學有某一位老師，作文教學教得特別好、修辭學教得特別棒、文章寫作分析教得特別精彩，值得詳細著墨這個部分，凸顯在這方面已儲備很多學養，積累不少心得。

換句話說，自傳寫作要有所為而為，運用系統思維，高瞻遠矚，看見未來。總之，自傳寫作以詳近略遠為要領，近要詳，遠要略，特別著眼於當下。如此，方能循序漸進，規劃理想的將來。

四　塑造形象與言事相兼

唐劉知幾（661-721）《史通》〈敘事〉篇，說敘事之體式有四：「有直紀其才行者，有唯書其事迹者，有因言語而可知者，有假讚論而自見者。」四者之中，「書事迹」、「因言語」，尤其重要；穿插運用，有助於史傳之姿態橫生。故《史通》〈載言〉稱《左傳》一書：「言之與事，同在《傳》中。然而言事相兼，煩省合理。故使讀者尋繹不倦，覽諷忘疲。」劉知幾所論敘事體式，言事相兼，對於人物之形象塑造，自傳之撰寫方法，深有啟發。

自傳，為平生事迹的敘述。一般自傳寫作，大多直截了當述說才華、能力、性情、優長，普遍運用「直紀其才行」。其次，有「唯書其事迹」者，如書寫重大的、特別的、傑出的表現，記述成敗功過，抒寫得失毀譽，此即前文自傳寫作要領之三，所謂「凸顯亮點，擇精語詳」。至於劉知幾說敘事之體，其三為「因言語而可知」者，亦即藉言記事，或謂之語敘，乃敘事之變體，自傳寫作亦可善加借鑑，作為形象塑造的要法。

藉言記事，在小說、戲劇相當於對話，是敘事文學塑造形象的重要法式。一般自傳的撰寫，大多「唯書其事迹」，未免有失單調呆板，不妨輔以「因言語而可知」的對話，如此「言事相兼」，必然能為自傳添色增彩。因為成功的對話，最少有四個作用：其一，言為心聲，表現個性特徵；其二，穿針引線，推進情節發展；其三，省略解釋，替代說明；其四，言語概括，亮點聚焦。在敘次事迹之餘，若能適度設計對白，必能增加自傳的可讀性。

敘事的四大體式中，直紀才行、唯書事迹的寫作法，偏重從直接正面去表達，傾向平鋪直敘。因言語、假讚論則注重從間接旁面、側面進行烘托呼應，較富於曲折性、文學性。自傳中或涉及責備、褒美，可以參考《左傳》之「君子曰」，《史記》之「太史公曰」，經由相關人物評價傳主的功過、美惡、才華、能力。一則可昭公信，再則可添文趣。人生難免迷茫、困惑、消沉、頹唐，是否有貴人指點，一語驚醒夢中人？盡心致力，慘澹經營，終於有些小確幸或大成就，請出相關的人物進行評價，應該是很好的設計。當然，一篇自傳字數不多，所以「因言語」、「假讚論」之間接烘托，文字宜求精簡練要，以能傳達傳主的神韻為最佳。

五　規劃將來與具體可行

過去的成就，現在的業績，與未來的展望，可以聯結成系統的網絡。未來近十年的生涯規劃，最好植基於過去與現在的表現，所謂「本立而道生」，「盈科而後進」，如此較能築夢踏實，水到渠成。愛迪生（Thomas Alva Edison, 1847-1931）說：「只有能互相密切配合的零組件，才能構成一部機器。」生涯規劃亦然，最好運用系統化考量，如此將較能擬想結果，看見未來。

一般自傳，絕非寫到目前就結束了，還必須有生涯規劃。你對將來有什麼展望？有什麼遠景？人不能活得渾渾噩噩，好像沒有明天，必須作系統化的規劃，循序漸進，次第落實。譬如應徵教職，可以這樣寫：我希望順利考上教職，將來能夠當一位稱職的老師，春風化雨，作育英才。接下來如果環境、條件許可，我會持續充實自己，進修碩士等等。未來的規劃，必須跟現階段大學的表現銜接，這一點很重要。譬如自傳說未來要怎樣，但是查看成績單，發現那一項表現頗差，或者績效平平。可是你卻選擇將來要往這方面發展，這就缺乏說服力。

大學畢業應徵工作，要把這工作的性質，跟大學選讀的科目、大學社團的表現、自我的稟賦與心得，進行緊密連接。大學時代的相關表現良好，將來做這工作，應該可以勝任愉快。規劃將來，還有很重要的一點，就是具體可行。限於自身條件，不可能做到的，規劃在未來裡，無異癡人說夢。隨興空談，不切實際；為文造情，經不起檢驗。生涯規劃應當植基於現在，而瞻望將來；必須具體可行，不能虛假空泛。而且，最好能有本有源，循序漸進，較有可能水到渠成，這樣才有說服力。

餘論

《禮記》〈中庸〉說得好：「凡事豫則立，不豫則廢。言前定則不跲，事前定則不困。」無論做事或發言，貴在先前就做好充分準備，才能成功圓滿。自傳是自我人生的顯像，應徵工作的敲門磚，平素應多加關注，摘要記錄，屆時稍加梳理，略作修飾潤色，即可成篇。不然，以急就章、臨時抱佛腳心態寫自傳，草率敷衍、不慎重，最無可取。

大一的學生，可以根據上述的原則與要領，撰寫自傳。一年後，大二的豐功偉業，根據自傳寫作的規範，再補寫一段。大三、大四也是一樣，各寫上一段。等到大四畢業時，自傳素材就是現成的了。那時，再把大學時期的自傳，進行潤飾、取捨、濃縮、改寫，變成為一段，或者兩段，這就是大學時代的自傳。將來如果讀碩士、博士，謀職或換工作，升遷或黜退，也援例處理。那麼，前往應徵職缺，或回顧平生，只要稍微整理一下，自傳是現成的，就可以從容應對。

自傳如此寫作，才是我人生的剪影，是跟隨我一輩子成長的實錄。一旦換工作、換環境，其得失升沉、是非成敗，更值得大書特書。如此，每年到十二月，就把這一年的功過毀譽，作個反思；豐功偉業，作個記錄，撰寫成一段。這樣，從青年、壯年，到中年、晚年，每段自傳，都成了生活的集錦，生命的花籃。有笑聲的洋溢，也有淚眼的婆娑，這就是人生。將來回首來時路，整理人生各階段的雪泥鴻爪，都可翻檢即得。

有關自我行銷的文體，還有「自薦寫作」[1]，像魏曹植〈求自試表〉、唐李白〈上韓荊州書〉、宋蘇轍〈上樞密韓太尉書〉，皆是自薦寫作的典範作品，行文語氣如何不卑不亢？遣詞命意如何自擡身價？參考曹植、李白、蘇轍三家之自薦文，以及上述自傳寫作之原則與要領，思過半矣！

1 有關「自傳自薦寫作」，高雄師範大學文學院前院長周虎林教授，從史學的角度示範自傳自薦之寫作（里仁書局《實用中文寫作學》）；其弟子輔英科大李興寧教授，從市場需求與應徵實務提供建言（三民書局《實用中文講義》），都值得參考借鏡。

命名取號的策略

張高評*

一　命名取號的真諦

名字，是一種語言符號，自我的個性化表現。一個人今生今世之榮譽、恥辱、成功、失敗、人格、品性、事業，以及一切成就，都與名字相互依存，互為名實。流芳百世、留名青史者，固然是名字；遺臭萬年，與草木同朽者，又何嘗不是名字？孔子稱：「名不正，則言不順；言不順，則事不成」，雖不專指名字，而命名取號確實有此種效應，蓋名者，實之賓；名之所至，實亦隨之，故命名取號不可不慎重。

名字與行號，代表個人與族群，照理應獨一無二，天下無雙才是。《孟子》〈盡心下〉所謂：「姓所同也，名所獨也」，正指出名號的獨樹一幟，不但與眾不同，而且只此一家，別無分店。名號既經取用，就成為一種個性化的社會符碼，就像經過註冊的商標，單一品牌可以壟斷天下的市場。名號之命取，又像神話學中圖騰之形成，也許蘊含某些隱喻或象徵，也可能體現若干神秘的編碼。[1]其中消息，值得探討。

---

* 香港樹仁大學中國語言文學系系主任、成功大學名譽教授。

1 圖騰，原為美洲印第安人方言 totom，本意為他的親族。圖騰之形成，意指一個氏族組織的建立。參考何曉明：《姓名與中國文化》（北京市：人民出版社，2001年），頁7-8。

姓名，是社會交際中，不可或缺的個性符號。姓氏，是共名，名號是專名私名。由於「姓所同也，名所獨也」，姓氏由祖先傳下，無從更動；名字則能斟酌可否，推敲優劣。名字之取用，古人所重。然命名之法則，見仁見智。早在二七〇〇年前的春秋時代則有申繻論「命名」，曾提示若干法則，其言曰：

> 名有五：有信，有意，有象，有假，有類。以名生為信，以德命為義，以類命為象，取於物為假，取於父為類。不以國，不以官，不以山川，不以隱疾，不以畜牲，不以器幣。周人以諱事神，名終將諱之。故以國則廢名，以官則廢職，以山川則廢主，以畜生則廢祀，以器幣則廢禮。……是以大物不可以命。
>
> （《左傳》〈桓公六年〉）

申繻提出命名的五種法則：「以名生為信，以德命為義，以類命為象，取於物為假，取於父為類」，這是命名的積極法則：或取誕生時的生理特徵，如晉成公名黑臀；或取祥瑞之祝福話語，如周文王名昌；或用妙肖之形容，如孔子名丘；或借事物之名字，如孔鯉字伯魚；或取用父親相關字眼，如魯桓公得子，父子生辰同日，故取名同。命名應該避免的消極方式有六個：「不以國，不以官，不以山川，不以隱疾，不以畜牲，不以器幣」；因為這六「不」命名，在春秋時代是觸忌犯諱的，觸犯忌諱，則茲事體大。總之，「大物不可以命」，就是了。《禮記》〈內則〉亦云：「凡名字，不以日月，不以國，不以隱疾，士大夫之子，不敢與世子同名」，亦不違離《左傳》申繻所謂「大物不可以命」的命名原則。論者以為：申繻這段話「是切中時弊的議論，而不是當時普遍遵循的原則。所說的命名應當避免的種種，反而是周代不斷存在的事實。」[2]其言切中肯綮，值得參考。

申繻所言，是先秦時代的命名禮俗，流傳至今，雖時移世遷，「不以國，不以官，不以隱疾」，仍然是命名忌諱。但是「以畜牲，以山川，以器幣」，「以日月」，不避「大物」命名者，歷代卻大有人在。以山川命名取號者最多，可以不論；取彝、尊、敦、鐘、鼎等禮器命名，以圭、璋、璧、琮、琥、璜、錦、繡諸幣命名者，無論男女，不論時代、地域，皆以為「嘉名」，而取為名字者最多。由此可見，名字之命取，自有其時代、禮俗、政治、文化上之制約作用。

命名，是一項看似尋常，其實「大不易」之學術工程。街里鄰坊流傳之命名法，依附洛書、八卦、命理諸神祕學，結合筆畫數理，凸顯吉凶禍福，影響庶民百姓既深且遠。[3]雖乏科學根據，然「有助於個人在心理上獲得暗示刺激，從而求得心理平衡」，是亦無害。然而取名也者，不過兩個字，坊間命相館往往索價三千元左右。大抵以姓氏為基準，預定若干吉祥如意，富貴榮華名字，提供來人選擇。可供選取之名字既有限，於是市井百姓名字雷同者多，甚至同名同姓亦不少。其實新生命誕生，家有喜事，父母或兄長只要稍加用心勞神，為小孩取個理想的名字，應該不是難事。名字，既然是獨一無二存在，是天下無雙的稱謂，更是對應個性實體的不二符號，如果父母長輩能夠給小孩「賜肇以嘉名」，那將是父母兄長無盡的關愛，終生的恩典。

漢字之構造，分形、音、義三者。名字行號之位次組合，不過是形、音、義三者之巧妙安排而已。今筆者談命名取號之策略，擬分三方面論述之：其一，意涵之推敲及其要領；其二，音韻考究及其策略；其三，形畫之講明及其方法。舉例論說，大抵以華人之名字為

2 李學勤：《古文獻論叢》（上海市：上海遠東出版社，1996年），頁132。

3 參考張智淵編著：《高等姓名學》（臺南市：正言出版社，1993年）。

主，公司行號之姓名為輔，分敘如下：

二　名字意涵之推敲及其要領

許慎《說文解字》:「名，自命也。从口夕，夕者冥也。冥不相見，故以口自名。」就名之形本義而言，可以看出名字有下列特徵：其一，是自我介紹；其二，是讓別人認識我。名，由於是「自命」，自報家門，所以個性化、獨特性、絕無僅有應該是其標榜的特點。从夕，夕就是冥，意謂昏昧不明。人際交往，彼此不認識，就要自我介紹，而自我介紹要從自報姓名開始。如何在自我介紹之後，令人清楚明白，甚至印象深刻？姓與名之間如何搭配組合，是一門學問，所謂「姓名學」者是。學界研究唐代西北敦煌郡的姓名，發現姓名表達人民許多深沉的思索，透過若干心理的活動，譬如人心思定，人心向唐，求到拜佛的信仰，重男輕女的習俗等等，民情風俗、意識心理都可經由姓與名的訊息表出。[4]以古律今，其理相通。

就命名之程序而言，意涵之斟酌推敲，最為一般人在意與關心。名字意涵牽涉到訓詁學，由於語意之變遷、雅俗之消長、忌諱之寬嚴、俗尚之好惡，名字之意涵除引申假借、以訛傳訛外，不見得都可以望文生義、自由解讀。儘管語意可能古今變遷，使用上不妨約定成俗；不過，如果查考原始本義或文獻，確知其不雅不善，還是迴避割愛為宜。如《逸周書》〈謚法解〉，就是一份很值得參考的命名取號文獻：就君臣一生的言行事功，做一總括之評價，或褒揚、或追念、或憐憫、或厭惡，凡一百餘謚，歷代謚法多受其影響。美謚如昭、顯、敬、欽、恭、順、惠、莊、憲、神、哲、理、章、文、武、德、襄、

4　高國藩：《敦煌俗文化學》（上海市：三聯書店，1999年），頁161-165。

烈、元、康、成、宣等；惡諡如幽、厲、丁、莊、煬、零、易、昏、荒、蕩、愿、繆、夷、隱、戾、醜等皆是。[5]其中惡諡，後人取名，皆應避免，如諡「丁」者，或指述善不克、述義不悌、述事不弟；諡「莊」者，或指兵甲亟作、死於原野、武而不遂、履行征伐；諡「靈」者，或指不勤成名、好祭鬼怪、不遵上命、亂而不損；諡「夷」者，或指克殺秉正、失禮基亂；又指安民好靖、克教秉正、隱居求志、兩者大抵相輔相成。某字意涵既有負面指涉，如丁、莊、靈、夷之類，或時移境遷，今已無所諡號，然權衡推敲，古代既有其說，今人命名取號仍以不用為宜。尤其是「靈」字，固然有靈巧、靈活、機靈、靈光、靈氣、靈犀諸美好意涵，而又同時隱含上述「惡諡」之符碼，不可只知其一，未知其二，隨意取樣為名字。

（一）命名的要領與方法

據筆者觀察，古往今來之命名，焦點大多擺在「意涵的推敲」方面。坊間命名如此，學界取名命號亦鮮少例外。命名取號之意涵，有時代性、地域性、風尚性、貼切性，以及約定俗成性。論者稱：命名取號之原則有三：獨特性、穩定性、延續性；三不：不俗氣、不雷同、不粗淺；三忌：忌奇冷、忌拗口、忌時髦。

其實，命名取號，並無固定法則，庶民百姓命名取號，約定俗成居多，如下列十法，[6]大抵只注重字意之蘊含，並無兼顧音韻之玄機，與形畫只講求：

1 地名法：以出生之地點為命名，如台銘、英九、臺生、南生、京生、寄澎、楚瑜、杭倫、浙光、渝根、蓉貴、五南等等。

---

5 汪受寬：《諡法研究》（上海市：上海古籍出版社，1995年），頁220-241、281-453。

6 王泉根：《華夏姓名面面觀》（南寧市：廣西人民出版社，1988年），頁111-114。

2 節令法：以出生之節令為命名，如國慶、清明、艷秋、曉蘭、雪梅等等。

3 排行法：以家族之輩分次序為命名，如《青稗類鈔》載：「自元代之五十四代衍聖公明思晦者起，於是凡五十四代孫，均以思字為派，思字以下為克字派」。（克字以下，則為希、言、公、彥、承、弘、聞、貞、尚、衍十派；再次為興、毓、傳、繼、廣、昭、憲、慶、繁、祥十派；又次為令、德、維、垂、佑、欽、紹、念、顯、揚十派。乾隆皇帝又頒賜孔氏宗族三十個輩分用字：希言公承彥，聞弘貞尚衍，興毓傳繼廣，昭憲慶繁祥，令德傳繼廣，欽昭念顯揚。七十六代衍聖公孔令貽又續二十字：建道敦安定，懋修肇益常，裕文煥景瑞，永錫世緒。）

4 時髦法：以流行時尚為取名，如復興、光復、莊敬、自強、博愛、更生、育樂、文明、建國、和平等等。

5 動物法：以飛禽走獸為名，先秦儒家所謂「必德」，如以龍、鳳、麟龜四靈取名，或以虎、馬、鶴、鵬、鶯、鴛鴦命名，多取其德操。

6 性變法：以變異性別為取名，如亦乾、若男、亞男、家駒、健雄等等。

7 盼子法：因求子心切而取名，如招弟、蘭（來）弟、根（跟）弟、玲（領）弟、老得等等。

8 繼拜法：以過繼拜請新名，如何養、周留、張請、鄭育等等。

9 抱子法：為顯示來源而取名，如為抱養之子女，則取名來福、來寶、來發、來嬌、來珍等等。

10 形名法：取特殊形貌為名，如春秋時代，鄭有公孫黑、衛有公子黑背、晉有公子重耳等等。

上述所言，有些已經過時不用，有些仍然相衍成習，約定成俗，至今還有些參考價值。因此不妨明列提示。

綜觀庶民百姓或知識分子之命名取字，大多側重內涵意義，力求雋永有味，不落俗套，希望能給人「望文生義」，或「顧名思義」的效果。或求吉祥如意，或明理想襟抱，或重道德倫理，或用陰陽五行、或期光宗耀祖，或寄深情愛意，或取典雅雋永，約而言之，大概有下列九大指標。[7]

1 求吉祥：命名側重吉祥、如意、美好、願望，如千秋、鶴齡、嵩年、無忌、無咎、棄疾、去病等，或命字中取福、祿、壽、喜、吉、祥、安、泰等。

2 明志趣：表明理想抱負、人生追求、立身處世之意向者。如胡適，原名洪梓，信服達爾文「物競天擇，適者生存」原理，乃改名為「適」。又有為見賢思齊，師法乎上，乃取以為名，作為一生之勉勵，如章炳麟仰慕顧炎武，故改名為絳，再取號太炎。其他，如取名希聖、希賢、希哲、學良、學亮、慕白、易安、顏之推、顧祖禹、郭紹虞、張少康、任繼愈。

3 重倫理：標榜儒家倫理道德以命名，如曹操、高懷德、薛仁貴、姚廣信、韓信、石守信等等。

4 用五行：選取陰陽五行，相生相剋之原理命名，如朱熹（火），父朱松（木），兒子朱埜（土），朱塾（土），孫子朱鉅、朱鈞、朱鑑、朱鐸、朱銓（金）；元孫朱淵、朱洽、朱潛、朱濟、朱濬、朱澄（水）。[8]

---

7 王泉根：《華夏姓名面面觀》（南寧市：廣西人民出版社，1988年），頁129-131。郭錦桴：《漢語與中國傳統文化》（北京市：中國人民大學出版社，1993年），頁298-322。

8 蕭遙天：《中國人名的研究》（北京市：國際文化出版公司，1987年），頁61-62稱：今人迷信星命，為求五行盈虛調和，常取五行金、木、水、火、土加于名字，藉以補救「生辰八字」的欠缺。像明森的，必其八字缺木；名鑫，必缺金；名炎的，必

5 耀祖宗：期勉光耀祖宗、世代昌盛者，如趙匡胤、洪興祖、史達祖、湯顯祖；蔡興宗、吳昌裔、萬充宗、董其昌、王念孫等。

6 寄深情：或寄情於家園，或繫念於親情、友情、愛情，取之為名，有念茲在茲，永誌不忘之意。

7 示恩愛：為體現親情骨肉而取名，或各取夫妻名字以一為名，或撮合夫妻姓氏為名。骨肉親情，意味深長。

8 採典籍：採用典籍之至理名言，取為名字，意趣高雅深遠。如曹操字孟德，典出《荀子》〈勸學〉；錢謙益，字受之，典出《尚書》〈大禹謨〉。

9 摘詩詞：摘取詩詞之美妙新奇，取為名字，如南宋史學家李心傳，取自理學十六字心傳；胡三省，取《論語》「吾日三省吾身」。謝冰心，摘取王昌齡〈芙蓉樓送辛漸〉「一片冰心在玉壺」詩句；張恨水，摘取李後主〈相見歡〉「自是人生長恨水長東」句，取以為名。

以上所言取名九大指標：「求吉祥、明志趣、重倫理、用五行、耀祖宗、寄深情、示恩愛、採典籍、摘詩詞」大抵男女通用，並無性別差異。不過，女性之命名取字，又自有其特殊性。除適用上述九大標外，又可參考下列五種樣式，[9]總以陰柔美好為依歸：

1 花卉形：以花卉之芳美，比德女性，因以為名。如紅梅、鳳仙、麗春、玉蘭、玫瑰、杜鵑、茉莉、芙蓉、海棠、牡丹、桂花、金蓮等等。

2 物候形：以風物節候之殊勝，即景命名。如正芳、春嬌、碧霞、荷月、愛蓮、巧雲、桂芬、秋芳、韻梅等等。

缺火；名堯的，必缺土；名淼的，必缺水。也有的置金、木、水、火、土於偏旁的，分量的增減，視其欠缺多少而定。

9 王泉根：《華夏姓名面面觀》（南寧市：廣西人民出版社，1988年），頁132-134。

3 愛美形：體現對愛美的天性之嚮往與追求。如鳳芝、黛玉、寶釵、美玉、麗娟、麗華、秀娟、惠珍、婉容、佩芝、金枝、玉葉、文姿、文玲、淑麗、淑美等等。

4 性格形：凸顯女性人格特質，因以為名。如華人女性名字，選用貞、潔、珍、靜、賢、淑、瓊、瑤、玉、雅諸字，頻率最高。

5 中性形：洗盡鉛華，故意淡化性別，因以為名。如德明、德馨、德屏、秋華、來新、克雅、文蔚、安祈、壽安等等。居於性別平等之當代，中性命名式，展現女性自立、自強、自尊、自愛之意識，頗有時代精神。

就華人社會來說，透過命名，無不希望小孩有德有才、健康俊美、聰明伶俐、富足樂，幸福美滿，或者能自立自強，成就豐功偉業，光宗耀祖。因此男女命名稍有差異：男性或選用嘉樹、猛獸、古玩、偉岸、雄壯、剛烈詞彙；女性則好用美花、麗鳥、珍寶、艷彩、品德、姿容、溫潤、陰柔字群組合。總之，理想名字，要能顧名思義，借德表象，境隨音生。

(二) 命名取號的三大原則

名字，是個人的符號，自我的分身，實我的代表，唯有名實相符、實至名歸，才能名正言順，名下無虛。因此，理想的、美好的名字，應該是獨一無二、獨樹一幟的。魯迅為自己的孩子取名，提出三個法則：

其一、所取名字，應不易與他人重複。

其二、要寓意於名。

其三、響亮悅耳，易於傳播。[10]

理想的美好名字，既然是獨一無二、獨樹一幟，它就不可以無獨有偶，最好不要雷同重複。尤其是華夏民族姓氏排行榜，名列前十九名大姓之外，所取名字，應當避免重複雷同，李、王、張三大姓之外依序為劉、陳、楊、趙、黃、周、吳、徐、孫、胡、朱、高、林、何、郭、馬姓。試想：這十九個大姓約占漢族人口百分之五十五點六，[11]命名取字若又雷同重複，同名同姓之機率遂大為升高。名字的個體化、獨特性；代表性不足，將大大失去名字的符號功能，與代表作用。魯迅把「所取名字，應不易與他人重複」，列為命名原則之頭條，此一消極原則，自有其意義。論者指出，命名要做到不重複、不雷同，應非難事，其要領有二：一，超級常用字，盡可能迴避不用，如明、華、文、玉、英、雄、美、珍等字。二，名字搭配，意境優美，不落俗套，能令人耳目一新。[12]

「寓意於名」，是魯迅所謂的「好名字」的焦點核心。如何將豐富多元、及如意、壽富康寧、積極昂揚等多層意識，壓縮安排於一二字之中，這正是命名優劣的關鍵所在。理想的「寓意於名」方式大約有三：

1 以姓連名式

「以姓連名」的命名方式主要在尋求姓名之間之密切關連，其類型大抵分意義、字形、語言三種。其中，以意義的聯繫最多，根據顧炎武《日知錄》稱以姓連名者，唐宋以來有顏如玉、雲朝霞、鏡新

---

10 許廣平（魯迅之妻）：《欣慰的紀念》（北京市：人民文學出版社，1951年），頁154。參考說明何曉明：《姓名與中國文化》（北京市：人民出版社，2001年），頁100引。

11 王泉根：《華夏姓名面面觀》（南寧市：廣西人民出版社，1988年），頁472-473。

12 何曉明：《姓名與中國文化》（北京市：人民出版社，2001年），頁100-101。

磨、羅衣輕、靖邊廷；近代以來有陳王道、張四維、呂調陽、馬負圖。[13]其他，尚有史可法、馬致遠、古道行、田生金、屈可伸、孫念祖、席上珍、連城璧、曾省吾、鍾鼎文、葉正紅、謝朝華、游于詩、屈萬里、程十髮、梅蘭芳、牛得草、沙千里、關山月、胡風、高明、高強、傅永貴、傅朝卿、金克木等。

其次，為字形上之連結，如伊尹、阮元、石磊、舒舒、許午言、雷田雨等。

又有以諧音之關聯命名者，如袁丁、宗誠、韋岸、段煉、程功等等。

2 成語化用式

姓與名融化，變為一成語；或將姓與名簡縮，蔚為一成語。周而復、何其芳、馬道成、龍爭虎、葉成蔭、葉知秋、穆成舟、萬象新、甘為儒、蓋無雙、豐雲會、莊亦諧、成方圓、楚圖南等。

3 經典取意式

命名取字，根據經典，則措辭典雅，立意高遠，如劉知幾、胡三省、周邦彥、金聖嘆、王國維、羅振玉、朱自清、鄭振鐸、聞一多、王利器、朱光潛、程千帆、徐復觀、劉海粟、王元化、王朝聞、冷成金等等。

公司行號的命名大多與個人命名的原則相近，譬如獨一無二，不可雷同重複；寓意於名，要求名副其實；響亮悅耳、易於傳播等。

不過，公司行號面對社會大眾，故命名必須雅俗共賞。尤其公司行號名字，無論媒體廣告，或招牌形象，多在喚起視覺和聽覺注意，

---

13 顧炎武：《日知錄》卷23（長沙市：嶽麓書社，1994年），卷830。

因此行號命名，「一目了然」十分重要。好說、好讀、好記；有格調、有品味、有創意，就是命名的共同策略。至於舉例說明，受限於篇幅，只得從略。有興趣的讀者，不妨參考網路資源[14]、〈怎樣給企業和公司命名〉、〈企業與公司的命名規則〉、〈具創意的品牌命名〉等網頁。

本文題目為，「取號命名」，原本打算談談公司行號之命名，已收集若干〈證券行情表〉資料，企圖針對臺灣上市公司行號做分論述，也因為寫作時間匆促，只得俟諸他日，讀者諒之。

至於魯迅所提倡「響亮悅耳，易於傳播」之法則，涉及聲母、韻母、聲調間的彼此協調，合理搭配諸問題，如何締造音韻諧暢名字？筆者將於下節述說。

三　命名音韻學之考究及其策略

章太炎〈語言緣起說〉稱：「文字未造，語言先知矣；以文字取代語言，個循其聲，方語有殊，名義一也」；換言之。字義先有，字音其次，字形最後出現。由於「以文字取代語言，個循其聲」，因此，音聲是字義與字形之中介與結晶。音通，音近、音同，往往涵義相通、相近、相同，文字學、音韻學上的「聲義同源」說已印證此一觀點。漢字以形聲構成者高居百分之七十五以上，形聲字之聲符多有意可求，可見漢字之音聲與意義關係十分密切。阮元《揅經室集》〈釋矢〉提出「義從音生，字從音義造」之說；劉師培著有《正名隅論》、〈字義起於字音說〉，強調「義本於聲，聲即是義，聲音訓詁，本出一原」，於是推論：韻部相同者，意義每多相近、相通，或相同，黃季剛弟子劉頤歸納古聲 -m 母字，論證語根相近似百餘字，意

---

14 http://www. chineszhouyi.com。

義亦多相近、相似、相通。[15]由此觀之，姓名的呈現，應該是高度濃縮的語言組合，其中寓涵豐富的意義密碼。

姓名作為一組意義密碼，凝聚父母深情與殷切盼望，寓涵著雄心壯志與美好願景，其中更潛藏著文化的訊息，禍福的能量。論者稱「名字中的字形，相當於佛教道教中的『符』，字音相當於『咒』，字義，相當於氣功界所說的『意念』。寫名字時，等於是在畫符；叫名字時，等於是在念咒；同時又在自覺或是不自覺地給名字加意念」。[16]歷史文獻記載，有以漢字取名預測吉凶禍福者，如《左傳》載卜偃斷定魏萬後代子孫一定昌盛壯大，因為「魏，大名也；萬，盈數也」（閔公元年）。蘇洵撰〈名二字說〉:「軾乎，吾懼汝之不外飾也。」;「轍者，善處乎福禍之間也」;論者以為:「老泉逆料二子終身，不差毫釐」。[17]名字經形、音、義組合，蘊含若干得失毀譽的消息，暗示許多行事風格的特質，因此，古代有以漢字測知吉凶禍福者，稱為測字，事雖不經，亦未必無理可言。佛經《俱舍論》〈光記〉卷五稱:「名」之為字，有隨、歸、赴、召諸義，謂名能隨音聲，歸赴於意境，召喚色、聲、香、味等「作想」;[18]因此名字既經組成，自然能令人望文生義、顧名思義，其中之音聲韻調，實居觸媒地位。

音韻的表達，形成某種音波頻率，相當於一組一組的意義密碼。試看道教的真言咒語、《西遊記》中唐三藏向孫悟空念「緊箍咒」，佛

---

15 參考林尹編著，陳新雄、黃永武撰:《聲韻學概要》(臺北市:正中書局，1972年)，頁106-110、122-165。

16 《中國周易算命預測網》,〈漫談命名〉(http://chineszhoiyu.com/xmyc.html)。本文於其他相關之命名課題亦有參考，不一一註明。

17 蘇洵著，曾棗莊注:〈名二子說〉,《嘉祐集箋注》(上海市:上海古籍出版社，2001年)，卷15，頁414-415，引楊慎:《三蘇文範》。

18 佛光山邊藏處，釋慈宜主編:《佛光大辭典》(高雄市:佛光出版社，1988年)，冊3，頁2254。

教善男信女之念誦「南無阿彌陀佛」、「南無觀世音菩薩」，誦讀《金剛經》、《心經》；信徒之呼喚上帝、阿拉、耶穌、媽祖，都是由音聲韻調之傳送，「就可以上達天聽」，而有所感應。據成大理學院院長余樹楨相告：太空船在銀河系運行，除衛星通訊外，依稀可以聽到的人類聲音是「唵嘛呢叭咪吽」之佛教心咒，余院長保證不是天方夜譚。由此觀之，姓與名連接，自然形成一組意義密碼，這組意義密碼在今生今世，將被呼喚成萬上億次，每次大多由音韻傳達播送。經由音韻聲調傳送的姓名，或有抑揚頓挫之美、或見詰屈聱牙之病，別人的聽覺感受究竟像旋律美妙的樂音？或嘔呀吵雜的噪音？其中搭配組合，大有學問。因為姓與名組成的意義取向，經由音韻符碼的傳達與接受，其中字有許多引導與暗示，呼叫既久，就會「人如其名」。所以，男性而曲陰柔之名，女性而取陽剛之名，當事人接受數十年之暗示指點，多少會「人如其名」，符合期待。尤其是「求吉祥」、「明志趣」知名字，夙興夜寐呼叫，無異隨緣祈福，朝乾夕惕，二、三十年後，當然心想事成，名副其實。以上皆為姓名音韻學之形上論述，以下談音韻的考究與運用。

（一）永明聲律論的啟示

「響亮悅耳，易於傳播」，是魯迅所提倡命名的第三法則。姓與名應該怎樣組合，才算是鏗鏘響亮？名與字究竟如何搭配，才能悅耳動聽？這關涉到音韻諧和的問題，由於其中牽涉發聲、收韻、平仄、陰陽、清濁，不是一般人能所能理解，故命名取號時往往忽視不談。影響所及，姓名組成的音讀，單板平直，缺乏動感，甚至產生齟齬不安，拗口難聽、唇吻不諧的名字。筆者深信，命名取號固然必須重視意蘊內涵之經營，如果能兼顧音韻之考究，將更加完滿圓融。更何況姓名的組合，隱含某種意義密碼；如果命名能富於抑揚頓挫之美，鏗鏘悅耳之致，聽之聞之，猶如樂音使人愉快。那麼，呼喚名字必將帶來輕鬆愉快，悅耳動聽。最低限度，要避免難念、難聽，起碼不要為難別人去練習繞口令。

音韻之學用於文學創作，興起於南北朝齊武帝永明年間（483-493），有沈約、謝朓、王融等人提倡「四聲八病」之說。其中沈約所著《宋書》〈謝靈運傳〉專論聲韻，其中言：

> 夫五色相宣，八音協暢，由乎玄黃律呂，各適物宜。欲使宮羽相變，低昂互節，若前有浮聲，則後須切響。一簡之內，音韻盡殊；兩句之中。輕重悉異。妙達此旨，始可言文。

沈約〈答陸厥書〉提出「十字之文，顛倒相配」，其中「參差變動」，表現了「曲折聲韻之巧」，所論與上聞可互相發明：《謝靈運傳》所謂「五色相宣，八音協暢」，陸機〈文賦〉亦云「暨音聲之迭代，若五色之相宣」；〈謝靈運傳〉所謂：「宮羽相變，低昂互節」；「前有浮生，後須切響」云云，皆指四聲宜「顛倒相配」方能抑揚頓挫有致。總之，聲律美妙的要領在「一句需有變化，兩句間不許雷同」，一方面注重錯綜變化，一方面強調，如此，方有聲韻之美，[19]是沈約為代表的永明聲韻論的訴求基調。

劉勰《文心雕龍》〈聲韻第三十三〉，亦強調「異音相從謂之和」，同時闡說聲韻於文學創作的運用，略云：

> 凡聲有飛沉，響有雙疊。雙聲隔字而每舛，迭韻雜句而必睽；

19 參考啟功：〈詩文聲韻論稿〉，《漢語現象論叢》（北京市：中華書局，1997年），頁215-221。林家驪：《沈約研究》（杭州市：杭州大學出版社，2000年），頁231-284。

沉則響發而斷，飛則聲颺不還，並轆轤交往，逆鱗相比，迕其際會，則往蹇來連，其為疾病，亦文家之吃也。

《文心雕龍》〈聲韻〉強調「錯綜變化」與「和諧統一」，與沈約聲韻論觀點一致。所謂「飛」聲，即沈約之「浮聲」；所謂「沈」聲，近似沈約「切響」，當是指去聲和入聲。詩中運用平仄，如果上揚聲調過多。或下抑聲調過多，都會破壞節奏感，妨害音樂美。因此，平仄聲調之運用，要講究參差變化，就像「逆鱗節比」，既錯綜變化，又和諧統一。《宋書》〈謝靈運傳〉稱：「一簡之內，音韻盡殊」；《南史》〈陸厥傳〉謂：「五字之中，音韻皆異」；《文心雕龍》〈聲韻〉亦云：「雙聲隔字而每舛，迭韻離句而必睽」，三者旨趣相通都在避免五言詩中出現同聲、同韻的字詞。[20]

如果措辭造句同聲或同韻，就會流於呆版平直，缺少動感和韻律，如此違反聲律論「錯縱變化又和諧統一」的原則。《左傳》昭公載晏嬰論「和同」，有所謂「若以水濟水，誰能食之？若琴瑟專一，誰能聽之？」也是強調錯縱變化，避免雷同一致。以水濟水，不得美味；琴瑟專彈一個音調，將不可能有美妙的旋律。姓名行號之組合搭配，音聲韻調間需切合「錯綜變化」與「和諧統一」的要求，音響才會美妙動聽，這道理是相通的。

由此觀之，永明聲韻之說，對吾人命名取號，筆者以為至少有三大啟示：

1　一句中需有變化，兩句間不許雷同

2　既錯綜變化又和諧統一

3　同聲、同韻、同調的字詞，宜迴避不用

---

20 詹福瑞：〈文術〉，《中古文學理論範疇》（保定市：河北大學出版社，1997年），頁146-152。

（二）錯綜和諧與姓名音韻學

永明聲韻論之說，對於命名取號，頗多啟發：組合搭配，音韻不許雷同，此為消極原則；聲、韻、調錯綜變化，和諧統一，此為積極策略。劉師培《正名隅論》所謂：「義本於聲，聲即是義；聲音訓詁，本出一原」，命名取號必須注意音讀所寓含的意義符碼，這是參考要件。以下分為發聲、收韻、平仄三方面，談說姓名音韻學。

姓與名相加，大抵二字或三字。複姓則三字或四字。談論姓名音韻學時，先將合成姓名的二、三字或三、四字，看作是二言詩、三言詩、四言詩，是一種高度濃縮的語言；是一組用最經濟的手法，表現最豐富概念的文字。不僅要求「一簡之內，音韻盡殊」，而且講究「若前有浮聲，則後需切響」，注意「雙聲隔字而每舛，疊韻離句而必睽」，如此「參差變動，顛倒相配」以命名，姓名方可能鏗鏘響亮，悅耳 動聽。

聲調的高低緩急，必須符合「平仄參伍」的原則，音響才會美妙，這對於命名取號，自有啟發。唐代《元和韻譜》謂：「平聲哀而安，上聲厲而舉，去聲輕而遠，入聲直而促。」世俗稱四聲的特色是：「平聲平道莫低昂，上聲高呼猛烈強，去聲分明哀遠道，入聲短促即收藏。」試將音調轉化為聽覺感受，將如萬樹《詞律》所云：「上聲舒徐和軟、去聲激厲勁遠」；王易《詞曲史》則謂：「平韻和暢，上去韻纏綿，入聲迫切」，可見聲調與文情關係十分密切。論者稱：人在表達情意時，每一種表情的器官都在配合著動作，聲音自然也不例外。概括的說，平聲寬平，不甚費力：陰平聲，低而悠；楊平聲，高而揚。上聲彷彿向上提起，是「用力費事的表達」；去彷彿向遠處送，有「秀媚清脆」之意；入聲短促截住，表示「清切而直截」；古人所謂「聲情合一」，確實有幾分道理。[21]由此觀之，姓名行號最後一個字，最好不要使用較費勁的上聲，更要避免使用短促收藏的入聲字；否則，發聲艱難困苦，傳播無法廣遠，事倍功半，將得不償失。因此，命名取號除注意平仄錯縱變化外，聲調所表現的感情或聽覺美感，也不容忽視。

姓名由漢字組成，於是聲義同源、聲情合一，以及諧音相關諸原理，多可能呈現在命名取號上。就諧音而言，有姓氏諧音、名字諧音、姓名諧音三種。運用之妙，端看命名匠心。姓氏音讀有負面意義者，如吳、傅諸姓命名時不妨取諧音雙關，如傅（富）永貴、傅（富）朝卿、吳（舞）春風、吳（吾）浩然、吳（武）功強之類。為了避免諧音造成不雅或負面的聯想，命名時可以採「以姓聯名式」，結合經典詩詞，就形成化俗為雅的好名字，如史可法、屈可伸、屈萬里（翼鵬）等。無論姓氏、名字、或姓名之諧音，音讀效果宜追求高雅、有品味；奇妙、有趣味；含蓄委婉，耐人尋味。切忌有不雅的聯想，或貽笑大方的後遺症。否則，弄巧成拙，不如循規蹈矩、四平八穩命名來得好。

每一漢字的音讀，主要由聲母、韻母、音調三部分組成，乃顧慮音韻學涉及專門，社會大眾不易接受，下列乃以國語注音輔助分析。分析之程序，先個別抽理出姓與名之聲母、韻母、音調。再以姓氏之聲、韻、調為基準，將名字之聲、韻、調與姓氏相對照，檢視姓與名之聲韻，是否有「前有浮生，後須切響」？是否「參差變動」、「顛倒相配」？如果符合要求，則聲音響亮，悅耳動聽，宛如一首音樂，富於抑揚頓挫之節奏感。否則，將詰屈聱牙，「嘔呀嘲哳難為聽」。縱然姓名於意涵之推敲，備極用心，字面之理解易美好可觀，若忽略音韻

---

21 黃永武：〈鑑賞篇〉，《中國詩學》（臺北市：巨流圖書公司，2009年），頁180-185。

之考究，意識美玉微瑕。例如姓名組合為李立吉、江高干、葉憶盈、連玲瓏、容頌鴻、王廣光、朱奮、胡理、隗薇賢諸姓名，取義未嘗不佳，然讀之敖口，所謂「名不正，則言不順」，卻是美中不足之憾事。

為方便姓名音韻學之分析舉例，暫以漢族百家姓中，排行前十名，李、王、張、劉、陳、楊、趙、黃、周、吳。外加排名第十八，聲調為入聲之「郭」姓，凡十一例。[22]姓氏薪火相傳，是一個家族的共名，命名時是現成的，不煩勞神。所以命名時，不妨以姓氏之聲、韻、調為基準，進行錯縱變化，與和諧統一，如此，方能悅耳動聽。否則將如《文心雕龍》〈聲韻》所謂「迂其際會，往蹇來連」，違犯音律，必造成呼喚頌讀之困難。試論述如下：

1 李，音ㄌㄧˇ，聲母為ㄧ，音調為第三聲（上聲）。因此，李姓取名時無論單名或雙名，在聲母方面，不可以再用紐（ㄌ）字。韻母方面，最好不用紙韻尾韻（ㄧ）字。在聲調方面，忌諱再加上上聲（第三聲）之字。

2 王，音ㄨㄤˊ，聲母為ㄨ，韻母為ㄤ，音調為第二聲（陽平）。因此，王姓取名時，無論單名或雙名，在聲母方面，不建議用空韻母（如影、喻、疑、微等聲母）（ㄨ）的字。聲調方面，不再選 用 第 二聲（陽平）的字。

3 張，音ㄓㄤ，聲母為ㄓ，韻母為ㄤ，調為第一聲（音平）。因此張姓人氏取名時，不論單名或雙名，聲母不建議用知、徹、澄紐及照穿船等紐（ㄓ、ㄔ等字）。韻母方面，與王姓相似：不重複取用陽、江（ㄤ）之字；其他陽聲韻，（ㄣ、ㄢ、ㄥ）字，亦可以考慮不用。聲調方面，不再選用第一聲（陰平）之字。

---

22 參考王泉根：《華夏姓名面面觀》（南寧市：廣西人民出版社，1988年）。又〈臺灣姓氏十大排行〉httpl://www.chinanews.com.hk。

4 劉，音ㄌㄧㄡˊ，聲母為ㄌ，韻母為ㄡ，介音為ㄧ，音調為第二聲（陽平）。劉與李為雙聲，故劉姓取名時，聲母方面之要求近似李姓。韻母方面，盡可能不再重複取用尤、幽、侯韻（ㄡ）字。劉與王同一音調，命名取字時，有必要迴避陽平之字。

5 陳，音ㄔㄣˊ，聲母為ㄔ，韻母為ㄣ，音調為第二聲（陽平）。命名取字時，聲母方面，如知徹澄母、及照穿船母（ㄔ、ㄉ）切忌不用。聲母方面，陳為真韻（ㄣ）字，其他臻、山兩攝部分用韻（ㄢ、ㄤ、ㄥ）也宜避免。音調方面，同劉、王姓。

6 楊，音ㄧㄤˊ，聲母為ㄧ，韻母為ㄤ，音調為第二聲（陽平）。命名取字時，聲母方面，建議不用空韻母字，以免有礙聲律錯縱變化之妙。至於音調，則同王、劉、陳諸姓。

7 趙，音ㄓㄠˋ，聲母為ㄓ，韻母為ㄠ，音調為第四聲（去聲）（趙），《廣韻》讀「治小切」，澄紐，上聲小韻。《集韻》作「徒了切」，定紐，上聲筱韻。音讀皆作上聲（第三聲），今國語讀作第四聲，頗有歧異。趙姓取名字，聲母方面，知母、澄紐及照、船等（ㄓ、ㄉ、ㄔ）字，考慮迴避。韻母方面，除平聲蕭部、肴部、豪部字外，上聲筱部、巧部、晧部字，去聲嘯部、效部、號部，某些入聲語國語音讀近似，可以不取。

8 黃，音ㄏㄨㄤˊ，聲母為ㄏ，韻母為ㄤ，介音為ㄨ，音調為第二聲，（陽平）。命名取字時，黃姓在聲母選用時，應該避免用曉匣紐字。韻母方面，黃姓屬唐部，是陽聲韻，所以其他陽聲韻字（含平、上、去聲），也都要避免。介音為ㄨ，平上去入中有ㄨ介音者，最好棄選。音調為第二聲（陽平），選名用字也不可以犯重。

9 周，音ㄓㄡ，聲母為ㄓ，韻母為ㄡ，音調為第一聲（陰平）。周姓選名字，聲母為照紐（ㄓ）字，命名取號原則略同「趙」姓；韻母為尤韻字，命名取號同「劉」姓。

10 吳，音ㄨˊ，音調為第二聲（陽平）。大抵疑、影、喻、微等紐，平聲魚部、虞部，模韻部分，入聲屋部、物部等字，多避免使用。音調為陽平，名字可以選擇上聲去聲入聲之字，組合搭配。

11 郭，音ㄍㄨㄛ，聲母為ㄍ，韻母為ㄛ，介音為ㄨ，音調為入聲。郭姓取名字時，一切入聲都可以排除不選。聲母為見紐，國語發音為ㄍ、ㄐ之字，都不宜選用。韻母屬藥部，因今日國語不分四聲，故平生之歌部、上聲哿部，去聲箇部，以及其相應之入聲，國語發音為ㄛ者，都請勿用，才能符合音韻學所謂「一簡之內，音韻盡殊」的要求。

在此附帶說明，上聲與入聲字，在姓名音韻學中之禁忌。應該特別注意者，為姓名最末字位置，不宜選用入聲或上聲。因為入聲字的特質，是「短促急收藏」，放在姓名的收尾將大大妨害聲音之響亮與傳遠。上聲字的音質是下降再上揚，發音時會比較吃力，因此，上聲字一方面有「舒徐和軟」的感覺，一方面又有高呼猛烈強的費力，對於聲音之傳送將大打折扣。至於平聲，「平道莫低昂」；去聲「分明哀遠道」，都較能傳遠。

談到鏗鏘響亮，悅耳動聽，則非陽聲韻諸字莫屬：大抵國語發ㄢ、ㄥ、ㄤ、ㄣ諸字，都足以勝任愉快。是看雄壯威武的軍歌，以及振奮人心的愛國歌曲，都取陽聲韻腳，可以理解其中隱含自信、勝利、快樂、成功之語碼玄機。劉師培〈證明隅論〉發揮聲義同源、聲由義發、同聲多同義之說，曾論證蒸部之字，「咸為進而益上之義」；耕部之字，「均含上平下直之義」；陽類同部之字，「均有高明美大之義」；東類侵類二部之字義亦相近，真類元類之字義相近；「均有眾大高闊之義」。[23]從「義本於聲，聲即是義」的聲訓原理來看，命名取號

---

23 劉師培：《劉申叔先生遺書》冊3，《左盦外集》（臺北市：華世出版社，1975年），頁1664-1666。

多用陽聲韻，將是聰明的選擇。尤其在名號最後一個字，效果特別顯著。

本系語言博士許常謨教授曾就臺灣當代姓名之組合，作聲調之概略統計，初步發現：姓名最後一字取用平聲者（陰平或陽平），高居百分之七十以上。譬如十大姓中平聲王姓、張姓、劉姓、楊姓、黃姓連結的名字，即有此次現象；這似乎違反上述所謂「錯綜複雜」之原則。筆者以為：如果姓氏是平聲調，名字也是平聲調，當然缺乏抑揚頓挫的節奏感和韻律美。不過，名字最後一個字，如果選用平調陽聲韻，則音讀的鏗鏘響亮，足以救濟聲調的單調平版。但是王姓、張姓、楊姓、黃姓本身即是陽聲字，名字如果也選用陽聲字，音讀雖然鏗鏘，但由於韻律的「參差變動」，卻多少有些妨礙。命名時，也不妨考慮姓名連讀後之音效。

四　餘論

依本來規劃，筆者將再介紹「形畫之講名及其方法」，主要講沈約聲律論「八病」中有關字形之問題，希望轉化到命名取字之中。其次，介紹五行、八字、筆劃，如何影響世俗命名。受限於篇幅，只得略述如下：

世俗所謂姓名學，理論上可分比筆劃、五行、八字等，筆劃方面，姓與名之組合搭配，最好不要選用同一部首文字；否則，將缺乏錯綜與變化。其次，姓名學有所謂天格、人格、地格配置屬吉；人格、地格、總格、外格俱為吉數之說，個人取名、公司行號，不妨參考。世俗姓名學又稱：姓名的吉凶，和「三才結構」有關。三才結構，指事業宮、命宮、出生宮三個宮位之結構關係。命名取號，原則上要三才不沖剋，便是好結構；如果能夠五行順生，那更是吉祥名字。所謂陰陽五行，相生相剋：如木生火、火生土、土生金、金生水、水生木，是為相生；水克火，火克金、金克木、木克土、土克水，是為相剋（或稱五行相勝）。古人於此，又有所謂生、剋、制、化」之說，不一而足。[24]如果參考五行相生相剋的原理，搭配八字來命名，又可產生另類的吉凶禍福。這其中的玄機，牽涉到神祕學領域。由於是「六合之外」，因此，可以存而不論。讀者有興趣，可以參考 http://www.y28predicitions.com，《認識姓名學》各有關單元。本文從略。

24 明郎瑛：《七修類稿》（上海市：上海書店，2009年），卷5，頁52-53。

演講詞寫作

吳娟瑜*

一　成功的演講，需要有周全的準備，譬如選定演講題目、了解聽眾屬性、蒐集資料、事先演練等等，請談談你的經驗和看法

成功的演講，需要有哪些周全的準備？通常有三個重點，天時、地利、人和。我先講外部的，通常主辦單位如果能夠配合得好，演講比較容易成功。天時指的就是演講安排的時間，我的演講一般分成兩類型，一個是公開演講，一個是公司企業內部的演講。公開的演講要找對熱門的時間，依我五千場以上公開演講的經驗來說，第一是星期六的下午，第二是星期五的晚上，第三是星期天的下午。若是企業公司的話，熱門時段通常是星期五的下午，在他們上班時間內，快要放假了，而不會佔用到他們下班的時間，這主要在講天時的部分。

第二個講地利，演講一定要交通方便，必須是大家都知道怎麼去的地方，要是聽眾熟悉的場地。而場地裡面的配合也要非常注意，比如說我有時候去演講會場，我看到他們把椅子擺得太遠，觀眾距離講臺有六七步以上，這樣我站在講臺上時，跟觀眾的距離就太遠了。所

* 國際演說家、華人世界巡迴演說已超過五○○○場次。

以我會很快的請工作人員搬動椅子往前。如果椅子不能搬動，那就罷了，我會走到聽眾裡面。越靠近，凝聚力就越高，演講成功的機率也就越高。然後我通常會請他們把桌子撤掉，演講會場內盡量不要有桌子，觀眾就坐椅子，我也沒有講桌，是很活動性的在互動，這個就叫作地利。

第三就是人和，演講通常要成功，必須要把現場的氣氛掌握得很好，演講才能成功。我一般有三種型態處理這種情形，我的穿著都會適度做調整。一種是端莊賢淑型，一般是針對企業高階主管的演講；一種是活潑可愛型，通常是針對學校大學生、老師，或者是父母成長班；專業典範型則不一樣，是針對那種三、五千人的行銷大會，或企業公司內部員工訓練，或大會型的場合就必須用專業典範型。

有關演講題目如何選定？我分成四個點來講，我通常都會準備二十五個題目的列表（如附件），讓主辦單位來選。如果主辦單位要求的在表上沒有，那我很感謝，因為他們在提供我一個市場的新趨勢，有些新的需要出現了，也可以藉此了解社會脈動。第二個需要是不同的主題，我通常都有三、四個小主題，由主辦單位決定要哪個題目，滿足不同族群的需求。比如說「情緒管理學」，我裡面就有六個題目：「讓孩子做 EQ 高手：談家庭的 EQ 教育」、「快樂來上學：談教室的衝突管理與 EQ 教育」、「探索身體情緒的秘密」、「情緒解讀，創造幸福」……等等，單單情緒管理我們就可以有六個不同講法，到企業公司更可以多元的發揮。意思就是不同的主題，有不同的子題，不同的子題都是學校單位或是企業機構他們能夠來選定。第三個重點，關於主題開發的過程。因為一個老師不可能講同一個題目講二、三十年，所以我從一開始就注意一定要不斷的開發主題，包括現在也有新的主題正在進行，例如「記憶改寫」。

怎麼樣了解聽眾的屬性？聽眾的屬性，非常重要。有兩種類型的聽眾，一種是自發性而來的，他渴望成長，所以他不斷在吸收、尋找生命的答案，渴望學習一些家人相處更好的技巧等等，這是屬於自發性的聽眾。另外一群是屬於被規定來的，比如說員工培訓，是因為公司規定，所以來聽，當然還有一群來蓋章的，像老師（認證）這類的。但不管聽眾是哪一種，我們都是全心全意，熱誠的跟他們互動，渴望和他們共同成長。

如何蒐集資料？因為演講一定要提供與眾不同，對人一定要有幫助的內容。在這一方面，我自我要求非常高，很認真去準備講綱。尤其在大陸很多企業、媒體講課的時候，他們要求的PPT.都非常嚴謹，所以在這個部分我就會花很多心思。把一個PPT.做得很完整，講課反而很輕鬆。所以蒐集資料我就會不斷的閱讀，簡化這些材料，讓內容看起來精簡，更重要的是講課的時候要精彩，打動聽眾的心，讓他們能夠吸收，覺得有進步，有改變。

談到事先的演練。以前剛開始出來演講時沒經驗，戰戰兢兢，也有過一些挫折經驗，例如：聽眾的問題回答得不夠詳細，讓自己很懊惱……。成功的演講，是兩個結合起來，一個是天時地利人和，需要主辦單位的幫忙；另外一個就是演說家個人的專業跟演說的內容。如果能夠五個大項目都搭配在一起，演講才能夠很成功。所以成功的演講雖然要件很複雜，但是卻很值得，只能用四個字「千錘百鍊」來形容。不斷的練習，才能夠千錘百鍊。我到現在演講經驗有五千場以上，進到會場以後很快的就能夠掌握聽眾臉上眼神、表情、笑容、掌聲、動作，還有氣氛，讓我感受到現在是要收還是要放。比如我現在應該走哪個角度，跟誰握手，讓全場注意力跟著我移動，還是跟著我有安全感，有一種能夠自然成長的熟練度等等。

二　演講的開場很重要，有哪些方法？請舉例說明

演講的開場非常重要，如果一進場就能吸引聽眾的需要，他的感覺，他的注意力，接下來他就講得下去了。很多演說者在一開始時就被打敗了，看到會場大家沒精打采，眼神不看你，呵欠連連，或隨意走動離開，就會有挫折感。所以怎樣把演講的開場掌握得最精準，非常重要。我從兩個方向來看，一個是從主辦單位介紹的主持人來看，位階越高，代表主辦單位對老師的尊重度越高。能夠請到公司的董事長、學校的校長、主辦單位的長官，他能出現的話，越能代表演講者的重要性，相對就能夠快速提高現場聽眾的認同性。通常我都會由秘書提供一個制式化的介紹詞，最起碼讓主持人能夠精短扼要的抓到我的背景，不至於尷尬。

演講開場還有第二個要注意的，就是出場的方式。以前我也是按部就班的來講，後來我改變了，我的方式通常是創造現場有驚喜的感覺。一開始我都不進入會場，故意讓聽眾看不到我，我會跟主辦單位說讓我躲在一個休息室中，然後時間一到，介紹完說：「歡迎吳老師」的時候，我再跳進去，這往往能夠創造聽眾在期待中，對一個演說家要出現的時候，有期待和驚喜的感受。我的經驗告訴我這樣的效果非常好。

三　有人演講，只擬定大綱；有人演講，已寫好一篇演講詞，哪一種比較好？有初學和行家之分嗎？

哪一種比較好？對我來說，當然是擬定大綱就好了。因為寫一個演講詞，對我來說，感覺是太正式、照本宣科了。這對我的個性、風格完全不適合，但是，這對有些人來說，或許是合適的。多年前我曾經聽說一位講師被人家批評，說十幾年來聽到他完全一樣的內容，等

於是看著講詞在講，連笑的點都一樣。怎麼會這樣呢？我聽到這樣的例子，就心想：「小心喔！不能被人家這樣子批評。」

四　主題的設定，關係演講的成敗甚大。請問：設定演講主題，必須兼顧哪些問題？時代脈動？聽眾興趣？講者專業？新穎奇特？清楚明白？還有哪些？

在主題的設定上，萬一有不熟悉的主題，千萬不要去講。這是我的經驗之談，因為我也曾經講過不熟悉的主題，然後感覺自己語詞詰聱、內心波動、下臺忐忑，不知道人家有沒有真正學到什麼。我只有過這樣一次經驗，後來我就告訴自己，不必勉強自己去講不熟悉的主題，一定要講自己已經演練很多次，有深入內容的，真正能夠助人的，這樣會比較好。

五　結構的安排，影響到演講的內容，必須注意哪些要領？

結構的安排，以我的習慣來說，第一個都是破題。破題就是讓一群人知道我們今天要談的主題是什麼，我們是為了什麼而來。彼此有一個共識的結合，這個是第一個要破題。第二個是氣氛要炒熱一點，要講一些同理心的話，針對這個題目，去講他們認為困擾在哪裡，渴望迫切解決的是什麼，怎麼樣能夠得到快速具體的解決方法。舉例子來說，以企業公司最常講的情緒管理跟壓力管理來說，在炒熱氣氛時，就會常常問他們：「會不會有時候情緒受到波動？覺得不快樂？」會問一些這種問題，讓他們在聆聽的過程，同時思考接下來要怎麼做。除了破題、炒熱氣氛以外，接下來要注意的三、四、五就是What、Why、How。第三個是What，我們要談什麼主題？比如情緒是被什麼所主導？情緒是哪一類的情緒？有生理情緒，有心理情緒。所以當你現在覺得情緒不大好，是生理情緒沒有調整好，還是心理情緒沒有調整好。所以在 Why 的時候，就會弄清楚是生理情緒還是心理情緒的問題。如果是生理情緒，就會針對飲食、睡眠、運動、口味、娛樂活動等等去找原因。如果不是生理情緒影響，那就是心理情緒。最近跟誰的互動有問題嗎？還是因為有童年的憤怒，造成你今天把情緒遷怒給別人了。就開始會有一些很深入的探討。

包括從原生家庭到原生家族，去找到一些情緒的原點。聆聽的這些上班族，大家就開始恍然大悟，原來今天我被一個同事嗆聲，心情不好受，不是他的問題，是我自己的問題。原來是我家裡的兄弟姊妹常常互相嗆聲，感覺很不好，所以今天一被同事嗆聲，感覺就特別不好。類似這種，我們在引導他們作自我探索跟自我調整。

那 How 是談到如何去改善，這是我演講會場最重要的主軸。怎樣真正具體、有效性的方法，才能夠解決問題的所在。所以 How 佔了百分之八十的重要性，我會有一些引導，比如壓力二十法，溝通的七大秘訣，情緒管理的必修之路等等。比如情緒管理有所謂治標管理跟治本管理，治標管理是指怎樣去改變你的肢體動作，治本管理就是去改變你的價值觀。價值觀彈性了，情緒也就疏通了。所以改變想法，壓力通常也就消失。所以我會用這種具體的方式，讓大家自我覺察、自我發現，讓大家行動力就變得快多了。

六　演講材料如何蒐集？如何選擇？要留心哪些大方向？

有關演講材料的蒐集，在我的書架上有很多的資料夾。比如情緒管理的資料、壓力管理的資料、溝通管理的資料。我會把簡報、好的文章的影印，類似這些，我都有一個詳盡的資料，讓自己在需要的時候，能夠立刻找到我需要的資料。這些東西如果在講的時候，或者用在 PPT. 的時候，我們一定要尊重原著作，一定要很慎重的註明，尊重原創作者。這是我們在選用材料方面要很注意的地方。

七　語言的表達，需要顧及修辭手法嗎？修辭用在演講上，是否過猶不及？

修辭上當然很重要，怎樣讓你在表達的時候，跟你的身心是合一的。這裡有三個重點：一個是內外合一，在講例子的時候、或者是講理論的時候，表達的我，怎樣讓聽眾很專注，很信賴，這樣他學得才會快。這麼多年來，盡量調整到內外合一，我盡量要求自己做到，我不敢說百分之一百已經做到，至少百分之九十已經做到，比如我們說「我們要快樂！」你的語氣也要快樂，而不是無精打采，身心不合一。

所以在語詞跟你眼睛的表情、臉上的肌肉、聲音、聲調全部都要由衷而發，這樣在修辭上才會有力量，表達出來人家才會相信你說的是真的。所以一個演說家本身內外合一的修養，做到能夠由衷而發的時候，聽眾的信任度也就加深了。而對一個演講能不能成功，也有加分的作用。

第二個是抑陽頓挫，語調一定要有變化。人家說「演說」，除了「演」還要「說」。一般的演說只有說，沒有演。演不要誇大、誇張，要自然，所以手勢也好，肢體的跳躍、晃動，就是吸引聽眾注意力跟學習力的重要關鍵，要讓聽眾在聽的時候，沒有壓力，在最自然、最需要的時候就表現出來。

第三是表情，在表情上怎樣用笑容，讓全場在一個放鬆、愉悅、自然的磁場裡面流動，這個自然也很重要，所以自然情緒的引導，會讓我們表達的字句有畫面，會有力量，會有感動，這樣就很棒了。所以我常常邀請我的聽眾，問問題時請到前面來，因為到前面來問問題時，我可以看得到她的反應、她的表情、她的感受。所以怎樣邀請聽眾到前面，讓全場看得到你們的互動也是很重要，幫助在語句表達時能夠更深入、深刻進入現場聽眾的腦海裡面，這樣他聽一場演講，才會有視覺、聽覺、觸覺、感覺等多元化的成長。所以我在演講會場也會讓聽眾互相問問題，讓他們互相分享，讓這個演講的內容現場就演練，讓他們知道這句話要如何運用會比較好。比如單單一個「我愛你」，就有各種聲調跟感覺的結合，我會讓現場的聽眾去感受，去演練語詞，讓大家發現用對的速度、對的氣氛、對的感覺來表達的時候，是多麼的優美。

八　肢體語言有助於溝通，在演講中如何成為一種秘密武器？

肢體語言是靠演說家本身多年來的歷練，變成是一個不著痕跡的秘密武器，不著痕跡的分享。比如我聽到一個問題，我有沒有突然皺眉頭，我有沒有不屑的眼神，有沒有不耐煩的感覺，聽眾都看得很清楚。所以我很注意訓練自己用對方法聆聽問題，回答問題。

聽眾對我回答的問題之所以能夠接受，是因為他對我的信賴，而他對我的信賴，是來自於我在聆聽、回應聽眾提問的時候，我的表情、動作，包括我的穿著打扮，也都在觀眾的感覺評估裡面。所以肢體語言絕對有助於溝通，這也就是我為什麼很認真做運動，跑步、跳街舞、游泳各方面，讓自己身體很靈活，身心很愉快，在表達時讓人家感覺到很自然、很貼切。

九　登臺演講，如何能不怯場？如何提高演講的效率？

其實我在演講的前十場以內，也是很多怯場的經驗。例如：有時腦袋一片空白，有時兩隻腿發抖。要不怯場，唯一的方法，就只有不斷的演練。我慶幸自己在前面十場演講講得不是很理想的狀況之下，我還是願意接受邀請。

很多同期演講的人，到後來都不說了。因為他們覺得演講沒有成就感，或者覺得演講沒有讓他感覺到能夠幫助到別人。但是我另外一個想法是，能夠越挫越勇，越是讓我在那個地方感覺到挫折，我越是要在那個地方重新站起來。在那些挫折經驗當中，就讓自己學到原來自己可以越做越好，可以從觀眾他們對演說家的接受度得知，包括會後的掌聲、問問題，寄信來請教，或者上我的部落格等等，從那麼多熱情的回應裡面我可以知道，原來我真的越做越有效果了。

十　說服藝術如何運用在演講上？請舉例說明。

演講會場上聽眾怎樣被說服？在我的經驗裡面，有三個方法：一個是在演講最後五分鐘，請現場聽眾兩個兩個或三個三個，互相分享：「今天學到什麼讓你印象最深刻？」這樣子在分享的時候，每個人對他所學的，就有一個複習的機會。然後通過他的表達，他就會有更好的記憶，在加上其他人站起來分享時，也會有自己所認同的點，我們演說家所表達訊息，就會充分的被他們所接受，也就說服了他們，怎麼樣認同成長的訊息，學到怎樣去調整的方法。像這樣讓他們個人分享，再團體分享，威力就無窮，主講者渴望被他們接受的訊息，就會不著痕跡地被他們學習與接受了。

第二個方法，就是有些企業公司讓學員寫見證單，做會後評估。他們通常也會把調查最後統計分數給我，這麼多年講師經驗，以一到十分來說，我通常都保持在九點五以上。不論是演講內容、演講的風格、演講的氣氛，演講的專業學習等等，評估都算是不錯。但是我不能以此自滿，要心生警惕。因為人不成長，就不能走在前端帶動，我是自我期許比較高的人，希望作為一個國際演說家，能夠不斷在浪頭上持續引導、成長、分享，帶動大家共同成長。

所以我的座右銘，也是我的終身目標就是：「把好的影響分享給更多人！」這也是我到處誨人不倦，樂此不疲的原因。所以第二個方法就是可以從見證單上面得到回饋，知道他們學到什麼，已經吸收到哪些訊息，被我說服了哪些內容。第三種則是感謝信，我在看這些感謝信時，我就會知道他在哪些點被感動、被說服了。

附件　二〇一四年吳娟瑜老師演講題目參考表

情緒管理

1 讓孩子做 EQ 高手——談家庭的 EQ 教育
2 快樂來上學——談教室的衝突管理和 EQ 教育
3 做個 EQ 高手——談上班族的個人 EQ 和團隊 EQ
4 情緒管理 VS. 人際關係——談如何改變生命的程式
5 情緒解讀・創造幸福
6 情緒密碼——從胎兒情緒和五世祖情緒談起

快樂哲學

7 你的家庭序位，對了嗎？——談快樂的泉源
8 關係改變，幸福就來了

生涯規劃

9 活出自信・活出魅力——談生涯規劃和生涯管理
10 絕不・絕不放棄——創造幸運人生的8個好點子
11 新生涯・新未來——如何創造 C 型人生的魅力

壓力管理

12 活出輕鬆自在——談壓力管理的妙方
13 給家庭一個希望——談家庭的壓力管理

溝通管理

14 快樂一家人——談開放的親子溝通
15 溝通之橋——如何掌握有效的溝通方法

親子成長

16 爸媽，我自己來——如何訓練孩子自動自發

17 建立孩子的人生三大銀行

18 爸媽別傻了——父母常做的10件糊塗事

19 孩子，我可以更靠近你嗎？

兩性相處

20 怎麼愛才不會痛？——談如何示愛．如何處理分手

21 男人在想些什麼？——談男人的心事與性事

22 當 X 碰到 Y——如何營造美好的家庭氣氛

生命能量管理

23 彩色亮麗的人生——談身心靈整合的藝術

24 讓生命自由——談生命能量管理的祕訣

25 人生必修的七堂課

※請尊重著作權，非經經紀人書面授權，不得錄影、錄音。
同時，敬請主辦單位向聽眾表明請勿現場錄音，並請關閉電子通訊器材。

※主辦單位若有酌收聽眾費用，敬請事先提醒。

※在海報設計、媒體介紹或通知函上，主辦單位敬請以「國際演說家」為優先順序介紹吳老師，謝謝合作。

說帖寫作

林晉士*

一　何謂說帖與說帖寫作

「說帖」原本是指明清時期，轉審制度下所發展出來的一種法律釋義文件。[1]後來在行政部門針對個案，深入分析其源由、內涵、影響等，並條列意見與辦法之說明文件，也可稱為說帖，如《老殘遊記》所載：「至於其中曲折，亦非傾蓋之間所能盡的，容慢慢的做個說帖呈覽，何如？」其中「說帖」指的大致也是這類說明文件。

近時所謂之說帖，一般是指用來說服別人接受論點或作法的文宣，其內容不外有主旨、理由、辦法、影響，最後通常有個結語。常見於行政機關試圖說服立法或民意代表機構，支持某種政策，或通過某項預算時使用。也有些機構用以呼籲民眾支持政策，響應行動，或者希望建立某種共識。

大凡這類說帖作品之寫作之重點，無非在對具有決策權力者進行說服術，明清時期刑部等機構之說帖，寫作目的在說服判案的刑部堂官接受其法學見解；清代以來行政部門之說帖，寫作目的在說服決策

* 高雄師範大學國文學系教授兼主任。

1 參見張偉仁編：《中國法制史書目》（臺北市：中央研究院歷史語言研究所，1976年）。

官員接受自己的意見；近時之說帖，寫作目的則在說服民意代表或民眾的支持。針對這個寫作特徵，放眼古來文章實猗歟盛哉，其中臣子對君主所呈上之章奏表議，屬於這類作品之佳構尤多。只是從前是君主專制時代，要說服的對象往往是具有決策權力的帝王；現在是民主時代，要說服的對象已轉移為民意代表或民眾了。所以，如果我們不要太過執著地聚焦於說帖的文類形式，實可以將在作品中進行說服術之寫作，全納入廣義的說帖寫作之中，當然明清以來之說帖，亦皆包含其中。

二　說帖寫作之技巧

以文章進行說服，與親身對被說服者進行說服，性質雖相類似，但其間亦有不同。如面對面進行說服時，說服者可視對方反應，隨時變化言辭內容，也可以藉由一連串的問答引導或設計情境，誘使被說服者在不自覺的情況下接受訴求。又說服者本身的聲調、語氣、表情、音色、儀態、動作與當時情境等，也都能影響說服的成果。運用文章進行說服，則完全只能靠文字作為傳遞訊息的主要符號，雖然對言辭內容的修飾時間較為充裕，但無法借助聲調、語氣等元素所造成的效益，更無法視對方的反應，臨機應變，或設計問答與情境來幫助說服，所以事前對被說服者之了解、說服者心態的調整、說服伊始說服者與被說服者關係之建立，顯得尤為重要，以下分作準備階段、發展階段與主要階段之技巧，分別說明之。

（一）準備階段

以文章進行說服術的過程中，首先在寫作之前，就必須做好一些準備，才能使其他說服技巧運用順利，茲說明如下：

1 掌握說帖事項本身

進行說帖寫作，首先必須對欲進行之說帖事項之背景、原因、預期結果、利害關係、應對策略有深入的分析與通盤的了解。因為它是說帖事項之主體，就好比廚師在做菜之前，要先準備好料理所需的各種材料，如果材料不能齊備，廚師擁有的烹飪技巧再怎麼高超，也無所施用其術。就說帖寫作而言，這是說服成功的先決條件。

2 了解被說服者的心意

《韓非子》〈說難第十二〉云：「凡說之難，在知所說之心，可以吾說當之。」明確指出說服術之難，既非說服者對說服內容具備的知識，亦非說服者的辯才與膽識。真正攸關成功與否的關鍵，乃是揣摩被說服者的心意。

若對被說服者的心意不甚了了，那麼本文後面所論「投其所好」與「避其所惡」，就不容易切中被說服者的好惡，說服行動自然就不容易成功。其他為拉攏關係所做的讚美奉承或關懷重視，也很可能搔不到癢處；所運用引導下臺的方式，也無法使被說服者心甘情願地放棄原本堅持的想法。甚至其他如人脈網絡的連結、動之以情、激之使怒或建立高度的同理心，都難以達到預期的效果。

3 建立堅定的自信心

運用文章進行說服，在本身心態上，必須建立堅定的自信心。尤其是面對地位崇高的人物時，如果沒有足夠的膽識與自信，連陳說己見都有困難，遑論扭轉對方的看法或行為。《孟子》〈盡心下〉云：「說大人則藐之，勿視其巍巍然。」說的就是這種心態上的調整。對於這種被說服者，作者必須降低對方原有的高度來看待，才能不亢不卑地將意見順暢表達，不至於畏首畏尾。

4 培養旺盛的企圖心

說服要成功，說服者要先有想要喚起、引導、扭轉甚至是征服對方想法的旺盛企圖心，並深信自己的觀點的正確性，足以影響或改變對方的優越心態，否則尚未說服對方，已自覺理虧心虛，畢竟色厲內荏，即使字面上再怎樣掩飾鋪陳，也只是虛張聲勢而已，難使對方信服。

5 具備高度的同理心

說服要獲得成功，還有一個非常重要的原則，那就是能設身處地站在被說服者的立場著想，換言之就是要有高度的同理心。如果沒有高度的同理心，那麼不管說服訴求的理由、道德再怎麼合理、高尚，卻可能無法獲得被說服者的認同；訴求的情感、利害再怎麼深刻、重大，卻可能無法獲得被說服者的共鳴。

（二）發展階段

《論語》〈子張〉載子夏之言曰：「君子信而後勞其民，未信，則以為厲己也；信而後諫，未信，則以為謗己也。」不管站在上位領導百姓，還是處於下位者，對其領導人之勸諫，都必須先取得對方的信任，否則就算上位者役使人民多麼合理，下位者的進諫意見多麼適宜，都會遭到負面的解讀。古語云：「疏不間親。」其實「間」本身也是一種說服的行為，當說服者與被說服者未能建立親近或良好之關係時，再好的說服文辭，也無法擊敗與被說服者較為親近的對手。《韓非子》〈說難第十二〉云：「周澤未渥也，而語極知，說行而有功則德忘，說不行而有敗則見疑，如此者身危。」也指出被說服者對說服者「周澤未渥」之時，即使說法被採納施行，往往功勞卻被忘卻；

說法若未被採納或施行後有負面效益，可能就要遭到歸咎怪罪。在書啟類文章中進行說服，僅憑藉區區之篇幅，雖云不易，但實際上是有法有循的，以下便具論幾項建立「親近不疑」關係的途徑：

1 人脈網絡

說服者欲與被說服者建立親近之關係，最直接的方式便是從人脈網絡進行聯結。而從人脈網絡進行聯結，最主要是認親戚與攀交情。中國人向來重視血緣與親屬關係，說服者如與被說服者具有親戚關係，那麼強調這層關係，對說服之進行當有一定的幫助。其次從朋友、師生、同學、學長學弟、校友、上下屬或同事，甚至是鄰居、同鄉，哪怕關係聯線如何迂迴曲折，總勝過彼此毫無瓜葛。

2 讚美奉承

卡內基認為：「當我們對待人時，需記著所待的並不都是深通邏輯的動物，而是有感情的動物，是有偏見、自尊、虛榮心的動物。」當我們受到別人的稱讚，甚至是不合實情的奉承，一股陶陶然的感覺總會油然而起，內在的那份自尊心，甚至是虛榮心免不了起來作祟一番。這時容易將對方視為知己，至少當作一個衷心欣賞自己的人。所以對被說服者的讚譽，是拉近彼此距離的有效方法。

3 感恩戴德

在文章中進行說服時，如果說服者與被說服者間，彼此毫無關係，將使說服變得相當困難。如果彼此能攀連上關係，哪怕是強調自己欠對方人情，都對說服之進行有所幫助。假如被說服者曾對說服者有過某種給予、對待或處置，即使其動機並不友善，過程令人不滿，或結果並不良好，說服者能對此表達謝意，甚至是更進一步的感恩戴德時，往往能快速而有效地拉近彼此距離，甚或扭轉原本相當惡劣之關係。說服者既然對被說服者抱著滿懷謝意，自然容易被認定與自己的親密程度甚高，接受說服的可能性也就大幅提升了。

4 關懷重視

在書啟類文章中，另一種常用以拉近說服者與被說服者間關係的方法，是向對方表達關懷或重視之意。這在上位者對下位者，企圖拉攏關係，收買人心時固然經常使用，但在下位者意欲說服上位者時，對被說服者表達關懷重視之善意，仍然是非常重要的拉攏手段，尤其當勸諫或說服之內容，有所違拗被說服者原本主張或意向時，較不容易被解釋為敵意行為，增加說服意見被接受的可能性。

5 表現忠愛

如果說服者是被說服者的下屬、子弟或臣民等身分，則在文章中可以表現盡忠職守的表現與對他的愛戴擁護之情。表現對本身所負責的職位或任務盡忠職守，尤其是對方所分派的職位或交付的任務，可使對方肯定自己盡心負責，視為得力之助手；表現對他的愛戴擁護之情，則可使對方看成自己的人馬或心腹，此二者對說服之進行，都將有很大的幫助。

6 強調相同

如果說服者欲與被說服者之關係較遠，不能由人脈網絡進行聯結，也無從表達感謝、愛戴、忠心、關懷或重視之意，甚至在一時之間，無法找到對方值得讚美或渴望肯定之處，那麼強調自己與被說服者相同之處，也可為彼此關係，帶來正面效果。例如發現對方正處某種低潮、缺陷、不幸或生病的狀態，則可以強調自己與之相同或類似的情況，或曾經歷過的遭遇，基於只有親身痛苦過的人，才能真正深切體認那種痛苦的滋味，往往可以迅速拉近彼此距離，建立起同病相憐的夥伴關係。既然視為夥伴，則對其建議之排拒心自然降低，接受度也隨之提升許多。

當然除了建立同病相憐的關係之外，如果對方與自己有共同的仇敵或厭惡事物，強調這個相似點，當然也有助於建立同仇敵愾的關係。此外，強調彼此共同的喜好或利益、同樣的宗教信仰、相近的習性或特點、乃至於背景或成長歷程等，都有助於與對方形成「自己人」或同一陣線的關係，這些都對說服成功與產生相當關鍵的影響。

此外，先確知被說服者程度或生活環境所適合使用之語言，在寫作中使用共通的用語，營造被說服者熟悉的語境，不僅有助於被說服者對說服內容之了解，也加強對方親切感與認同感，這在說帖寫作上是非常值得注意的要點。

（三）主要階段

在書啟類文章中進行說服術，在主要階段的部分是說服者訴求之表出，凡是有關訴求理念之分析、邏輯之安排、情感之表達或激發、例證之列舉、陳述之技巧等，皆屬於說服主要階段之進行，以下分別討論之：

1 曉之以理

亞里斯多德說：「人是理性的動物。」說服訴求的表出，首先就要重視訴求的合理性。在提出訴求時，能陳說明確而充分的理據，是說服成功的基本要件。蘇洵〈諫論〉提出「說之術，可為諫法者有五」，其中「理喻之」者是也。

絕大部分在寫作中進行說服者，都使用了這個此技巧，而在說服中要曉之以理，就有賴在準備階段對欲進行之說帖事項之背景、原因、預期結果、利害關係、應對策略有深入的分析與通盤的了解。

再者在鋪陳理據之過程時，引用經典、聖賢或權威學者之言，也頗有加強說服力之效果。權威學者對此學有專精，其見解自然值得我們重視，經典或聖賢自古以來在我們的心目也具有崇高的地位，引用他們的話，顯然比起單純地陳述道理，效果要好得多。此外引用俗話或諺語也有加強說服力的效果，畢竟它們流傳甚廣，又傳之久遠，早已經過群眾的認同與時間的篩選，引用起來便有訴諸群眾的效用。

2 服之以德

進行說服過程中，道德勸說雖未必奏效，但也是說服的重要元素之一。因為站在標舉道德旗幟的制高點上，儘管被說服者不見得接受說服者的訴求，但在表面上很難公然拒絕，否則被說服者將可能面對失德的社會譴責。再者，以道德勸說若能獲得被說服者認同，則已徹底改變其價值系統，其說服效果往往持續較為長久。《孟子》〈公孫丑上〉:「以力服人者，非心服也，力不贍也。以德服人者，中心悅而誠服也。」被說服者若能「中心悅而誠服」，自然服膺奉行，不會陽奉陰違。

3 動之以情

人比起其他動物，固然理性作為主宰的情況較多，但並不都是全然理性，其實許多決定通常都與感性相關。所以說服過程中，動之以情就成了一種重要的技巧，如果能激起被說服者的憐憫同情之心，將對說服有很大的助益。

另外動之以情，不僅指博得同情而已，有時也有故意激怒被說服者，使之不自覺地接受說服意見，故有所謂「遣將不如激將」之說。

但是這招在使用上必須慎重其事，畢竟被說服者手中握有決策權力，往往同時也掌控其他資源，或具有較高之地位或權勢，故意激怒對方必須考慮如果收拾善後，以免說服不成，反而遭受到傷害。一般而言，可在各種方法都不見效，或是說服不成也不致遭到反噬時用之。

4 援之以例

在文章中說服人，即使事情再分析的多麼有條不紊，道理再陳說得多麼充分，都不如有實際例證來得有說服力，所謂「辯莫明於有證」者是也。

當舉出的例證夠多時，不只可以證明所說的意見具體可行，甚至可藉收從眾心理之效果，丁興祥等《社會心理學》云：「『從眾』通常是個人因應團體一致的壓力而改變自己的行為。」既然同類身分的人，面對類似的情況，有這麼多都採取這樣的做法，那麼被說服者如果不接納自己的意見時，就與這個虛擬的團體顯然有所不同，則對方必須承受相當的社會心理壓力。

至於所舉的例子可以是歷史上的案例，也可以是當代發生的時事案例，當然如果可以舉出被說服者身旁所發生，或說服者自己親身的經歷，甚至是被說服者本身曾經歷過的例證，尤有切身之感，效果將會特別地好。

5 投其所好

卡內基認為，喚起別人興趣的方法就是「談別人最感興趣的事」，換句話說，也就是投其所好。在文章中談被說服者感興趣的事，不僅能夠讓對方提高閱聽的欲望，也讓對方比較容易被說動。《鬼谷子》論飛箝術時，有「鉤其所好」之說，就是強調在飛箝過程中，要設法引出對方心意所好，才能據以順利進行說服之事。

要揣摩被說服者的心意，其實並不是一件容易的事，不過一般而言，以名利二者最為常見，以下就此二者進行論說：

（1）誘之以利

趨利避害，乃一般人處世時之本能反應，所以說服過程中，明白指出接受說服意見可以獲得利益，尤其是與對方個人切身相關的利益，往往對被說服者具有很高的誘惑力。當然，說服對方所強調的利益，除了是對方可以獲取個人私利，滿足欲望之外，與對方國家社會之大利，或其所屬的公司、機構、家族、團體有關之利益，也具有一定的說服力。

（2）奉之以名

前文提及韓非子指出「凡說之難，在知所說之心，可以吾說當之」，其中「知所說之心」最主要是要知道對方是好名還是好利，這也說明一般人心中最為愛好者，除了利之外，最常見的就是對「名」的追求。《鬼谷子》〈飛箝篇〉：「說其所重，以飛箝之辭鉤其所好，乃以箝求之。」陶弘景注曰：「言取人之道，先做聲譽以飛揚之，彼必露情竭志而無隱，然後因其所好，牽持緘束，令不得轉移也。」可知飛箝之術當先飛而後箝，也就是奉之以名，「先做聲譽以飛揚之」，而後箝制之使聽從說服之意見。

在文章中進行說服術時，對於被說服者符合期望值之表現，哪怕表現出的行為強度並不高，甚或是無意的行為，也要大加讚賞稱道，此即教育心理學上之正增強與行為改變技術。不過在說服術中，被說服者即使未有符合期望之表現，亦可先奉之以名，善加鼓勵讚譽，此則與心理學上之社會期望效應相近。

不過要揣摩被說服者的心意，投其所好，雖然以名利二者最為常見，但除名利之外，也有所好不在名利之間者，如王維〈山中與裴迪秀才書〉除了極力鋪寫當前輞川冬夜景致之空曠幽靜之外，更進一步描繪來春之景色作為吸引裴迪前來同遊的有力說服因素，此又非名利二字所能限囿。

6 避其所惡

要揣摩被說服者的心意，除了投其所好外，更要避其所惡。無法投其所好，充其量只是說服不成功而已；未能避其所惡，不僅說服行動可能失敗，還可能引發彼此關係惡化之結果，如果其中被說服者手中握有強大的權力，說服者還可能招致禍患，造成嚴重的傷害。《韓非子》〈說難第十二〉云：

> 夫龍之為虫也，柔可狎而騎也，然其喉下有逆鱗徑尺，若人有嬰之者則必殺人。人主亦有逆鱗，說者能無嬰人主之逆鱗則幾矣。

即使是像龍這種龐然異獸，如果駕馭引導得當，可以「狎而騎」之，但是要特別注意其喉下逆鱗，不小心攖及逆鱗，則可能招致極大的危險。對於一般說服對象也是如此，每個人都有他個人禁忌的地雷區，一旦誤觸，不僅說服之事難望成功，甚至遭到攻擊或報復。

《韓非子》〈說難第十二〉又云：「彼顯有所出事，而乃以成他故，說者不徒知所出而已矣，又知其所以為，如此者身危。」則說明當說服者深知被說服者不欲人知之隱私的危險，在文章寫作中進行說服術時，當然要避免這種情形，若已知悉，更要避免在行文顯示出。

避其所惡，若只是避免提及被說服者厭惡之事物，那最多僅能收到免禍之消極效用；如果能夠在行文中，運用免除危害的引導策略，則是說避其所惡之積極做法。此即蘇洵〈諫論〉提出「說之術，可為諫法者有五」，其中「勢禁之」者是也。以下分「示之以害」與「嚇之以威」二者論之：

（1）示之以害

蓋趨利避害，乃一般人處世時之本能反應，以利誘之既然具有高度的說服效果，那麼引導對方避免危害自亦有相當之說服效益。如蘇軾〈諫買浙燈狀〉隱約指出，若此次因進諫而獲罪，不僅證明了神宗只是表面上鼓勵進諫，實無「能受其言之實」，對其他欲進言之「賢者」，將引發寒蟬效應，則神宗將既無納諫之賢名，亦無賢人進言輔政之益。

（2）嚇之以威

「勢禁之」之術，除了可以示之以害，引導被說服者接受說服意見以迴避之外，也可以用威嚇方式，逼對方就範，如丘遲〈與陳伯之書〉指出稍前北方胡族政權，屢次欲佔有中原之地，都面對失敗崩潰的命運，烘托出後文蕭宏率領大軍前來征伐的軍威，反映漢族正統終將擊垮胡族之偽政權，最後以具威脅性語氣，暗示陳伯之若不棄暗投明，也將與前文所述者同樣落得悲慘的下場。

7 引導下臺

要勸說被說服者放棄原先的主張，或改變原本的做法，必須給予適當的下臺機會，讓被說服者可以順理成章地從臺階下來。因為被說服者即使在理智上與情感上，都已經充分接受說服者的意見，但要他放棄原先的主張，或改變原本的做法，本身往往含有認錯或認輸的意涵，這對於被說服者而言，實在是一種相當難堪的局面。如果被說服者擁有較高的社會地位或強大的權勢時，尤難拉下臉來承認先前的錯誤，便有可能為了面子問題而拒絕被說服。所以為被說服者設計一個良好的下臺階，引導他順利下臺，便成了說服過程中，最後的關鍵程序。

三　結語

總而言之，進行說帖寫作，在準備階段，首先必須對說帖事項有深入的分析與全盤的掌握，又對被說服者有深入的了解，在作者本身部分，則必須建立堅定的自信心、旺盛的企圖心與高度的同理心。在發展階段，則可從人脈網絡、讚美奉承、感恩戴德、關懷重視、表現忠愛、強調相同等幾條途徑建立起與被說服者間良好之關係，並在寫作中使用共通的用語，營造被說服者熟悉的語境。在主要階段，則可藉由曉之以理、服之以德、動之以情、援之以例、投其所好、避其所惡與引導下臺等技巧，將對說服之遂行大有助益。

不過說服的結果成功與否牽涉甚廣，諸如對於所說服的事項，被說服者原本的想法與堅持度如何，客觀環境如何，有無其他助緣或阻力，都是影響說服難度的重要因素。另外如進行說服的管道是否暢通，除了說服者之外，有無其他正向與反向的說服者，也都會影響到說服的成果。另外在文章中行說服之術，若能結合修辭法，例如喻之以理時可配合層遞，使所說之理更加井然有條；配合引用聖賢或經典之言，使所說之理更具權威；配合巧妙之譬喻，使所說之理更見生動。援之以例時，可配合映襯修辭，使事例之對比更加鮮明；激之使怒時，可配合激問修辭，使語氣之更加激昂；避其所惡時，可配合婉曲修辭，使用語之更為委婉；投其所好時，可配合摹況修辭，使語境更鮮明，而具誘導力。這些不僅能使文章更增姿采，也將使說服之事更加容易成功。

言辯攻心說服術

王　璟*

一　前言

說服學譯自英文“Persuasion”，是現今傳播學中重要的一環。簡言之，說服是種透過文字或談話，使「接受者」自願自覺地改變態度、想法或行為的溝通方式。日常生活中「說服」無所不在，諸如參選人尋求選民支持、牧師傳教、業務員推銷商品乃至外交官對外談判，凡此種種都需要透過說服來達成。

西方早在古希臘時就開始重視說服訓練，西元前四世紀亞里斯多德的《修辭學》，被公認為西方古典說服理論的代表。雖然與古希臘三大哲人同時的春秋戰國時期，尚未有說服學的專著出現，但此時致群雄並起，各諸侯國軍事外交活動頻仍，順應時代需要，一批縱橫捭闔的謀臣策士應運而生，他們憑藉卓越的智慧及口才遊走各國之間，揭開諸子橫議的燦爛序幕，其精妙絕倫的言辯智慧至今仍值得學習。

「說服」是一門取得他人理解認同並發揮個人影響力的藝術，更是人人都應具備的能力。培養說服技巧能讓自我意見得到充分的表達，在待人處事上亦能展現出十足的自信與魅力。我們常說：「把話

* 澎湖科技大學通識教育中心專案助理教授。

說到心坎裡」、「巧言攻心」，但是究竟該如何才能在雙贏的前提下，順利改變對方的立場，達到說服的目的？箇中學問，不可不知。

二　如何成功演繹一場說服術——基礎說服五部曲

在進行說服前首先必須建立一個觀念，即說服絕非一蹴可幾，必須層層推進，使對方心悅誠服地接受，本文將說服過程概分為以下五點說明。

（一）知己知彼，百戰百勝

說服其實是一種心理戰，唯有先掌握對方心理，才能展開攻心策略。不少人認為說服專家都是辯才無礙、能言善道，其實能否攻心才是關鍵。我們在對他人展開說服時，不能只是一廂情願地述說自己的看法，強迫推銷自己的價值觀，唯有先通盤了解對方的想法及需求，對症下藥讓對方卸下心防，才能有效地展開說服。過程中可先就對方感興趣的人事或雙方的共同點帶出話題，先削弱對方的防衛心理，拉近彼此間的距離，接下來談話才易產生共鳴。

不過迎合人心固然重要，必要時亦可反向操作，掌握住對方的「逆反心理」，亦即對方的叛逆心態，有些人你越是反對他，他就越想去做，這時以激將的方式相應，對方反而心生懷疑，不願服從。當你欲改變他人態度時，不妨先將勸說訊息壓制下來，或以欲言又止的方式呈現，多能成功引起對方注意，這種方法特別適用於固執己見的人。

一般而言，在了解對方想法需求後，如何在彼此差異中尋求平衡點，是展開說服的下一步。切記不要一開始就把說服的焦點放在雙方意見分歧處，宜先找出雙方利益的交集，以此為「最大公約數」來進行說服，即便雙方認知有落差，但在互信互重的前提下進行調整，如此說服的成功率才能有所提升。

(二) 用語精準，善用事例

在協商的戰場上話語如同子彈，對方的需求或弱點是唯一的標靶，如果沒能瞄準，即便說話如機關槍般流暢也是虛耗子彈。反之，言語精準有力，句句到位，如同狙擊手只需一顆子彈，便能正中紅心。

首先，必須根據說服對象選擇說話方式，使用對方可以理解的字詞來說明，切勿咬文嚼字，以艱澀的詞彙術語來展現自己專業，唯有使用讓對方理解的方式進行溝通，才算是進行說服。又根據語意心理學，人們對於最後一句話的印象特別深刻，「末句放大」的心理作用，在實際談判或攻心說話時往往有很好的效果，因此不妨將關鍵話語置於最後說明。

要使談話內容更為具體的最好方法便是善用事例，使對方心有戚戚焉，或以精準的數據來佐證，必要時也可藉助權威人士的言論或經驗為例，讓他們為你背書，使說服內容更加具體。亦可使用譬喻來增加說服力，先秦諸子中能言善辯如孟子、莊子、荀子，都是善用譬喻的高手，《左傳》、《戰國策》中俯拾可見以譬喻說理而致勝的故事。對於不方便公開明講的內容，以譬喻、徵引來表達，亦是進行說服時常見的手法，《左傳》裡外交辭令正屬這種間接語言行為。

(三) 態度友善，氣氛和諧

態度友善，設身處地為對方著想，營造一種同舟共濟的感覺，是打開對方心扉最有效的方法。其實，能否說服對方，致勝關鍵常不是你說了什麼，而是你怎麼說。言談過程宜避免使用「我」來表示自己的觀點，改用「我們」、「大家」這類具有共同意識的字眼，容易讓人產生命運共同體、同路人的感覺，進而覺得說服內容是攸關彼此利害而非說服者的個人私利。有些政治人物常能一呼百應，關鍵就在於運用的語言策略能讓廣大聽眾產生共同意識，進而順水推舟地引導對方。

切記在說服過程中「硬碰硬」絕對是成效最低、風險最高的方式。和顏悅色以提問巧妙地引導，絕對比質詢有效。此外，良好的溝通必須有聽有說，所謂「善聽者善言之」，聆聽，不僅可抒解對方情緒，使對方感受到尊重，營造出和諧的溝通氣氛，亦可從中深入了解對方的需求，借力使力以便適時調整說服內容。

(四) 避免流於說教，提出具體方案

當對方願意傾聽你的說服時，成功已近在咫尺，但決勝的關鍵在於能否為對方提出具體可行的方案。如上所述，說服不該是上對下的強制，而是水平、雙向的良性對話，面對對方的反擊，與其直接反駁推翻，不如先針對肯定的部分予以認同，再就反對的部分提出質疑，當對方無法回應時，順勢提出你的方案，使之茅塞頓開。而你所提出的方案可用遠景規劃及利害關係做引導，並預測出最後結果，且這個結果必須得到保證，也就是絕對勝過對方所主張的現狀，如此說服才有意義，否則你的說服只流於說教或空談。

在某些情況下，不妨採取「後果警示法」的方式，即以假設為前提，向對方分析拒絕接受你的方案可能產生的後果，適當給對方壓力，刻意將這個後果誇大，營造出「不聽他人言，吃虧在眼前」的氛圍，這樣會使說服的力道更為強大，使聽者重新冷靜地思考，從而接受你的說服。

(五) 拿出耐心，堅持到底

拿破崙有一句名言：「戰爭的勝利取決於最後五分鐘。」意謂不

到最後關頭，不知誰是最後的贏家。當你已動之以情、說之以理，但對方仍不為所動時，這是因為人的想法不是一天形成的，思維習慣已根深柢固，無法「一說就服」，應給對方考慮的空間，慢慢消化我們提出的建議。因此在進行說服時切忌強迫對方立刻做出決定，任何人都會對這種緊迫盯人的方式感到緊張甚至反感。就像某些商家的店員，在顧客上門時便亦步亦趨地隨侍在側以進行推銷，無非想說服顧客購買商品，但相信絕大多數的顧客在當下都感到十分不自在。因此想要說服對方，一定要給彼此預留時間空間，並讓對方明確感覺到「做決定的是您」的尊重感。

當然在說服過程的最後階段，可在時間上稍加壓力，亦即以「最後通牒」讓對方了解維持現狀不僅無濟於事，只會造成自身利益的損害。從事商品銷售者可用「這是最後一件，不買就斷貨了」，使消費者放棄觀望，推進其購買慾，適時給予善意的刺激，可使對方儘早就我方提出的方案做出選擇。不過切記絕不可使用強硬恐嚇的口氣或字眼，以免功虧一簣。因此在完成說服後，務必以十足的耐心堅持到底，這樣我們的「忠言良方」才有發揮作用的可能。

三　成功說服案例舉隅

開門見山、直言不諱是最簡潔乾脆的說服方式，但並非適用於每一場合及對象，因而表達技巧十分重要。若能根據實際需要，因人因勢巧妙運用一些言語技巧，更可輕而易舉讓對方的思維轉個彎，進而認同我們的觀點。以下茲舉常用的四種說服技巧，並佐史例為證說明之。

（一）直陳利害、切入正題——以「燭之武退秦師」為例

1 事例

據《左傳》〈僖公三十年〉記載，這年秦、晉合力攻鄭，鄭國大夫佚之狐向鄭文公推薦燭之武擔任特使去說服秦穆公，起初燭之武以鄭文公不早用於壯年而推辭。鄭文公親自向燭之武道歉並分析「鄭亡，子亦有不利」，懇求燭之武臨危授命，燭之武覺得鄭文公言之有理且態度誠懇，便欣然答應。

他縋城入秦師，向秦穆公揭示亡鄭無利於秦，越過晉國攻鄭，藉此想將鄭國併入秦國的版圖更非易事。反之若保全鄭國，鄭國還可供為秦國往來使者休息、財貨補充之用。燭之武進而質疑晉國的誠信，秦曾有恩於晉，但晉君卻違背承諾、貪得無厭，一旦讓晉佔領鄭國，下一步必會往西擴張領土而危及秦國。秦穆公聽完燭之武這番分析深感有理，不但撤兵還派人協助鄭國防守，成功化解了鄭國的危機。

2 分析

〈燭之武退秦師〉一文呈現了兩則成功說服的案例，一為鄭文公對燭之武，起初燭之武以自己向來未受重用為由婉拒出使，鄭文公大可以國君身分強迫燭之武受命，但他放低姿態先對先前忽略燭之武表達歉意，再申明「覆巢之下無完卵」的利害關係，讓燭之武欣然共赴國難。入秦後的燭之武同樣以剖析利害為立論支點，直指亡鄭只能利晉，無益於秦，「若舍鄭以為東道主」對秦國絕對有利無害。燭之武的言論處處針對秦國的利害進行分析，使秦穆公為之折服，因而放棄攻鄭。

所謂的「直陳利害」，就是直截了當、一針見血地指出對方的盲點，震聾啟聵使對方猛然警醒。這種說服方式的好處在於一出手就直

指對方要害，直言剖析對方問題所在，相較於含糊閃爍、拐彎抹角，這是最直接有效率的說服方法，但態度必須懇切，措辭要精準，並且因勢制宜，才能達到預期效果。

（二）正話反說、隱真示假——以「優孟哭馬」、「晏嬰妙救養馬人」為例

1 事例

據《史記》〈滑稽列傳〉記載，春秋時楚莊王愛馬成痴，以豐厚的物質豢養馬匹，結果馬因營養過剩而死。楚莊王下令以士大夫之禮厚葬，大臣們紛紛進言勸阻，但楚莊王堅持己見，揚言誰再阻止便格殺勿論。某日優孟直入宮門，仰天大哭，楚莊王不明所以，優孟回答是為馬而哭，泣訴身為莊王的愛馬僅用大夫之禮，未免寒酸委屈，應採君主之禮，並建議以華麗棺槨裝殮，調動大批士卒修墳，並邀請各國使節共同致哀，最後再為其蓋廟，賜封萬戶封邑，如此才不愧對這匹寶馬，也才能讓各國知道楚王重馬輕人。此時楚莊王恍然大悟，追問優孟該如何彌補，最後楚莊王將馬交給御廚烹煮，以示自己重人輕物。

類似的勸諫手法亦見於《晏子春秋》，春秋時代齊國宰相晏嬰能言善辯，機智過人，某日齊景公的愛馬突然病死，他在盛怒下決定處死養馬者。晏嬰故意就養馬人「將馬養死」、「景公將為馬殺人」、「天下人皆知景公重馬輕人」三條罪狀，要求齊景公立刻處決養馬人，齊景公聽出晏嬰的言外之意，便釋放了養馬人。晏嬰表面上數落養馬人的罪狀，實際上也是勸諫齊景公不可重馬輕士。

2 分析

楚莊王與齊景公起初會有如此反應，可能出於一時的悲憤，如果優孟與晏嬰依舊直陳其詞：「一隻牲畜豈能和大夫相提並論」、「身為一國之君，豈可重馬輕人」，即便所言皆為事實，但當下不僅難以奏效，可能因此招致殺身之禍。

優孟及晏嬰不約而同地採取「正話反說」的方式，先不做正面陳述，而從反面立論，即使對方荒謬悖理仍故意迎合對方的論點，隨著話題深入，荒謬之處益加明顯，待時機成熟後再帶出本意，或含蓄委婉，或勸喻諷刺，使對方出乎意料，從而恍然大悟，達成說服的目的。尤其面對心存反抗情緒或正處氣頭上的人，為避免正面衝突，不妨先隱藏真正意圖，先採「迎合」策略，表現出「如果我是你，我也會這樣做」，使對方感覺你與他站在同一陣線，藉此取得發話權，在違反慣性思維下，刻意製造與主題相矛盾的話題，最後與「正話正說」殊途同歸，絕對比一開始就採取正面直言來得有效。

（三）避實就虛、繞道言之——以「觸讋說趙太后」為例

1 事例

據《戰國策》〈趙策〉記載，戰國時趙惠文王去世，秦國趁機發兵攻趙。趙國向齊國求援，齊國要求趙太后以其最疼愛的幼子長安君為人質，太后斷然拒絕，大臣竭力勸說當以國家安危為重，太后勃然大怒阻止議論。左師觸讋往見，太后起初怒氣沖沖，觸讋先以身體健康為由關懷太后，接著向太后請求讓小兒舒祺入宮為衛士，以自己寵兒為切入點挑起話題，質疑太后疼愛女兒燕后勝過兒子長安君，當太后不以為然反駁時，觸讋見時機已到，緊接著指出太后為女兒設想長遠，卻讓長安君「位尊而無功，奉厚而無勞」，一旦她百年之後，對

國家無所貢獻的長安君勢必無法立足。觸讋這席話讓趙太后心服口服，於是答應讓長安君當人質之事，齊國乃出兵救趙。

2 分析

觸讋能成功完成說服，在於巧妙運用了避實就虛的方法，他刻意先和太后閒話家常，大談養生之道，叮嚀太后當以身體為重，解除太后對他的戒備，再以父親疼愛小兒子的心情引發太后的共鳴，誘使其說出「愛憐少子」的敏感議題，這時觸讋順勢提出「父母之愛子，則為之計深遠」，以實例論證太后為女兒燕后「計久長」，但卻為長安君「計短」，讓太后大感意外，最後再藉歷史教訓讓太后反思，先動之以情，再曉之以理，成功說服了太后。

看似漫長的迂迴之路，往往是到達目的地最短的捷徑。面對僵局與其與對方在原地對峙，不如繞道而行，將引發雙方僵持的議題暫時擱置，先從側面進行，兜個圈子談論一些看似與主題無關的話題，慢慢引出話題後再順勢轉入正題，最後拋出真正的意圖，展開說服進而讓對方欣然接受。

（四）設置懸念、引而不發——以田嬰「海大魚」為例

1 事例

《戰國策》〈齊策〉記載齊國宰相田嬰想在封邑薛地築城，門下食客認為不妥紛紛勸諫，田嬰不聽，更明言不准再議論此事。有位齊人表明自己只說三字，多說一字便可立刻將他處死，田嬰於是破例接見，此人大聲說了「海大魚」三字後便轉身告退。田嬰一頭霧水，要求他把話講清楚，於是他以海中大魚為喻，漁網、魚鉤均無法傷害牠，不過一旦離水，連蚊蟲皆能欺之。現在齊國對田嬰而言，如同大魚賴以維生的水，勸他既有齊國何必又眷戀薛地，一旦失去齊國，即

使在薛地築城至與天等高也無濟於事。聽完這番分析，田嬰終於放棄築城之事。

2 分析

齊客成功之法得力於「設置懸念」，在田嬰不願見客的情形下，他提出最多只講三字，先引發田嬰的好奇而破例接見。但「海大魚」三字讓其丈二金剛摸不著頭緒，只好主動取消三個字的限制，於是使齊客掌握陳述己見的機會。運用懸念目的在於誘發對方興趣，藉由「賣關子」來吊對方胃口，使聽者的好奇心一時無法滿足，只好探求底蘊，終而使原本拒絕聽勸的人，接受了逆耳忠言，達到說服的目的。

四　結語

說服談判大師赫伯・柯漢（Herb Cohen）有言：「現實世界猶如一個巨大的談判桌，不管你喜不喜歡，都不免會坐到桌旁，成為談判的一員。」因此培養良好的說服技巧不僅有助於我們解決問題，建立和諧的人際關係，善用此法更有可能使對手變幫手，敵人變貴人。

綜上所述，說服不是口舌之戰，而是智慧、語言及個人意志的戰役，一場成功的說服事前需做足準備，以了解對方為先決條件；用字遣詞務必貼切精準，不妨善用譬喻事例讓內容更加具體；過程中保持良好的溝通氣氛，以引導代替質詢；必須為對方提出具體可行的方案；最後拿出耐心堅持到底，掌握住這五大原則，成功已勝券在握。再因人因事，適時應用一些說服技巧，或直陳利害，或避實就虛，或正話反說，或設置懸念，相信說服更易水到渠成。最後要特別提醒的是，成功的說服者應該努力營造一個合作的舞臺而非爭鬥的競技場，最終應以達到雙贏為目標，如此才是說服的真諦。

參考書目

周駿蓬編著　《百分百的說服秘訣》 臺北市　旭屋文化　1997年10月
方鵬程　《鬼谷子：說服談判的藝術》　臺北市　臺灣商務印書館　1999年8月
蕭世民　《巧舌如簧》　臺北市　漢欣文化公司　2000年9月
羅　毅　《讓人無法說No的攻心說話術》　臺北市　智言館文化　2004年5月
穆子青編著　《說服與反說服》 臺北市　正展出版公司　2006年4月
赫伯．柯漢（Herb Cohen）著，劉亦姍譯　《談判：談判專家的12個攻心法則》　臺北市　智言館文化　2006年7月
穆子青編著　《打動人心的說話技巧》　臺北市　正展出版公司　2006年8月
趙彥鋒　《說服力：令人心悅誠服的說話技巧》　臺北市　專業文化出版社　2007年3月
馮振翼、張秀英　《向卡耐基學33堂說話心法》　臺北市　漢宇國際文化公司　2008年7月
蔡佑吉　《說話力：表達、反擊、說服的技巧！》　臺北市　城邦文化公司　2009年9月

企劃案寫作要領與技巧

王友龍*

一　前言

「提案」已成為現代商業活動的重要特徵之一，而「企劃」與「提案」息息相關，所有的企劃案都具有提案的目的，帶有溝通與說服的任務，最終是希望對方能夠採納我方的建議或分析，促成問題的解決。

一九五〇至一九六〇年代，伴隨著美國經濟的快速增長，一種新興行業——企業管理顧問公司誕生，商業活動提案逐漸取代以往的軍事活動提案（例如：作戰計劃），而到一九九〇年代迄今，影印機、個人電腦與李柏納（Tim Berners-Lee）的「全球資訊網」（www）的問世，加上電腦文書作業軟體的不斷演進與單槍投影機的運用，都使提案的相關資料可以製作、複製與快速傳遞，縮短了製作提案與溝通傳達所需的時間。

本文將就企劃案的重要性、目的、寫作原則與格式、方法等做一說明。

* 作家、講師，歷任企畫、廣告與行銷職務。

二　寫作企劃案的重要性與優勢

以往農業社會的時代，許多事情都由雙方以口頭約定，這種口頭約定的方式就是一種承諾，但到了現代商業社會的提案活動，除了雙方以口頭約定外，更講究憑證的重要性，而企劃案就是擔任一種憑證的角色，讓雙方可以在一個共有的溝通平臺上進行討論與修訂，在企業內部達成共識後，再以企劃案向客戶進行簡報。

撰寫企劃案具有以下的四點優勢：

1 可產生專業與信任感，提升說服客戶的成功率

一份紮實的企劃案可讓客戶產生對提案廠商的信任度，認為提案廠商是可以幫助他們解決問題，甚至成為策略聯盟的夥伴。

2 檢視自己的思路邏輯是否正確

透過企劃案可反覆檢查企劃案的思路邏輯是否正確無誤，並進行修改。

3 成為公司知識管理的一環

可將企劃案的相關電子檔案，收納在公司的電腦資料庫中，做為往後類似提案的參考與經驗傳承之用。

三　資料的收集與分析

資料收集是提案的起步，沒有資料，企劃書內容的精確度與周延性將大打折扣，如果缺少客觀資料的佐證，容易偏離事實，因此，收集資料是企劃案相當重要的一環。

確認企劃的主題後，就進入「資料的收集與分析」的階段，其中，包括：收集、選擇、比對、整合與分析資料五個步驟，而收集資料是後續四個步驟的基礎。

有兩種情況可能發生，一種是由同一個可靠的資料來源所提供的非常詳盡的資料（例如：國家圖書館的「全國博碩士論文資訊網」），或者來自許多不同資料來源的零碎片段，前者可節省你後續的整合與分析資料的時間，後者則需要花費較大心力做比對與整合的功夫。

資料與企劃的架構存在三種關係：

1 與企劃書架構有關的資料

依據企劃主題，有時會有制式範本的架構可供參考，或經由邏輯推論得出架構，這些架構都為資料的收集指引出方向，使搜尋資料更有效率，例如：市場分析中的競爭者分析，包括：品牌、企業、產品、營業額等，都可成為內容的一部分。

2 建立架構

運用 K.J. 法從龐雜的資料（例如：新產業的資料）中逐步建立企劃的架構與內容。

3 依據解決問題的假設所收集的證明性資料（證據）

例如：品牌知名度逐年下滑，研判品牌定位與傳播層面出了問題，這時應提出相關的直接證據（支持假設）做為佐證。

此外，在收集資料的過程中，寧可詳細也不要簡略，留待最後再做取捨，也要注意保持資料的完整性，不可斷章取義，曲解資料中原有的含意；此外，收集資料在範圍與角度上，要能見樹（望遠鏡頭）又見林（廣角鏡頭），例如：收集 A-380大型客機的市場資料，不應只收集產品面或現有的國際市場資料，更要有從大範圍的宏觀角度剖析國際經濟景氣、大型客機產品（科技）的未來發展趨勢與未來五年、十年……的市場需求預測等較多元化的資料。

四　企劃案的類型與提案方式

企劃案的類型可從「輸出（撰寫）內容」與「提案方式」兩方面來加以區分，以輸出內容而言，以方法論的有無又可分為「情境論述」與「行動論述」兩類，前者只單純地陳述事件的狀態，這種狀態在時間軸上可能是對過去或現在正發生的事件的描述，也可能是對未來狀態的一種推演預測，但都不涉及步驟、建議、策略等方法論，「市場分析」與「產業分析」是情境論述最典型的範例；至於行動論述則直接與解決問題的方法相關，有具體的步驟與建議，這些步驟與建議形成一套周延的解決方案（含配套措施再內）。

行動論述的內容有時也會與情境論述合併，通常在正式的企劃書中，順序上先放置情境論述的內容，例如：針對 X 手機定位分析的「中上價位手機品牌市場分析」、針對A產品生產線停滯檢討報告的「產品線生產流程分析」等，而在企劃書的後面放置行動論述的內容，提出解決問題的具體方法，這樣的先情境（描述）後行動（建議）論述的順序，最能讓相關人員了解事件的來龍去脈，進而引發內心的共鳴，認同你所提出的解決方案；如果提案的對象已經對事件有一初步了解，你也可以先放置行動論述的相關建議，後面再放置情境論述的內容來加以說明；無論是情境論述或行動論述，所有的文句說明與結論，都必須符合金字塔結構法中的邏輯規則──往上為概括、往下為分類、水平關係則為「彼此獨立，互無遺漏」的 MECE 原則。

若以提案方式來做分類，可將企劃案分為「口頭提案」（語言傳達）、「書面提案」（文本型式）與「投影片提案」（光影流動型式）三種類型，這三種類型並無優劣之分，完全視實際情況而採用；而在你決定提案方式後，才能設定提案的規格，包括：提案時間、提案內容的多寡與製作、器材的準備、協力部門的參與等後續問題。

接著我們要考慮要採用哪一種提案方式，沒有任何一種提案方式是完美的，例如：投影片提案雖能讓與會者獲得聲光效果，但在一般情況下，卻無法讓與會者產生較多的思考空間，這是因為光影流動型式會有吸睛（眼球）效果，讓你的大腦一直窮於應付源源而來的螢幕變化，進而可能矇蔽了提案內容的邏輯正確性；而較為單純、沒有書面資料的口頭提案，雖沒有影音設備做輔助，但由於大腦可以在周遭環境單純化的前提下，專心聆聽分析對方的語言內容，反而較投影片提案有更多的思考與判斷空間。

要決定採用哪一種提案方式，有三個考慮因素：

1 提案對象

這是最重要的考慮因素，有時也會連帶影響到提案所需的時間，如果提案對象是客戶，提出一些限制條件，而且毫無討論的空間，那麼就必須依客戶的要求做提案的準備，另一方面，如果客戶沒有特別要求，通常提案一方會主動提出投影片提案的方式。

2 提案內容

如果提案內容資料豐富，並有影音檔（例如：Jpeg 檔、Media Player檔），就以投影片提案來呈現這些效果；如果提案內容簡短，只有一張 A4 的文字內容，對象是公司內部同仁，你可採用書面提案的方式完成提案。

3 參與提案的人數

如果與會者只有一至二人，對象是公司內部同仁，你可採用口頭或書面提案的方式；而在對客戶進行提案前，你應確實掌握到時參與提案的客戶人數，以方便你準備書面資料的份數。

所有提案方式的決定，都是以上三個因素的綜合考量，經過權衡考慮後，就能設定提案的方式與規格，並以「金字塔結構法」的邏輯進行提案的架構與製作。

五 企劃案的寫作原則

運用報告寫作的「金字塔結構法」與形成標題、內容的「K.J.法」，可讓企劃案不僅言之有物，也能有一套鋪陳論點的邏輯架構，現在分別說明如下：

1 金字塔結構法

這是一種報告寫作的技巧，概念上，類似一個正三角形的金字塔形狀，最上方代表「結論」，最下方的底層則是一堆未經分類的資料，在從底層往上方結論推進的過程中，必須運用以下的三種技巧才能得出結論，並逐步形成企劃案的架構：

(1)「分類」(Grouping)

這是延伸論點分支的技巧，運用於金字塔結構中的垂直往下方向。

(2)「概括」(Summarizing)

這是形成主題（標題）的技巧，運用於金字塔結構中的垂直往上方向。

(3)「彼此獨立，互無遺漏」的 MECE 原則

規範同一水平層級的「分類」關係，以檢視所做的分類是否恰當，是否有所重疊或不夠完整。

至於企劃案的發表順序，則與以上的推進方向相反，是以從上（結論）而下（資料）的順序發表，與企劃書前端的「目錄」相互呼應，先說明整體結論（你也可以將結論與建議放於企劃案正文的最後），接著依序說明以下的主要、次要與支持性論點，最後可視需要將分類前的原始資料做為「附件」，放在企劃書的最後。

2 K.J. 法

K.J. 法屬於一種收斂型思考法，也是一種資料收集與歸納的思考方法，可以形成企劃書的標題與內容，它是將不同的資訊收集在一起，經過歸納整合後，從中發現新的假設（結論）。

K.J. 法的過程與原理，很類似從金字塔結構的最底層（原始資料）開始，不斷向上歸納整合，進行「概括」的動作，最後得出金字塔頂端的精華結論。

六　企劃書的構成要素

一般正式的企劃書中，除了「一頁企劃書」外，不論是 A4 橫式或直式的版面，都應該包括以下的構成要素：封面、目錄、正文＋結論／建議與附件：

1 封面（cover）

這是閱讀者對企劃書的第一印象，具有視覺上的加分效果，一般情況下，不宜過於花俏，也不宜過於單調，可調整字型變化與加入插圖，豐富封面的美感。

2 目錄（content）

這是封面的下一頁，應包括各大綱與章節標題在內的所在頁數。

3 正文＋結論／建議

這是整份企劃書的重點與核心價值所在，正文是為後續的結論／建議部分做準備，注意正文與結論／建議的論點都要符合產業領域的專業判斷與金字塔結構的邏輯性，另外，也應有獨特見解與想法；另一方面，可運用一些視覺技巧整理文字與強調重點，例如：字體粗細、劃底線、縮排、層級標題、數字編號……等。

以「情境論述」與「行動論述」類的企劃書而言，情境論述類的正文架構，會因產品／服務與產業的不同而異，因為在以 KJ 法不斷將同屬性的資料併列或往上概括形成新的主題與結論的同時，無法預測到時完成的詳細架構的樣貌，最多只有依據經驗先得出一個大綱，資料的性質與多寡才是影響正文架構的關鍵因素。

反之，只要能掌握並確認解決問題的工具與方法，就已完成屬於「問題導向型」（problem-oriented）的行動論述類企劃書中最困難的部分，剩餘的就是掌握「工具」、「時間」、「預測」與「經費」四個配套層面，轉換為企劃書正文的四個架構：

（1）解決方法與所需的工具（設備）→ 內容

包含結論與建議，以方法與結論兩者為核心，可做論述上的展延與鋪陳，以形成各章節的標題與文字內容。

（2）時間 → 進度表（schedule）

解決問題的時程設定，可用簡單的條列方式或圖表類的「甘特圖」或「計劃評核圖」表示。

（3）預測 → 效益評估分析

評估在解決問題之後，組織所能獲得的效益，才能讓企劃書的製作顯得有意義，並儘量用可以量化的指標進行評估。

（4）經費 → 預算分配表

以表格化的方式呈現預估的費用，實務上，這一部分並不會列入對客戶的投影片提案（播放模式）中，但是有列在發給客戶的書面資料中，做為客戶的參考。

4 附件

可視情況需要加入，它的功能在於提供與提案主題直接或間接相關的詳細資料。

如果企劃書的篇幅長達數十頁或數百頁，可另外準備各大綱的扉頁（例如：壹、市場分析），放入企劃書中，做為區隔之用。

七　企劃書的寫作格式

企劃書的寫作可區分為「多頁式」與「一頁式」（單頁式）兩大類，每一類又可分為兩種不同的規格，多頁式企劃書可分為「A4 直式多頁式企劃書」與「A4 橫式多頁式投影片」，而一頁式企劃書則可分為「A4 直式一頁企劃書」與「A3 橫式區塊型一頁企劃書」，現在說明如下：

（一）多頁式企劃書

1 A4 直式多頁式企劃書

這是一種以 word 文書作業軟體所打成的「純文字」或「文字為主，圖表為輔」的書面提案型式，通常在公司內部或做為正式提案的附件使用，這種企劃書主要是以文字表現，理論上，可以像寫小說般膨脹到十、二十萬字，但是這種由龐大文字陣列所形成的磚塊式企劃書是無法在商業提案上使用，一來是因為文字的閱讀原本就具有需逐字逐句消化與吸收的時間，不如圖表般一看即懂，這會降低閱讀者的理解速度，二來是龐雜的文字不容易呈現出重點，反而模糊了原有的焦點率；因此，我們有必要制定以 A4 直式多頁式企劃書進行提案的規則：

（1）設定頁數的規格

一般而言，使用十二至十四級的字體進行撰寫，並將頁數設定在十頁內較為理想，成為一種重點式整理的文書。

（2）以四個 C 撰寫提案書的內容

企劃書內容的文句必須符合四個 C 的原則，就是：Clear（清楚）、Concise（簡潔）、Complete（完整）與 Correct（正確）。

（3）依「純文字」與「文字＋圖表」兩大類進行處理

A 純文字

a 總字數＜兩千字

使用「條列式」或「兩欄式表格」的做法分解文字內容，所有條列的重點與表格最左方一欄的文字（項目）就是企劃書中的主要論點，後續的部分屬於次要與支持性的論點，通常用在例行性的企劃書居多，例如：市場調查企劃書、客戶貢獻度評估報告……等。

b **總字數＝兩千至一萬字**

以一萬字為字數的上限，算法是以十二級字與單行間距填滿整張 A4 版面，則有 34 行×38 列＝一二九二字，扣除一些必要的空白空間後，以每頁平均一千字計算，十頁則有一萬字的字數；這類具有大量文字的企劃書，單純的條列式或表格化的呈現手法已毫無意義，這時，我們必須進一步使用「頁面編排技巧」來處理這些文字，這些技巧包括：

（a）強調重點文字

運用較粗字體、斜體、畫底線……等技巧顯示該段文字（名詞／句子／段落）的重點所在。

（b）堆疊組合

運用「視覺符號」與「層級標題」的結合，加上「縮排」的技巧，可將整個企劃書形成一個層次分明的結構。

視覺符號

可以是有編號（例如：代表前後順序的1、1.1、1.2……）或沒有編號（例如：❑、☞、❍……）的符號。

層級標題

可分為「章標題」、「節標題」、「小節標題」與「段落標題」四類。

（c）縮排

將同一組論點的標題位置排列在標題起始基準線（上一層論點的層級標題的第一個字左側）的右方。

B 文字＋圖表

這種以文字為主、帶有圖表與圖解元素的內容，可採用「分散型」的編排方式，就是圖表／圖解的所在位置位於相關的文字說明附近。

2 A4 橫式多頁式投影片

這是為了提案而將企劃書製作成具播放形式的投影片方式，由前面的 A4 直式多頁式企劃書摘取內容重點轉換到正式提案常用的 powerpoint A4 橫式投影片而來，現依據 A4 直式多頁式企劃書中的「純文字」與「文字＋圖表」兩種處理情形加以說明：

(1) 純文字 → 文字投影片

A 總字數＜兩千字

將「條列式」或「兩欄式表格」左方欄位中的項目做為提案投影片的大綱，剩餘文字則是大綱下的論點，依此原理轉貼到投影片中，成為文字投影片，並將原十二至十四級的字體放大為投影片的適當字級；注意每頁投影片只放一個大綱的內容。

B 總字數＝兩千至一萬字

這種文字較多的 A4 直式企劃書是用頁面的視覺化編排技巧來反映其中的金字塔結構法的邏輯與架構，線索就在依「項目符號」的大小順序（例如：壹、貳……）所排列的大綱、「視覺符號＋層級標題」（例如：5. 競爭者分析）與「向右縮排」所形成的一片段落（論點），依此原理逐次轉貼到投影片中。

(2) 文字＋圖表 → 視覺化投影片

這種以文字為主、圖表／圖解為輔的分散型編排內容，要轉換到投影片時，須先將圖表／圖解元素與相關文字內容轉貼到投影片，並就此一部分形成版面上方的標題文字（一個論點），剩餘的文字經整理後再轉貼放大到相對應的投影片上。

(二) 一頁式企劃書

這是一種「結構化」的單張企劃書，是一種將提案資料濃縮在一張紙上的文本型式，又可分為以下兩類：

1 A4 直式一頁企劃書

這是以 word 文書作業軟體所打成的文字式一頁企劃書，內容都以條列式文字或表格呈現，同樣可以用「頁面編排技巧」來強調重點，例如：大綱部分用粗體字，以「向右縮排」呈現下一層的論點內容。

2 A3 橫式區塊型一頁企劃書

這是一種以簡報軟體 powerpoint 所製作而成的企劃書，可在「版面設定」中設定為橫式版面，當企劃書製作完成後，由印表機輸出 A4 橫式的版面，再經由影印機放大為百分之一百四十一的比例，就成為 A3 橫式區塊型一頁企劃書；做法上，是將原有的資料內容分成不同的主題，再放入區塊（方格）內，每個區塊就是一個獨立的主題，區塊內則是由文字與圖表等素材組合而成的內容，因此，當數個區塊集中在一張 A4 或 A3 的紙張時，就形成極具視覺張力的高辨識度企劃書，這種以清晰與結構化的手法來呈現構想的區塊型一頁企劃書，有三個製作過程與五個構成要素：

（1）製作過程

A 內容的模組化

將整體的資料切割出數條論述的軸線，這些軸線的意涵就成為各區塊的標題所在，而這些標題則與提案的主題（名稱）密切相關。

B 區塊化（方格式）的視覺呈現

運用區塊（方格）的設計與結合圖表、圖解等視覺化的呈現手法。

C 集合區塊

將所有區塊併列，就形成一張極具豐富視覺化的企劃書。

（2）構成要素

A 提案書名稱

放置於整個版面的最上方中間處，名稱應清楚明確，以較大的粗體字顯示，例如：「**○○○品牌連鎖服飾店經營策略**」。

B 撰寫日期

放置於提案書名稱的最右方，以較小的字級顯示，例如：2011.3.8.、民國 100 年 3 月 8 日……等；如果是修訂後的版本，你也可加以附註，例如：2010.11.30 修訂二版。

C 區塊

包括區塊的數目與大小（邊界線的調整），都要預先設計好。

D 各區塊的主題

通常會顯示在該區塊上方邊線的中間處，並以加框顯示。

E 區塊的內容

包括文字、圖表與圖形等組合元素，也包括結論與建議的區塊。在論述的順序上，先將「前言」（提案背景）放在開頭的區塊（左上方）內，因為那是閱讀者的第一個視線接觸點；如果沒有前言，則將結論／建議的部分放在開頭或結尾的區塊（右下方）中。

論產品說明書之寫作

仇小屏*

一 前言

產品說明書的功能，誠如劉玉學主編《寫作學教程》所言：「商品說明書的明顯作用就是介紹和宣傳特定商品的有關基本知識，使消費者了解商品性能特點，掌握商品實用技法，以促銷售。」[1]劉著所謂之「商品說明書」，即本論文所稱之「產品說明書」。而且，劉著也替產品說明書下了定義：「商品說明書，是指以說明方式對商品的性質、結構、使用方法以及保養維修等情況進行簡介的書面材料。」[2]

而產品說明書是「實用文」的一種，實用文又稱「應用文」、「告語文」、「傳息文」、「認知文」，是與人們的日常生活、工作聯繫密切的具有信息傳遞功能的文章，以說明、議論為主要表達方式，一般具

* 成功大學中國文學系副教授。

1 見劉玉學主編：《寫作學教程》（北京市：中國政法大學出版社，1999年，修訂版），頁373。孫秀秋：《應用寫作》（北京市：中國人民大學出版社，2008年）認為產品說明書的作用有：「1. 可以介紹產品，幫助人們認識產品，指導消費。2. 可以指導人們正確安裝、使用、維護、保養產品。3. 多數說明書還可以作為一種商品宣傳手段，具有一定廣告作用。」

2 見劉玉學主編：《寫作學教程》（北京市：中國政法大學出版社，1999年，修訂版），頁373。

有固定的程式，文字簡明通俗，有特定的事由、明確的讀者對象、較強的時間規定等特點。[3]既然產品說明書是「實用文」的一種，那麼就會合乎實用文寫作的特性，吳仁援、王文軍編著《現代應用寫作學》認為「應用寫作」[4]除了具備寫作的基本特徵外，還具有它獨有的一些特徵：「目的對象的明確性」、「文章內容的真實性」、「文面格式的規範性」、「文體風格的質樸性」、「流通寫作的時效性」。[5]本論文擬針對其中的三點——「目的對象的明確性」、「文面格式的規範性」、「文體風格的質樸性」，特別著重來探討。至於其他兩種特性：「文章內容的真實性」、「流通寫作的時效性」，前者需依靠產品說明書的作者或是產品廠商的誠信，後者則非產品說明書的作者所能掌握，因此都不予討論。

本論文鎖定產品說明書，闡述其寫作方式及特色。具體的寫作方式如下：以下第二至五節，分析四種產品的說明書：「PeRT 飛柔」、「明星爽身粉」、「鍋寶日式超真空保溫杯」、「普拿疼加強錠」，其中，前兩種的說明書是直接印在產品上，第三種是印在產品外包裝紙盒上，第四種則是印在內裝單張上，所以，前三種是「包裝式說明

3 參見馬正平編著：《中學寫作教學新思維》（北京市：中國人民大學出版社，2003年），頁197。而從專業、職業的角度來分類，實用文可分為「行政實用文」（公文）、「司法實用文」、「商業實用文」、「科技實用文」、「軍事實用文」、「外交實用文」、「醫學實用文」等。參見同書頁197-198。

4 吳仁援、王文軍編著：《現代應用寫作學》（上海市：上海大學出版社，1998年），頁6：針對「應用寫作」說明道：「是一種為直接對應生活、處理事務、解決問題而運用語言文字為主的符號系統，經過創造性思維而建構文章來進行信息交流的社會實踐活動。」

5 見吳仁援、王文軍編著《現代應用寫作學》（上海市：上海大學出版社，1998年），頁7-8。孫秀秋：《應用寫作》（北京市：中國人民大學，2008年），頁238認為產品說明書兼有說明文和應用文的特點，主要是「表達的說明性」、「知識的實用性」、「內容的客觀性和規定性」亦可參看。

說」，最後一種是「內裝式說明書」。[6]而為了凸顯產品說明書寫作的注意事項，因此第二至五節的分析主要是以「糾謬」的方式來進行，最後，第六節則統合前面的分析，作一「綜合探討」，並總結出產品說明書的寫作特點。

二 「產品說明書」分析之一

以下四節，均先出「品名及說明書」，後面呈現對此的「糾謬」分析。

（一）品名及說明書

PeRT 飛柔

一分鐘熱油護髮潤髮乳（深層滋潤型 200ml）

【用途】
滋潤秀髮
【用法】
洗髮後將飛柔一分鐘熱油護髮潤髮乳均勻抹在濕髮上，輕輕按摩一分

6 劉玉學主編：《寫作學教程》（北京市：中國政法大學出版社，1999年，修訂版），頁373將商品說明書的種類分做兩類：「包裝式說明書。即印刷在外包裝或內包裝上的商品說明。這種說明書既能使人一目了然，具有廣告宣傳作用，又表示了對消費者負責的態度，可謂一舉兩得。」「內裝式說明書。即裝於包裝之內的單頁式或本冊式說明。例如，一些大件家用電器，由於它結構複雜，使用方法和技巧不能輕易掌握，因此，就需要對產品的性能、使用方法及保養維修等各方面情況掌握在內裝式說明書上具體介紹，便於消費者查閱。」孫秀秋《應用寫作》（北京市：中國人民大學，2008年），頁230指出：「產品說明書按其寫作目的和內容的不同，可以分為技術說明書、安裝說明書、使用保養說明書等。」但是因為孫著也指出這些分類只是相對的，其內容常常是混雜的，因此本論文不採此種分類方式。

鐘，然後用清水洗淨。建議每次洗髮後使用，效果更佳。

【保存方法】

請置於乾涼處，避免陽光直射。

【注意事項】

只供外用。避免接觸眼睛，如揉入眼中時，請用清水沖洗。若有不適，請暫停使用並諮詢醫生。

【保存期限】

3年

【成分】

Water, Stearyl Alcohol, Cyclomethicone, Dimethicone, Cetyl Alcohol, Stearamidpropyl Dimethylamine, Glutamic Acid, Benzyl Alcohol, Fragrance, EDTA, Methylchloroisothiazolinone, Methylisothiazolinone, Magnesium Nitrate, Magnesium Chloride

【製造廠商】

廣州寶潔有限公司

廣州市光州經濟技術開發區濱河路1號

【進口廠商】

寶僑家品股份有限公司

【地址】

台北市信義路五段106號7樓

【消費者服務專線】

0800-051-088

【有效日期及批號】

標示於封口處（西元年月日／產品批號）

飛柔係經美商實驗公司監製並授權使用商標 UNDER LICENSE FROM THE PROCTER & GAMBLE COMPANY, USA

【原產地】

中國

(二) 分析

1 品名之下有標語：此一標語的內容包含了此品的用途、容量，等於是把消費者最關心的內容概括、醒目地呈現。

2 分類說明：共分成十一類加以說明，有綱舉目張的效果。

3 分類不足：倒數三至五行並未標上類別，顯得體例不齊，建議可在最後增加一類：「監製與授權」。

4 分類宜排列合宜：譬如「有效日期及批號」宜移至「保存期限」之後，因為此二類關係緊密。

5 宜適當加上標點符號：

（1）例一：「用法」中之「洗髮後將飛柔一分鐘熱油護髮潤髮乳均勻抹在濕髮上」，宜加標點符號，改為「洗髮後，將飛柔一分鐘熱油護髮潤髮乳均勻抹在濕髮上」。

（2）例二：「注意事項」中之「請暫停使用並諮詢醫生」，宜加標點符號，改為「請暫停使用，並諮詢醫生」。

6 宜適當運用連詞：譬如「用法」中之「輕輕按摩一分鐘」，前面宜加一「再」字，標誌出先抹、後按摩的次序性。

7 宜適當運用副詞：譬如「用法」中之「建議每次洗髮後使用」，「使用」之前宜加一「均」字，以與「每次」呼應。

三 「產品說明書」分析之二

(一) 品名及說明書

明星爽身粉

【用途】

滑潤肌膚，氣味芳香，保持乾爽，老少咸宜。

【用法】

以此粉遍搽身上或腋下，如於沐浴後搽之尤妙，每日約搽數次，久香不散。

【成分】

滑石粉、香精。

【注意事項】

避免幼兒誤食，請將本品放置於幼兒無法取得之處，使用時避免接觸眼睛及呼吸氣管。

【保存方法】

請將本品放置於室內乾爽處。

【保存期限】

五年

【製造日期】

99.04.15

【重量】

淨重90公克±10%

【批號】

99,04

明星化工股份有限公司出品

台灣台北縣土城市沛陂里中山路8號

電話：(02) 22685130

（二）分析

1 分類說明：共分成八類加以說明，有綱舉目張的效果。

2 分類之排列：依訊息之重要性加以排列，頗為合宜。

3 分類不足：最後數行並未標上類別，顯得體例不齊，建議可在最後加一類：「出品公司」。

4 間用文學性說明：在「用途」之下用了文學性說明[7]，而且特別做成四字一句，以增強效果。

5 說明宜吻合類別內容：譬如「用途」下之「老少咸宜」，似乎並非用途，可刪；「氣味芳香」亦宜修改，可與「保持乾爽」合併，改成「保持身體乾爽、體味芳香」。

6 名詞詞彙涵蓋面不宜重疊：譬如「用法」下之「以此粉遍搽身上或腋下」，因為「腋下」包含於「身上」，所以宜改為「以此粉遍搽身上，特別是腋下」。

7 宜適當運用連詞：譬如「注意事項」下之「避免幼兒誤食」，宜加上「為」字，成為「為避免幼兒誤食」，以與下句「請將本品放置於幼兒無法取得之處」形成明確的「先因後果」邏輯，使得兩句的聯繫更為緊密。

8 宜正確運用標點符號：譬如「注意事項」的內容又可分為兩類：「放置位置」、「避免接觸」，因此在兩者之間宜用句號或分號分隔，即原第二個逗號，宜改為句號或分號。

---

7 劉玉學主編：《寫作學教程》（北京市：中國政法大學出版社，1999年，修訂版），頁109-111將說明方法大致分為「科學性說明法」、「文學性說明法」，前者包括「歸類說明」、「定義說明」、「詮釋說明」、「舉例說明」、「比較說明」，後者則包括「描述說明」、「比喻說明」、「擬人說明」、「故事說明」。

四　「產品說明書」分析之三

（一）品名及說明書

鍋寶日式超真空保溫杯

【材質】

高級不銹鋼

【容量】

500cc

【重量】

約310g

【產品特色】

・超真空斷熱不銹鋼材質，長效保冰、保熱

採用高級不銹鋼，不氧化、不銹融，清洗容易，最適合長時間保存冰、熱飲品。

・密封式大廣口設計，冰塊也可放入

密封式大廣口設計，加放冰塊、水果等輕而易舉，飲品不易外溢，且耐冰塊撞擊，開車、外出使用最便利。

・流線造型，居家、外出使用皆適合

外型美觀，質輕耐用，不論居家使用或外出郊遊、旅行使用最便利。

【使用方式】

將杯內裝入約八分滿的飲品，將杯蓋旋緊即可。

【注意事項】

1 請勿將產品直接加熱或靠近火源。

2 請勿摔下或以尖銳之金屬器具碰撞外殼，以免破壞超真空斷熱結構。

3 杯內請勿長時間存放含鹽或酸性食品，以延長產品使用壽命。

4 清洗時，請以中性清潔劑加軟布或海棉清洗即可。

【生產地】

D.R.C

【製造商】東莞快力寶廚具有限公司

【有效期限】未使用前可永久保存

（二）分析

1 分類說明：共分成九類加以說明，有綱舉目張的效果。

2 分類之排列：依訊息之重要性加以排列，頗為合宜。

3 分類宜清楚：譬如「產品特色」下之第一點實具兩種內容：「不銹鋼材質」、「長效保溫」，因此可修改為兩點：「不銹鋼材質／採用高級不銹鋼，不氧化、不銹融，清洗容易」、「超真空斷熱，長效保冰、保熱／最適合長時間保存冰、熱飲品」。

4 連詞運用宜準確：

（1）例一：「產品特色」下之第三點：「不論居家使用或外出郊遊、旅行使用最便利」，「不論」這一表條件關係的連詞使用不當，可刪。

（2）例二：「使用方式」下之「將杯蓋旋緊即可」，可在前面加一「再」字，讓動作次序更為明確。

5 可適當省略詞彙：

（1）例一：前揭例子：「不論居家使用或外出郊遊、旅行使用最便利」，「使用」出現一次即可。

（2）例二：「使用方式」下之「將杯內裝入約八分滿的飲品」，因為情境明確，所以「將杯內」亦可刪掉。

（3）例三：「注意事項」下的第三點，也因情境明確，所以可將句首之「杯內」刪除。

6 可適當精簡詞彙：譬如前揭例子：「不論居家使用或外出郊遊、旅行使用最便利」，「居家」、「外出郊遊」、「旅行」為平列之三者，因此「外出郊遊」可改為「外出」，使三者字數一致。所以結合前第三、四點建議，此句可改為「居家、外出、旅行使用最便利」。

7 宜注意前後的對應：譬如「注意事項」下之第三點，因為「長時間存放含鹽或酸性食品」，會減損產品壽命，所以「勿長時間存放含鹽或酸性食品」，就可以避免減損產品壽命，因此建議改為「請勿長時間存放含鹽或酸性食品，以避免減損產品壽命」。

8 動詞運用宜精確：譬如「注意事項」下的第四點，因為用「中性清潔劑加軟布或海棉」，所做的動作為「輕擦」，而非「清洗」。因此建議修改為「請以中性清潔劑加軟布或海棉清擦，然後清洗乾淨即可」。

五　「產品說明書」分析之四

（一）品名及說明書

普拿疼加強錠

鎮痛解熱劑・迅速解除強烈疼痛及發燒

【成分】
每錠含有 Acetaminophen 500公絲，及 Caffeine（咖啡因）65公絲。
【作用】
普拿疼加強錠經臨床證實為一快速有效之鎮痛、解熱劑。其鎮痛、解熱效果與阿斯匹靈相等，但不似阿斯匹靈或含阿斯匹靈之藥品會導致許多副作用。其膠囊型錠之劑型能使病人易於吞服。

普拿疼加強錠含咖啡因，口服後，可溫和地刺激中樞神經，使人保持清醒且對疲勞的患者有提神的功效。咖啡因經常與Acetaminophen 合併使用，當作迅速有效的頭痛治療劑。

【適應症】

退燒、止痛（緩解頭痛、牙痛、咽喉痛、關節痛、神經痛、肌肉酸痛、月經痛）普拿疼加強錠適用於解除各種疼痛，例如：頭痛、月經困難、肌肉骨骼疼痛、肌肉痛及神經痛等。同時亦可用於伴有不適感及發燒之病症的止痛解熱，例如感冒及濾過性病毒感染。在牙科手術及拔牙後或在長牙時，普拿疼加強錠均可作為有效的止痛劑。

【注意事項】

- 為防止兒童誤食請妥善保管。
- 避免陽光直射，宜保存於陰涼之處。
- 除非有經醫師藥師藥劑生指示，孕婦及授乳婦不建議自行使用。
- 勿超過建議劑量，若有有不適情況產生，應停止使用並請教醫師藥師藥劑生。
- 不得併服含酒精飲料。

【警語】

- 服用後，若有發疹、發紅、噁心、嘔吐、食慾不振、頭暈、耳鳴等症狀時，應停藥並就醫。
- 除非有醫師藥師藥劑生指示，曾經因本藥引起過敏症狀者不得 使用。
- 服用本類製劑三天後，發燒、疼痛症狀未見改善，應停藥就醫。
- 成人不得連續服用本類製劑超過7天，12歲以下之小孩不得超過3天，視情形需要，繼續服用本類製劑前，請洽醫師。
- 酒精警語：若每日喝三杯或更多之酒精性飲料，請詢問醫師是否能服用本藥，因為 Acetaminophen 可能造成肝損害。

・本藥含咖啡因類成分，應限制再服用含咖啡因藥品、飲料（如：茶、咖啡、可樂等），過多的咖啡因會引起神經緊張，興奮與失眠，且常會引起心搏過速。

【用法用量】

・醫師藥師藥劑生指示藥品。

・疼痛或發燒時服用，若症狀持續，則每4~6小時可重複使用，初次應使用最小建議劑量，再適症狀增減用量，每24小時內不可超過4次。

成人每次1錠，12歲以上適用成人劑量。

6歲以上未滿12歲，適用成人劑量之1/2。

3歲以上未滿6歲，適用成人劑量之1/4。

3歲以下之嬰幼兒，請洽醫師診治，不宜自行使用。

【貯存】

・請置於室溫乾燥處

【包裝】

・6~1000錠塑膠瓶裝、鋁箔盒裝

・衛署藥輸字第023623號

【藥商】

荷商葛蘭素史克藥廠股份有限公司台灣分公司

台北市忠孝西路一段66號24樓

【消費者免費服務專線】

0800-212259

【製造廠】

GlaxoSmithKline Dungarvan Limited

Knockbrack, Dungarvan, Co. Waterford, Ireland

【包裝廠】

Sterling Drug（M）Sdn. Bhd.

Lot89, jalan Enggang, Ampang／Ulu Kelang Industral

Estate, 54200 Selangor, Malaysia

（二）分析

1 品名之下有標語：此一標語的內容著重在此品的用途，等於是把消費者最關心的內容概括、醒目地呈現。

2 分類說明：共分成十二類加以說明，有綱舉目張的效果。

3 分類之排列：依訊息之重要性加以排列，頗為合宜。

4 說明宜吻合類別內容：譬如「包裝」項下之第二點並非屬於此項，因此建議另立一項「衛署藥輸字」。

5 語法成分宜搭配適當：

（1）例一：此品之標語中，「解除」之後應搭配名詞，成為「動賓」結構，所以「發燒」宜改為「發燒症狀」，成為「迅速解除強烈疼痛及發燒症狀」。

（2）例二：「用法用量」下之第一點，「指示藥品」雖為「動賓」結構，但是在此語境下，因為「藥品」已經確定為「普拿疼加強錠」，所以無須「指示」，因此「指示」與「藥品」並不搭配。揆諸下文，推斷原意應為「指示服用時間、劑量」。

6 說明之邏輯宜清楚：

（1）例一：「作用」之說明頗為混雜，經分析後為三點：「快速有效之鎮痛、解熱劑，且不含阿斯匹靈」、「其膠囊型錠之劑型能使病人易於吞服」、「含咖啡因，可提神、治療頭痛」，不過，第二個優點不宜列入「作用」項中。至於其他兩點，應是以「並列」邏輯加以組織，或可用「其一」、「其二」加以標明，而且其下的說明，亦可更為精簡。

（2）例二：「適應症」之說明亦相當混雜，經分析後，可大別為兩部分：「普遍的適應症：退燒、止痛」、「特殊的適應症：感冒及濾過性病毒感染、牙科手術及拔牙後或在長牙」，因此，此應為「先全後偏」邏輯，建議在兩部分之間，要有適當的連詞或連語加以連結。而且在「普遍的適應症：退燒、止痛」下，說明重複甚多，建議改為「普遍的適應症：退燒、止痛（緩解頭痛、牙痛、咽喉痛、關節痛、神經痛、肌肉酸痛、月經痛）。」而「特殊的適應症」部分，亦建議改為「特殊的適應症：可用於伴有不適感及發燒之病症的止痛解熱，例如感冒及濾過性病毒感染；亦可用於牙科手術、長牙時，以緩解疼痛。」

（3）例三：「用法用量」下之第二點，混合服用時間、服用劑量，建議可分開，服用劑量成為第三點，且「初次應使用最小建議劑量，再適症狀增減用量」兩句，應移至「服用劑量」下。

（4）例四：「用法用量」下之服用劑量，說明邏輯宜一致採用年齡，因此第一點可改為「12歲以上適用成人劑量，成人每次1錠」。

7 說明不宜重複：

（1）例一：譬如「注意事項」列出五點，其中前兩點著重「保存」、後三點著重「服用」，但是分別與「貯存」、「警語」重疊。因此建議重新配置如下：「注意事項」之前兩點合併至「貯存」項，「注意事項」之後三點與「警語」合併，「警語」項取消。不過，合併之後的「注意事項」，共有九點，其中重複處相當多，建議可重新調整如下：原「注意事項」第四點之「若有有不適情況產生，應停止使用並請教醫師藥師藥劑生」，與原「警語」之第一點合併；原「注意事項」之第五點，與原「警語」之第五點合併。

（2）例二：「警語」下之第四點，與「用法用量」之第二點重複，因此建議前者可併入後者。

8 說明之對應宜合理：譬如「包裝」項下之藥錠數量為「6~1000」，因此其下的容器宜對應，次序宜改為「鋁箔盒裝、塑膠瓶裝」，而且中間加一「之」字連結。

9 宜適當運用連詞：

（1）例一：「作用」項下之「咖啡因經常與Acetaminophen合併使用，當作迅速有效的頭痛治療劑。」，前宜加「此外」。

（2）例二：「警語」下之第六點，敘述邏輯為「先果後因」，因此在表示原因的「過多的咖啡因……心搏過速」之前，可加上連詞「因」。

10 標點符號的運用宜準確：

（1）例一：「警語」下之第六點，說明邏輯為「先果後因」，所以在「本藥……可樂等」、「過多的咖啡因……心搏過速」之間，可改用句號，以使此邏輯更為清晰。

（2）例二：「警語」下之第四點，說明邏輯為「先正後補」，因此建議在「成人……超過3天」、「視情形……醫師」之間，改用句號。

11 建議適當加上標點符號：

（1）例一：「注意事項」、「用法用量」兩項下，共出現三次「醫師藥師藥劑生」，建議加上頓號，成為「醫師、藥師、藥劑生」。

（2）例二：「注意事項」下之第一點，宜在「請妥善保管」前，加上一個逗號。

六　綜合討論

總結前面的分析，可知產品說明書寫作之重點，有其下諸點：

（一）標語

此四份產品說明書中，有兩份（PeRT 飛柔、普拿疼加強錠）在品名之下有一簡短有力之標語，等於是將最重要的資訊放在最醒目的地方，兼有說明及促銷的功能，頗為有效。

（二）分類

前引四份產品說明書，都將說明書的內容以分類方式呈現，此一作法有效地將內容「化整為零」，以便於消費者閱讀、吸收。但是有幾點必須留意：

其一，分類之項目須周備：劉玉學主編《寫作學教程》指出：「大致是由標題、正文、尾項等部分構成的。」[8]劉著所說之「標題」[9]，在此四份產品說明書中，有兩種只標誌出「品名」，另兩種標誌出

8　見劉玉學主編：《寫作學教程》（北京市：中國政法大學出版社，1999年，修訂版），頁374。孫秀秋：《應用寫作》（北京市：中國人民大學出版社，2008年），頁239則認為：「產品說明書沒有固定格式，常見的寫法包括標題、正文、結尾及其他標誌四個部分。」但是「結尾」和「其他標誌」的區別並不明顯，因此本論文採劉著之說法。

9　孫秀秋：《應用寫作》（北京市：中國人民大學出版社，2008年），頁239：「標題。採用直接標題，通常寫明說明書的種類。如《××牙膏使用說明》、《××錄音機使用保管說明書》、《工業鍋爐安裝說明》等；有些綜合性說明或簡短的說明也常直截了當地採用產品名稱作標題，如《××牌汽車》、《××銀耳珍珠霜》等。」此外，劉玉學主編：《寫作學教程》（北京市：中國政法大學出版社，1999年，修訂版），頁374還指出一種：「可用商品名稱與相應的簡明注解構成，如『××××營養液——古代中醫學與現代營養學的結晶』，等等」。

「品名＋標語」；而「正文」[10]則大體具備「用途」、「用法」、「保存方法」、「注意事項」、「保存期限」、「成分」、「貯存」[11]等項，但是，因應產品特性，項目仍有微調的空間[12]；至於「尾項」[13]，則包含產地、製造商等必要資料。[14]

其二，分類與說明內容須配合：分類與其下的說明內容，理當是兩相配合的。不過，有些類別較為相近，容易混淆、重複，譬如「注意事項」與「警語」等；此外，有些資訊不宜合併為一類，譬如「包裝」和「衛署藥輸字」等。

其三，分類之排序宜用序號標誌：用序號標誌是強調有序性的重

10 劉玉學主編：《寫作學教程》（北京市：中國政法大學出版社，1999年，修訂版），頁374認為「正文」的內容包括：構成原理（可附圖說明）、技術性能指標、適用範圍、使用方法、注意事項、保養和維修等。孫秀秋：《應用寫作》（北京市：中國人民大學，2008年），頁239則認為：「正文。正文是說明書的主要部分，可包括三方面內容：其一是產品特點，包括原理、用途、性能、結構、技術規格、質料、形狀、尺寸、附件等；其二是安裝、使用、維護、保養知識；其三是注意事項及其他。有的還附上圖解。」

11 此四份產品說明書「正文」所含之類別如下：PeRT 飛柔——【用途】、【用法】、【保存方法】、【注意事項】、【保存期限】、【成分】；明星爽身粉——【用途】、【用法】、【成分】、【注意事項】、【保存方法】、【保存期限】；鍋寶日式超真空保溫杯——【材質】、【容量】、【重量】、【產品特色】、【使用方式】、【注意事項】；普拿疼加強錠——【成分】、【作用】、【適應症】、【注意事項】、【警語】、【用法用量】、【貯存】。

12 譬如：鍋寶日式超真空保溫杯多了【材質】、【容量】、【重量】、【產品特色】、【使用方式】等項；普拿疼加強錠多了【作用】、【適應症】、【警語】、【用法用量】等項。

13 劉玉學主編：《寫作學教程》（北京市：中國政法大學出版社，1999年，修訂版），頁374：「尾項旨在全文尾部寫明廠家的名稱、地址、電話、店掛等，以便消費者與廠家接洽。」

14 此四份產品說明書的尾項為：PeRT飛柔——【製造廠商】、【進口廠商】、【地址】、【消費者服務專線】、【有效日期及批號】、（監製及授權）、【原產地】；明星爽身粉——【製造日期】、【重量】、【批號】、（出品公司）；鍋寶日式超真空保溫杯——【生產地】、【製造商】、【有效期限】；普拿疼加強錠——【包裝】、（衛署藥輸字）、【藥商】、【消費者免費服務專線】、【製造廠】、【包裝廠】。

要手段，可便於讀者閱讀及指稱。特別是內容較為豐富、複雜的產品說明書，其分類往往多達十餘項，更可考慮用序號標誌，以凸顯其順序。

（三）詞彙

關於詞彙的運用，可以分從「連詞」、「其他詞彙」三個方向來觀察：

其一，連詞：連詞的作用在連接前後詞（句、句群），讓彼此之間的邏輯關係更為清晰，以本論文考察所得，大體上是以運用標誌出時間次序、因果關係者最為常見。然而，這也是容易出錯的部分，有「應用連詞而未用連詞」、「所用連詞並不適當」這兩種情形，所以，建議審慎處理連詞的運用。

其二，其他詞彙：詞彙的運用首重精確，以及彼此之間的搭配妥適（譬如動詞與賓語之間的配合）；其次，因為說明書力求簡短、清楚，因此可適當運用省略、精簡等手法。

（四）標點符號

標點符號的使用，一般說來有下列四種作用：「標誌句子結束」、「標誌語音停頓」、「區分邏輯關係」、「強調情感表達」。因為產品說明書的寫作風格質樸，所以運用標點符號時，主要是以前面三種作用為主，而且基於前面的考察結果，可提出以下兩點建議：

其一，可在「語音停頓」處加上標點符號：這種做法可以有效地讓長句化短，便於閱讀、理解。

其二，可適當運用其他標點符號：適當運用句號、分號等，可避免「一逗到底」的情況發生。換個說法，就是讓較為冗長的說明化成幾個小句群，這也是便於讀者閱讀的一種方式。

（五）寫作邏輯

此點可以回應前揭之「分類」。因為，關於分類，還需談到排列是否合理的問題，這就牽涉到寫作邏輯。特別是「正文」，因為內容比較複雜，所以更須注意寫作邏輯。劉玉學主編《寫作學教程》認為「正文」的主要行文思路是「是什麼——怎麼樣——怎麼做」，予以逐層逐項的說明[15]。這樣的安排應是合理的，但是，在此四份產品說明書中，只有「鍋寶日式超真空保溫杯」和「普拿疼加強錠」合乎這樣的思維邏輯[16]，至於 PeRT 飛柔、明星爽身粉則形成了不同的邏輯[17]，或許可以進行調整。此外，PeRT 飛柔、鍋寶日式超真空保溫杯都將「保存期限」（或稱「有效日期」）置於「尾項」中，宜調至「正文」，因為此屬於「怎麼做」的範圍。

而且，在每個類別之下所運用的寫作邏輯，也值得探究，其中最常見者為「並列」邏輯[18]。因為當內容較為繁多時（特別是「作用」、「注意事項」……之說明），常用分點條列的手段（可見於「鍋寶日式超真空保溫杯」、「普拿疼加強錠」），這也是標誌出並列成分相當有效的手法。然而，常見的缺失是並列成分的處理不夠好，有時會有混雜、標準不一的情況出現。

---

15 見劉玉學主編：《寫作學教程》（北京市：中國政法大學出版社，1999年，修訂版），頁374。

16 前者為【材質】、【容量】、【重量】（是什麼）、【產品特色】（怎麼樣）、【使用方式】、【注意事項】（怎麼做）；後者為【成分】（是什麼）、【作用】、【適應症】（怎麼樣）、【注意事項】、【警語】、【用法用量】、【貯存】（怎麼做）。

17 前者為【用途】、【用法】（怎麼樣）、【保存方法】、【注意事項】、【保存期限】（怎麼做）、【成分】（是什麼）；後者為【用途】、【用法】（怎麼樣）、【成分】（是什麼）、【注意事項】、【保存方法】、【保存期限】（怎麼做）。

18 仇小屏：《篇章結構類型論》（臺北市：萬卷樓圖書公司，2005年，增修版），頁160：「並列結構成分都是圍繞著主旨，從各個方面、角度來闡發主旨；而且彼此之間的關係並未形成其他層次。」

（六）科學性說明法為主

前引劉玉學主編《寫作學教程》對產品說明書所下的定義，其中提到是以「以說明方式」來寫作，至於何謂「說明方式」？劉著也加以闡明：「說明，是用簡潔明確的文字，解釋、介紹事物的成因來源、形狀結構、特質特性、功能作用等。這種被解釋、介紹、闡述的對象，可以是實體事物，也可以是抽象事理。」[19]而揆諸前面的四個例證，是以「科學性說明法」為主，只有在說明「用途」、「產品特色」時，才偶然會用到「文學性說明法」。[20]

七　結語

前面分析了四種產品說明書：「PeRT 飛柔」、「明星爽身粉」、「鍋寶日式超真空保溫杯」、「普拿疼加強錠」，並據此歸納出產品說明書的寫作重點：「標語」、「分類」、「詞彙」、「標點符號」、「寫作邏輯」、「科學性說明」。而回頭審視前面所提及的「應用寫作」的獨有的三點特徵——「目的對象的明確性」、「文面格式的規範性」、「文體風格的質樸性」，可發現「標語」主要回應「目的對象的明確性」，「分類」、「詞彙」、「標點符號」、「寫作邏輯」主要回應「文面格式的規範性」，「科學性說明」主要回應「文體風格的質樸性」。因此，也可以說，產品說明書寫作的特有要求，可藉由「標語」、「分類」、「詞彙」、「標點符號」、「寫作邏輯」、「科學性說明」來達成。

（感謝助理張郁屏協助蒐集產品說明書之資料，並加以繕打）

---

19 見劉玉學主編：《寫作學教程》（北京市：中國政法大學出版社，1999年，修訂版），頁109。

20 關於「科學性說明法」、「文學性說明法」，可參見劉玉學主編：《寫作學教程》。

參考書目

吳仁援、王文軍編著　《現代應用寫作學》　上海市　上海大學出版社　1998年8月一版
仇小屏　《篇章結構類型論》（增修版）　臺北市　萬卷樓圖書公司　2000年2月初版　2005年7月再版
劉玉學主編　《寫作學教程》　北京市　中國政法大學出版社　1999年8月修訂版
孫秀秋　《應用寫作》　北京市　中國人民大學出版社　2003年8月一版一刷
馬正平編著　《中學寫作教學新思維》　北京市　中國人民大學出版社　2003年1月一版一刷

海報修辭藝術

崔成宗*

前言

海報和平面廣告的性質頗為相近，都是針對社會大眾廣泛傳播某些訊息的作品，它們運用文字與圖像的巧妙搭配，向人們從事理念的宣揚、政令的宣導，傳達活動的舉辦、產品的問世、商業的經營等訊息。政府或民間的機構經常透過海報或海報競賽，宣揚理念，教育民眾。例如內政部消防署設計許多防災知識宣傳海報（包含火災篇、消防設備篇、天然災害篇、爆竹煙火篇、瓦斯安全篇、防範一氧化碳中毒篇、登山防溺篇、急救常識篇等），國防部舉辦的「全民國防教育海報甄選活動」，監察院公職人員財產申報處主辦、教育部協辦的「明鏡陽光海報設計競賽」，淡水國中舉辦的「教通安全海報比賽」等。經由海報的製作，以執簡御繁、幽默風趣、圖文並茂、一看就懂的方式，讓社會大眾印象深刻，記憶鮮明，在緊要的關頭，能掌握要領，趨吉避凶；在日常的生活，能參與藝文、學術等活動，充實涵養，調劑生活；在消費的過程中，能精挑細選，購得物美價廉、切合需求的商品。海報的設計，能發揮實用的功效、體現藝術的精神，可視為生活美學的重要內容，其價值應予重視。

---

* 淡江大學中國文學系教授。

海報的設計，可以從平面廣告的設計獲得許多啟發。平面廣告有主標題、副標題、文案內容。海報也應有主標題、副標題、海報內容。平面廣告的主標題不但要精心設計，而且還要從半空中落筆，要稍微玄遠一些，要有很強的吸引力，吸引觀者的目光，海報的主標題也必須比照辦理，主標題要簡明扼要而具有吸引力，副標題則須扣緊主題來發揮。至於海報內容則應包含人、事、時、地等相關訊息，並且把海報的宗旨清晰列舉，讓人毫不費力就一目瞭然。茲以〈淡江大學文錙藝術中心油畫展海報〉為例，條列海報應該具備的內容：

主標題：春天的魅惑

（The Enchantment of Spring — The Exhibition of 4 Oil Painters）

副標題：劉勝雄、高其偉、柯適中、李足新油畫展

海報內容：

1 主辦單位

2 展期

3 開幕茶會

4 專題講座

5 地點

6 電話

7 傳真

8 地址

9 電郵

上述海報主標題為「春天的魅惑」，或者是故弄玄虛，或者是從油畫展的多幅人體畫得到靈感，讓人一看到這個標題，就被吸引，而有想要一探其究竟的衝動。讓海報的主標題吸引之後，自然就會進一步細

看海報的副標題，原來是劉勝雄等四位畫家（人）的油畫展（事）。副標題扣緊活動內容，相當落實，相當精確。至於海報內容，則包含了「主辦單位」（人）、「展期」（時）、「開幕茶會」（事）、「專題演講」（事）、「地點」（地）、「聯絡方式」（電話、傳真、地址、電郵等）。

常見的海報，往往以全開模造紙的篇幅，從事圖像、文字的設計與布局，傳達海報所訴求的宗旨與內涵。海報或者陳列於海報街、布告欄，或者張貼於店面、玻璃櫥窗，或者揭之於電腦網路，公布周知。如何在林林總總、數量繁多、令人眼花瞭亂、目眩神迷的海報叢中，脫穎而出，讓社會大眾在目光一瞥的剎那，就青眼相加，為之吸引讚賞，而大呼：「它——抓得住我！」從而對於海報所宣揚的理念、訴求的內涵感到興趣，充滿信心。因此，海報主標題，以及圖像設計的創意和功力就顯得格外重要了。

本文論述的重點是「海報創意的激發」、「海報修辭的藝術」。至於海報圖像的設計和繪製，不屬語文表達的範疇，因此存而不論。

一　海報創意的激發

中文修辭可分為消極修辭和積極修辭。消極修辭只要求文字的語意精確，文字精練，條理井然，層次分明即可。一般的公文，各種學科的教材，往往使用消極修辭，即可達到表達的目的。至於積極修辭，則是在消極修辭的基礎上，進而講求各種表意方法的調整和優美形式的塑造例如映襯、雙關、譬喻、類疊、層遞、對偶、借代、鑲嵌等。於是積極修辭往往充滿著文字的魅力，讓人印象深刻，難以忘懷。例如：「怎料到六壺美酒都不見了」，這是消極修辭；同樣的意思，蘇軾用「豈意青州六從事，化為烏有一先生」的詩句表達，幽默風趣，豁達大度，吐屬風雅，表現蘇軾的生活美學，這就是積極修辭。[1]再以美國總統林肯的競選講辭為例：「我很窮，請投我一票」，這是消極修辭；同樣的意思，林肯是這樣說的：

> 有人打電話問我有多少銀子？我告訴他我是一個窮小子。我有一個妻子和一個兒子，他們是我的無價之寶。我租了一間房子，房子裡有一張桌子和三張椅子，牆角有一個櫃子，櫃子裡的書值得我讀一輩子。我的臉又瘦又長而且長滿鬍子。我不會發福而挺著大肚子，我也沒有可資庇蔭的傘子，我唯一可以依靠的，就是你們的支持。[2]

林肯使用了類疊的修辭手法，把他雖然很窮，卻重視倫理親情，勤讀經典著作，他的為人、他的形象，以及他希望得到選民的支持，幽默風趣，靈活生動，吐屬清雅地表達出來，使得選民對他深表讚賞，深具信心，當然贏得人民的支持。這就是積極修辭的魅力。

海報的主標題所使用的修辭，往往是積極修辭，充滿文字的魅力，讓人一見鍾情，難以忘懷。因此海報的修辭有兩個條件：一、必須激發創意，充滿新鮮感；二、必須講究修辭技巧，表現文字功力。茲說明如後：

激發創意的要領在於必須具備豐富的支援意識，必須講究激發創意的方法。所謂支援意識是來自於我們成長過程中的教育文化的背

1 蘇軾〈章質夫送酒六壺書至而酒不達戲作小詩問之〉詩：「白衣送酒舞淵明，急掃風軒洗破觥。豈意青州六從事，化為烏有一先生。空煩左手持新蟹，漫繞東籬嗅落英。南海使君今北海，定分百榼餉春耕。」這是蘇軾在宋哲宗紹聖二年（1095）貶官惠州時期所作的詩，見王文誥：《蘇文忠公詩編注集成》（臺北市：臺灣學生書局，1979年），卷39，頁30。

2 這是一八六〇年林肯競選美國總統的講辭，錄自童慶炳：《文體與文體的創造》（昆明市：雲南人民出版社，1994年）。

景、經典著作的嫻熟、生活經驗的充實等。我們從小所學習的〈三字經〉、〈百家姓〉、〈千字文〉、珠心算、各種電腦遊戲，以及國文、英文、數學、音樂、美術、物理、化學、生物、烹飪、護理等學科的教學內容，以及各種社團所習得的知識，這些教育文化的背景都是我們的支援意識。大學系所指定我們研讀各領域的經典著作，這些經典著作的內涵原本就是發前人之所未發，充滿著創意與創見的，因此，熟讀經典著作也可以豐富、深厚我們的支援意識。此外，行萬里路，交萬種友，有如讀萬卷書，許多親身的見聞、閱歷，還有人生世事的觀照、市場調查的結果、生活中的各種資訊等，也都可以豐富我們的支援意識。世事洞明、落花水面，莫非靈感的泉源、創意的催化劑。

其次，以豐富的支援意識為基礎、為前提，激發靈感創意，這是有方法的，是有跡可尋的。筆者曾經在《創意與非創意表達‧文宣廣告》一書中提出四個方法：一、逆向思考；二、側向思考；三、取資於自然；四、取資於生活。茲分述如下。

1 逆向思考

所謂逆向思考，是指思考問題時，從問題的相對層面或相反層面運思，運用逆向思考，我們將會發現許多嶄新的思維，以及平常所未曾觀照的問題。宋朝人作詩為文，常喜針對前人的舊說，大唱反調，寫翻案文章。這些翻案之作，往往有創新而警策的見解，這就是經由逆向思考所激發的創意、創見。例如北宋詩人黃庭堅有〈和答錢穆父詠猩猩毛筆〉詩：「愛酒醉魂在，能言機事疏。平生幾兩屐，身後五車書。物色看王會，勳勞在石渠。拔毛能濟世，端為謝楊朱。」[3]（猩猩喜愛喝酒，略懂人的語言，喜歡穿草鞋。獵人利用其弱點，獵

3 劉尚榮校點：《黃庭堅詩集注》（北京市：中華書局，2003年），頁149。

殺猩猩。猩猩命雖不長，而其身上的毛被製作成許多毛筆，世人用此猩猩毛筆，著述了許多典籍，典藏在石渠閣——國家圖書管。猩猩貢獻牠們身上的的毛是能濟世的，因此我要翻卻楊朱「拔一毛而利天下，不為也」舊案。）這首詩的結尾，是反用楊朱的典故，而有了創新的詩旨，成為膾炙人口的詠物詩。這就是善用逆向思考的例子。

2 側向思考

所謂側向思考，是指將各不相關的事物放在一起聯想，許多創意、創見就產生出來了。例如黃庭堅有一首〈戲呈孔毅父〉詩，頭兩句是「管城子無食肉相，孔方兄有絕交書。」[4]這是黃庭堅發牢騷的話，他所要表達的意思是：「整天搖筆桿寫作的人無法飛黃騰達，而且連一些小錢都無緣賺得」。可是黃庭堅用了四個典故，並且積極修辭來表達：第一、「管城子」典出韓愈〈毛穎傳〉，借指毛筆。第二、「食肉相」典出《後漢書》〈班超傳〉。班超年輕時請人為他看相，看相的人說班超是「燕頷（雙下巴）虎頭，飛而食肉（飛黃騰達而作大官）」。第三、「孔方兄」典出魯褒〈錢神論〉。第四、「絕交書」典出《文選》〈嵇康〉〈與山巨源絕交書〉。黃庭堅把四個毫不相關的典故放在一起聯想，並且講究平仄對仗，作成饒富創意的詩句。這就是善於運用側向思考的例子。設計海報時，善用側向思考，一定能使海報標題的撰擬、圖像的繪製，精采精緻，充滿著圖文並茂的魅力。

3 取資於自然

王品台塑牛排是國內的知名企業，分店遍布全臺灣，年營業額相當可觀，負責人是戴勝益。有一次某報記者訪問他，是如何管理這樣

4 劉尚榮校點：《黃庭堅詩集注》（北京市：中華書局，2003年），頁225。

龐大的企業的？戴勝益答道：「我很喜歡登山，往往一個月中有一半的時間在山裡度過。很奇怪，很多在平地想不通的事情，只要一進山裡就想通了。」[5]可見戴勝益管理龐大企業的靈感創意，正是取資於自然了。廣告達人孫大偉經常帶著家人登山、露營，其目的就是要轉換心情，激發創意。[6]筆者經常登山，許多論文、詩篇、企劃案的靈感，往往在登山的過程中紛至沓來，湧上心頭。筆者任教於淡江大學五虎崗頭，每日飽覽山林之間的嵐光黛色，曾經為淡江大學中文系海報設計主標題：「人文的行腳處，文學的桃花源」；「山青水碧明玄旨，鳥語花香顯妙機」，就是乞靈於自然風物。如果在設計海報時，能取資於自然，必然是創意十足，收效弘遠。

4 取資於生活

芝加哥大學心理系教授米哈里・契克森米哈賴撰寫《創造力》一書，中譯本由時報文化出版。書中所載與創意、創見相關的真人實事，為數眾多。茲引述一例以說明創意、創見也可以從日常生活中發現的道理。化學家凱庫勒發現苯的分子式是環狀的。他是如何發現的呢？原來凱庫勒有一個習慣，就是每天晚上都要看著壁爐的火燄入睡。有一天晚上，凱庫勒一如往常，凝視著壁爐的火燄，發現火燄的上端是環狀的，他於是聯想到說不定苯的分子式也是環狀的，因而在化學的研究上有了新的發現。筆者常引述此事，並幽自己一默，假如是我，凝視著壁爐的火燄，看他一百年，也無法發現苯的分子式是環狀的。因為我不像凱庫勒擁有豐富的化學支援意識。

5 林保淳、殷善培、崔成宗等著：《創意與非創意表達・文宣廣告》（臺北市：里仁書局，2006年），頁236。

6 參考〈創意隨手拈來〉，《民生報》，1999年7月2日。

總之，上述四種激發靈感創意的方法都必須以豐富的支援意識為基礎、為前提，才可收效。如果不具備支援意識，或者支援意識相當薄弱，那麼就算有再好的方法，也無法激發創意，形成創見。再者，上述方法，古今中外許多聖賢早已用之精熟，如何推陳出新，神明自得，就有賴於我們「運用之妙，存乎一心」了。須知創意是越磨越鋒利的刀，若能掌握要領，操作純熟，那麼奇思妙想、創意創見必然紛至沓來，而成點子王了。此外，米哈里・契克森米哈賴撰寫《創造力》一書也提供了不少研究心得，例如：要有鮮活的好奇心，要做好任何事情而樂在其中，要注意休閒生活（創意來自於悠閒），要從多元的角度思考問題等，也都深具參考價值。激發海報創意，盡可由此得到啟發。

二　海報修辭的藝術——講究修辭技巧，表現文字功力

海報的主標題必須講究修辭技巧，表現文字功力。海報的副標題，應扣緊海報的內容來撰擬，通常符合消極修辭的要求即可。因此本節主要針對海報主標題的修辭技巧，試加探討。

（一）諧音雙關

最常見的海報主標題，就是利用諧音雙關的修辭手法表現巧思。例如：臺北市政府產業發展局設計的〈竹子湖海芋季海報〉其主標題為「『芋』意情深」。一方面，「芋」字呼應陽明山竹子湖的海芋著墨；另一方面，「芋」字又與「寓」字諧音雙關，而有「寓意情深」之意。再如中國生產力中心針對「品質就是企業的生命」此一理念，設計海報主標題：「你儂我儂，完美結合；全面整頓，毫無『雀』點」。「雀」字除了與「缺」字諧音雙關之外，還讓人聯想起臉頰上的

雀斑，雀斑是白皙顏面上的缺點，影響了臉頰的美觀。企業的生命——品質，是不容許有缺點的，哪怕是像雀斑一樣的小瑕疵，也不容存在。因此「毫無『雀』點」的「雀」字，可以說是相當巧妙的修辭了。目前瘦身美容幾乎已經成為全民運動了，因此「媚登峰」週年慶的海報主標題是：「享瘦人生」。[7]「瘦」字與「受」字諧音雙關。體態清瘦，身輕體健，負擔全無，真是一大享受啊。至於「『金』非昔比」，則是電器行「回饋大特價」海報的主標題。說明今日電器產品的價格較之於昔日，已經便宜許多。

（二）對偶修辭

對偶的修辭法也是設計海報主標題時經常運用的。上文所述筆者為淡江大學中文系海報所設計的主標題：「人文的行腳處，文學的桃花源」；「山青水碧明玄旨，鳥語花香顯妙機」，就是運用對偶修辭的例子。對偶聯語的上、下聯結構相似或相同，對比鮮明，文字精練，音韻諧美，易於記誦，易於琅琅上口，因此海報的主標題若能撰擬對句，是相當具有吸引力的。中國生產力中心的海報主標題：「人人都有改善的能力，事事都有改善的餘地」，除了對偶之外，這副對聯還運用了類疊修辭法，那就是上、下聯「都有改善的」五個字完全相同，強調改善之可能。此外，上聯末字「力」、下聯末字「地」，韻母相同，可相押韻。像這樣的主標題，真是易記易懂，抓得住觀賞者的注意力。再看淡水國中「97年度教通安全海報比賽」某一得獎作品的主標題：「喝的（得）醉醉，撞的（得）碎碎」，簡簡單單的對聯，卻是苦口婆心的勸導，希望世人「喝酒不開車，開車不喝酒」。

7 林東海編著：《手繪海報設計篇》（臺北市：新形象出版公司，2002年），頁137。

（三）出奇制勝

設計海報的主標題，若能就海報的主題或內容，巧妙構思，出奇制勝，以訂標題，那就更為可貴了。例如二〇一〇年八月十八日到九月十七日在國立中興大學展出的「林榮森書法展」，其海報的主標題是：「線條心事」。書法作品是線條的藝術，透過墨線的濃淡、粗細、曲直、延展、流利、滯澀等，表現書法家的心境、人品、學養，表現書法作品的美學、意境、文化底蘊等。上述內涵，都可用「線條心事」概括，再加上海報的主要圖像展覽者林榮森精挑細選的隸書四屏條，如此標題、圖像，互相詮釋，相得益彰。由此可見充滿創意的主標題是多麼重要了。

再如二〇一〇年九月九日到十日由蘭陽博物館主辦、國立臺北藝術大學博物館研究所協辦的「蘭陽博物館元年2010學術研討會」，其海報的主標題是：「臺灣經驗與跨文化視野」；副標題是：「當地方遇見博物館——蘭陽博物館元年2010學術研討會」。此一主標題足可涵蓋該研討會的五大子題：一、博物館經營管理與文化治理，二、地方博物館角色與文化再現，三、地方知識的博物館體現，四、地方與社群的博物館想像，五、物件、場所與博物館學習。上述子題所關注的都不出臺灣的博物館的典藏、定位、歷史、展品、資產、經營、研究發展、服務對象等課題。因此「臺灣經驗與跨文化視野」此一主標題定得相當恢宏，相當有氣魄，一方面照顧所有研討子題，一方面又顯示願景，予人極大的想像空間。這個主題也是深具創意的範例。

結語

海報的用途相當廣泛，影響也相當深遠，海報是相當實用的傳播工具，也是相當精緻的藝術成品。海報可以宣導政令，宣揚理念，也可以公告活動的舉辦，媒介交易的完成。它是我們生活中不可或缺的資訊來源，也是生活美學的重要環節。圖文並茂、洋溢創意、精緻精美、甚至於深具典藏價值的廣告，端賴設計者在主標題、副標題、海報內容，以及圖像的設計與繪製上，多用苦心，講究修辭的藝術，嫻熟激發創意之道，才可收吸引群眾、引領風潮的效果。

參考書目

米哈里・契克森米哈賴著　《創造力》　臺北市　時報文化出版公司　2006年

林保淳、殷善培、崔成宗等著　《創意與非創意表達》　臺北市　里仁書局　2006年

簡仁吉編著　《海報創意篇》　臺北縣　北星圖書公司

林東海編著　《手繪海報設計篇》 臺北縣　新形象出版公司　2002年

大衛・奧格威著　《奧格威談廣告》　哈佛出版社

現代哀祭文之書寫

林登順*

哀祭文的淵源流長，即使在當代，當人們面對「終極關懷」時，仍須藉由文字為載體，以傳達出各種的哀思慰藉。歷來對於生死關懷的文體，有多種形式，依情境需求，有如：

臨終遺文，它主要是人在生命將終結時，寫下的文章。其中多以遺詔、遺令、遺言為題，亦有一部分標有「臨終」、「疾篤」等。古代臨終遺文是帶有隨筆的性質，更多傾向於感情的抒發和理想的表白，而現今遺囑則諸多關注於遺產的分派，家業的繼承。

其次則為面對死亡時，表達哀思崇敬的哀祭文。其形式有傳狀類：如行狀、事略、行述、生平、傳、傳略、述、狀、家傳、逸事狀等。哀祭類：如哀啟、誄詞、哀詞、哀冊文、哀文、哀策、哀頌、弔文、悲文、哭文、祭文、輓詞、唁函、告殯文、啟靈文、祝文等。

再者則為長久流傳的祭悼載體，碑誌文。刻於碑石的祭悼文字，整體即是一種生命意識的傳達，如墓碑、墓表、靈表、神道碑、墓銘、墓誌、墓誌銘、權厝誌、歸祔誌、遷祔誌、蓋石文、墓磚記、墓版、葬誌、誌文、墳記、壙志、壙銘、塔銘、槨銘、埋銘、續誌、阡表等。

以下則列舉各式哀祭文體，並闡其書寫特點：

---

* 臺南大學國語文學系教授兼人文與社會學院院長。

一　傳狀類

如漢時所謂之「狀」，齊梁以後稱為「行狀」，如《昭明文選》載任昉所撰〈齊竟陵文宣王行狀〉，用以敘述亡者一生事蹟及其爵里，生卒年月，或用以上朝廷供作議謚號的參考，或提供史館作為寫傳記的資料，或供作墓誌銘的依據。也稱為「行述」、「事略」。這種文章，多出於門生、同仁或親友之手，必要時，家眷應提供充足的資料供撰作者參考。

因此，其文體大都用散文，至於駢文、韻文、騷體則均不宜。標題則以稱謂姓字下寫「行狀」、「行述」「事略」「生平事略」均可。如「○○學校校長○公○○行狀」或「先考行述」、「先妣○太夫人事略」「家慈○太夫人事略」或「○府○○老先生（老夫人）事略」、「○○○先生事略」「○○○女士事略」等。

正文開頭，則先寫對去世者的稱呼，如「先考府君」○氏諱○○，字○○，○○省○○縣人⋯⋯」「先妣○太夫人，諱○○。⋯⋯」或「公諱○○，字○○，○○省○○縣人。⋯⋯」其後敘述其一生事蹟，如作傳記。

結尾多以告哀作結，依作者與亡者關係不同而異其辭，如用於父親則曰：「謹略泣述先考事略，與不孝失於奉養之罪，以告其哀，苫塊昏迷，語無倫次，伏維矜鑒。」用於母親則可曰：「謹述懿德，不能萬一，伏維矜鑒。」其有要求撰哀輓之文者則可曰：「謹述崖略，用誌不忘；倘當世立吉君子，錫以宏詞，以貽來世，銘感之私，更無既極。」或曰「謹就聞見所及，攘其大者，次為一篇，以待史館採擇焉」。其末署作者稱謂、姓名及時地，如「中華民國○年○月○日○服姪○○泣述於地」「○年○○月孤哀子○○泣述」「不孝男○○泣述」「門下士○○謹狀」或「治喪委員會謹述」。

行狀內容以敘述去世者世系、名字、職位、里居、學歷、經歷、嘉言懿行、事功、學術、年壽等。通常有褒無貶，但亦不宜過分讚揚而失實。另有「家傳」一種，專指傳述父、祖之事，供當代文人學士大手筆撰寫傳記。文字以樸茂真實，勵俗諷世為主，最後綴以論贊，贊多用四言韻文。行狀、事略例文如下：

〈蔡府金生老先生事略〉

蔡府諱金生老先生，民國五年農曆十月十六日，出生於新化崙仔頂之務農望族。自小追隨父兄經營三十六甲之農地，後來則全由他個人挑起家族大業。三七五減租後，農地大部分被放領，但由於他克勤克儉的經營，再加上賢內助，新市鄉潭頂大農戶之千金，陳氏玉的扶持，夫妻倆胼手胝足，終又陸續購置農地十多甲。

蔡老先生是一位眼光獨到，具有現代企業精神的農業經營者，所以，在農產品的開發、產銷、成本控制上，都勝人一籌。除此之外，他更加熱心公益，樂於助人，只要族人、鄉親有需要，必定積極回應，寧願自己吃虧，也要幫助他們渡過難關，因此，獲得鄉親的信任、愛戴、敬重，而被推舉為新化農會理事、理事長、縣農會理事、省農會代表、社區發展協會理事長，以及謝元帥廟總董事長等職。

老先生尤其重視教育，在當時艱困的農業社會中，全莊皆無人有機會上中學的環境下，他仍然堅持讓所有子女接受高等教育，這種精神影響深遠，在所有子孫中，就出了九個博士，可以說教育傳家，他更把這種精神推廣於鄉里，十六年前賢內助往生後，他把節餘的所有喪葬費，都捐贈出來設立獎助學金，以嘉惠鄉里，博得大家的敬佩，此項獎學金，至今仍持續獎助頒發，蔡家子孫們，更願秉此精神予以延續。

由於他的仁慈、敦厚、以及節儉自持的生活態度，讓他的身心一直維持開朗健壯，到了九十歲仍能自行騎腳踏車巡田，獨立生活；並且看書可以不用戴眼鏡。老先生雖然只有小學畢業，卻樂於看書、寫毛筆、求新知，尤其常看的一本《四書》，不知已翻閱幾遍，幾乎「韋編三絕」，裡面內容更是滾瓜爛熟，隨時可以琅琅上口，可見，老先生對於傳統倫理是非常重視。所以，後代子孫承繼這種傳統精神，即使有遠渡國外求學者，仍受老先生精神感召，都回台服務，力行愛家、愛鄉、愛土地的精神。

蔡老先生與陳玉女士，伉儷情深，育有五男三女，長子澤霖、次子耿榮、三子修明、四子勝佳、五子勝昌，長女容（適錢）、次女秀鳳（適李）、三女秀美（適陳），皆是大專院校畢業，並在不同領域卓然有成，服務社會，深受各界所推重、讚羨；在五十五位內外孫、孫女、曾孫、曾孫女中，更是人才輩出，不管在教育界、商界或社會各界，皆成就卓著，領袖群倫。這都是老先生身教言教有方，有以致之。

由於四時運行，老先生身體自然老化，慟於民國九十九年八月十六日上午六時安詳仙世，嵩壽九十有五歲。子女兒孫隨侍在旁，哀傷難抑，縱有千般不捨，難可回天。

老先生淳樸、仁慈、樂於助人的精神，以及克勤克儉、憂他忘我、以身作則的生活態度，將作為子孫們的典範；他為家庭、子女、鄉里無私無悔的奉獻熱忱，也將成為子孫們堅強的後盾、穩定的力量，而在各行各業繼續延續發揚。老成凋謝，曷勝悼惜，略述事略，以表哀思！

蔡金生先生治喪委員會　謹撰

〈○府廖○○夫人行述〉

夫人姓廖，名○○，台南人。民國○○年二月十八日生。稟性聰慧伶俐，於文學，藝術尤留意焉。其基礎教育，自勝利國小而後甲國中皆成績中上，表現良好，尤精於琴藝。後考入台南家政專科學校音樂科，當時師友親戚引為殊榮。就學期間，專心致志，琴藝益進，畢業演奏會多獲好評。後受聘於功學社，為音樂班講師，自此作育英才，不遺餘力。

夫人麗質天生，氣質高雅，與人親和溫婉，慕者甚眾。民國七十三年與○君○○結婚。○君時任教於○○師專並兼實小校長，才華洋溢，豪邁瀟脫，識者多謂纏綿之情感，終有所歸。婚後，夫人以家庭為重，居家教琴，相夫教子。爾後○君之得以赴美遊學，增益闢見；再度接掌實小，教學、行政兩相得意者，胥多夫人獨立自主，有以致之矣。夫人早歲即信奉耶穌基督，因而為人行事，多以主耶穌之道路為準則。夫人心地善良，具憐憫心，時時關切孤獨老人，時時捐款助人。其以愛待人，服侍友朋者，多遵循聖經教導，可概見矣。

夫人身體素健，年前略感不適，至醫院處檢查，確定罹染惡疾。其間歷經開刀手術者二，化療者十二次，可謂備受煎熬。然有主耶穌之安慰方能忍受肉體病痛之折磨。而當醫學宣告罔效時，夫人卻意志堅強，禱告寄望奇蹟出現。本（十二）月十日淩晨六時十五分，蒙主恩召，辭別人世。享年四十有六。

子○○，就讀臺灣大學政治系，學業有成。夫人於住院期間，曾身著「台大」運動衣，略對賓客曰：「此○○寄來之禮物」，情深款款，閃爍母愛光輝。後繼有人，夫人可以無憾矣。

綜觀夫人一生，性行嫻雅，獨立堅強，樂善好施，恬淡自持，誠宜臻耄耋，弧帨齊輝。乃事難逆料，傷痛曷已。○君手撰訃告，別開一體，情深意摯，讀者莫不動容；親舊悼文，語悲詞愴。感人至深。噫！此豈天妒紅顏，一至於此耶！抑或神能與之，神能取之歟！謹略述其生平大要，以誌無限之感思。

〇夫人治喪小組　謹述

二　哀祭類

「哀啟」，則是由遭喪者以文字詳述亡者之世系、名字、爵位、里籍、學歷、經歷、嘉言、善行、事功、學術、病情、年壽，以告親友，其目的是使親友得知亡者之生平、病況及臨終情形，並作為撰述哀輓文字之依據，因此，其內容與作用與行狀相似；但形式上，屬於書牘或報告性質，與行狀屬於傳記性質有所不同。然近世喪家多以行狀代替，不另作哀啟。通常哀啟之措詞宜樸實真摯，對去世者之嘉言懿行，足為他人矜式者，應盡量鋪敘，以明「善則歸親」之義。如無特殊事蹟，可略敘其家庭狀況，子女後輩之成就，以顯其教導有方，然不可揑造事實，致貽譏於當世。

其文體多用散體，駢文、韻文、騷體均不適合，與「行狀」同。標題可逕寫「哀啟」二字，或寫出逝世者之稱謂及「喪」字，下加「哀啟」二字，如「父喪哀啟」或「母喪哀啟」。

本文開頭均寫「哀啟者」，接著寫「先嚴〇〇諱〇〇」或稱「先君……」，母喪則用「先母……」。而後敘述去世者自幼至老之事蹟，及其品德、學問、事業及病況等。

結尾多以請親友鑒諒作結。如「謹略述梗概，藉供採擇，尚望仁人君子，有以矜此孤煢，惠賜哇誄，感且不朽。」「祇以窀穸未安，不得不忍慟含哀，勉襄大事。伏乞　矜鑒。」或「惟有忍悲含哀，以當大事。伏維　矜鑒。」其末寫撰述者，如「孤子（或哀子、孤哀子、哀孤子）○○泣述，○○年○月○日於○○（地名）」，孤子等稱，或改為「棘人」（居父母喪者之自稱），「泣述」亦可改為「泣稽顙」，當今則較少使用。如以治喪委員會所發之哀啟，則「泣述」改為「謹啟」。又如死者無子，則由女具名，稱「孤女」或「哀女」或「孤哀女」、「哀孤女」。其內容以表現哀痛為主，語氣應誠敬。其足為他人矜式者，應多予記述；如無特殊事蹟者，亦可述生活瑣事之可取者；由病至歿時之情形，喪事辦理之情況，讓親友了解。例文如下[1]：

父喪哀啟

哀啟者：先君○○，諱○○（以下歷述死者自幼至老之家庭狀況，以及品性、學問、事功，可以鋪張，而不宜誇耀）。不幸於○月間，得○○之疾，醫治罔效，延至○日○時，竟棄不孝等而長逝矣！嗚呼痛哉！不孝侍奉無狀，罹此鞠凶，搶天呼地，百身莫贖，祇以窀穸未安，不得不苟延殘喘，勉襄大事，苫塊昏迷，語無倫次，伏乞

矜鑒

棘人○○泣啟○年○月○日

母喪哀啟

哀啟者：先慈系出名門，性情溫淑。少時，勤習閨訓，四德七誡，罔不通曉。稍長，工刺繡，有針神之譽。○歲來歸先君○

1　以下例文，參閱謝金美著《應用文》：（高雄市：麗文文化事業公司，2004年），下冊，頁718-719。

〇公，主持中積，克盡厥職，時先大父母在堂，先慈以十指所入，佐助甘旨。處己則儉以約，衣裳無曳綺之華。偶有尺縐寸帛之貽，必皮諸笥。接下以恩，多所顧念，故人亦樂為之用。〇歲，不孝甫〇齡，先慈每於夜織之時，必令坐其旁，親自教誨。〇歲，先大父母病，先慈佐先君躬侍湯藥，衣不解帶者累月。〇歲，先君又棄養，先慈誓以身殉，經戚族苦勸乃止。終以哀毀過度，竟嬰肺疾，延醫服藥，旋發旋止，延至〇月〇日〇時，竟棄不孝而長逝矣，嗚呼痛哉。不孝侍奉無狀，致永抱鮮民之痛，今後不知將何以視息於天地之間。惟有含哀飲泣，恭述懿行，伏望博雅君於矜憫愚誠，寵錫聯詠，用光泉壤，則愚德無涯矣：

〇〇泣啟〇年〇月〇日

妻喪哀啟

內子〇〇〇

慟於民國〇〇〇年〇月〇〇日病逝臺北，距

生於民國〇年〇月〇〇日，享年六十九。

溯自內子來歸不久，即逢大陸淪陷，國步艱難。余因奉外交部命奔走國內外，不遑啟處；夫妻會少離多，不殊牛女，而內子以最小偏憐未諳世事之身，身無長物，獨攜兩幼子，間關萬里，顛沛流離，其中辛酸，非可言喻。然鳥餘安危之驚、懼、憂、禱者又無時或已。自此遂膺憂鬱之疾，漸發漸頻，終其一生。民國五十年余自歐回部，旋又奉使南美，時諸兒分居歐美深造就業，內子隨任相助之餘，常感獨居孤寂，余憐而勸吸紙煙以資排遣，不意積久竟又導致肺氣腫，終以不起。是以內子之憂之勞之病之死，全由余馳驅從公，不暇內顧所致。貧賤夫妻，更遭離亂，拔釵搜筐，并命同心；余之虧負內子者實無涯涘。追維半世紀來，盡力壇坫，未嘗有絲毫隕越，實出內子畢生諒助生死以之之賜。如其在天之靈因此而感慰藉，則余或可稍減愧咎於萬一。撫今追昔，不知將何以遣此餘生也。

茲謹擇於〇月〇日舉行火化，〇月〇日星期〇上午九時三十分假臺北市辛亥路一段二十二號聖心堂舉行追思彌撒，恕不另訃，如蒙親友故舊惠賜奠儀，將全部捐贈財團法人董氏基金會供加強青少年拒菸活動之用。

諸維

矜鑒

〇〇媳〇〇〇孫女〇〇
〇〇〇率子〇〇媳〇〇〇孫　〇　〇　　泣
〇〇媳〇〇〇孫女〇〇孫〇〇　　啟

祭文，為祭祀時對亡者宣讀之文。在古代，本是祭告鬼神才用，以祈禱雨暘、籲求降福，驅逐邪魅。後世則祭奠親友亦用之，遂成為祭弔文之重要文體。其文體最為自由，可用散文、駢文、騷體、賦體、四言體等，一般以四言體韻文為多，近來亦有用白話文者。

標題通常寫「祭〇〇（職銜、稱謂、姓字）文」如「祭吳稚暉先生文」「祭蔣母王太夫人文」等。

本文開頭須敘述致祭之時日、主祭者之職銜、稱謂、姓名、以及致祭的對象，也可加敘其主要祭品。因為祭告時有親身致祭，或受遣代祭及團體致祭之不同，故詞語亦略有異，如親身致祭者寫「維中華民國〇年〇月〇日〇〇大學校長〇〇〇謹以香花鮮果之儀，致祭於〇公諱〇教授之靈前曰……」代人致祭者，則於致祭者處，先寫代祭者職銜姓名，下加「謹代表」及所代表者之職銜姓名，如「○○大學教務長○○○謹代表校長○○○」；團體致祭，則於致祭者處，改為該團體之名稱，或先敘首長副首長再敘全體成員，如「治喪委員會全體委員」或「治喪委員會主任委員○○○，副主任委員○○○暨全體治喪委員」。通常「維」字別為一行，亦有少數用挪抬者。祭品可選用「香花鮮果」、「清酌庶羞」、「庶羞之儀」、「酒醴香花」、「香花茗果之儀」等。如為家祭之文，則致祭者處，改為「不孝男（次男女……）○○（名）媳○○暨姊○○弟○○妹○○（或其他親屬）」等。「致祭於」以下改為「泣血哀祭於父親（母親……）大人之靈」。或由配偶領銜，如「未亡人（杖期夫） ○○○率男○○、○○女○○、○○等……致祭於○○府君（○○夫人）之靈前曰」正文方面無固定文詞，通常先敘其家世，學養，次敘其事業、功德及去世之影響，末致悲悼之情。

祭文結尾多以哀傷悲痛之情作結，並請其神靈來享用祭品。雖然祭文所用文體不同，然其結語無大差異，不外乎「嗚呼哀哉，尚饗！」「伏維尚饗！嗚呼！尚饗！」或只寫「尚饗！」二字。

祭文為對去世者哀悼告慰之文字，應注意感情之真摯，且應有分際，如祭最親者，文字宜質樸，不必客套，以表達內心真正之悲痛；較疏遠者，可用辭藻舖飾。對於女士，應較為莊重，不宜過多感情成分。祭忠臣烈士，則宜慷慨悲歌，激揚蹈厲。因悼死者即所以勵生者，應顧及其對於社會教化之作用。例文如下[2]：

2 謝金美編著：《應用文》（高雄市：麗文文化事業公司，2004年），下冊，頁720-723。

〈祭吳稚暉先生文〉　　　　　　　　　　　　　　于右任

維

中華民國四十二年十一月二日，監察院院長于右任，副院長劉哲，暨全體監察委員，謹以清酌時花之獻，致祭於吳稚暉先生之靈前曰：

先生思想，維新革命。誘啟新知，科學是兢。天演本始，精神物性。鼓吹民治，以拯萬姓。先生學問，流貫古今。儒修哲理，磅研宏深。語文統一，審定國音。詼諧幽默，咸喻規箴。先生人格，秉彼三讓。匹夫自鳥，克集令望。灑落襟懷，恢弘度量。神清氣和，老而益壯。先生功票，位躋元勳。決策機先，燭照妖氛。不避艱險，一貫忠勤。吾黨保傅，永式完人。先生之逝，鳥天下慟。先生之風，留垂歌頌。哲人常往，乘鶴跨鳳。神其有知，鑒茲清供。嗚呼　尚饗！

〈祭耿校長相曾文〉

維

中華民國八十五年十二月三日國立台南師範學院校長吳鐵雄率教職員工代表謹以香花素果之儀致祭於故耿前校長相曾先生之靈前曰：

懿雉耿公，豫籍精英。幼而卓犖，堅忍鳥銘。比年在學，頭角崢嶸。經典詩賦，鑽研維精。抗戰洗禮，教學相乘。立志教育，才氣縱橫。屢與考試，魁士彰名。負笈美邦，績學有成。返國服務，重寄是膺。研究編纂，深獲佳評。初長嘉師，樹立典型。校務興革，即知即行。繼長南師，校譽日昇。仁智誠正，校訓遺馨。循循善誘，啟迪後生。夙夜不懈，竭慮庠精。

復長衍師，遊刃如恆。僅及二載，遐邇蜚聲。功成榮退，去思常縈。優遊林下，頤養康寧。縱意揮毫，書界所稱。胡天不弔，遽隕長庚。公之一世，勤慎忠誠。盡職樂道，激濁揚清。明德有後，遺志繼承。箕裘克紹，丕振塚聲。椒馨式奠，來格來歆。嗚呼哀哉！尚饗

〈祭洪靜安教授文〉

維

中華民國八十七年三月八日治喪委員會主任委員吳鐵雄偕全體治喪委員謹以清酌香花之儀，致祭於故退休教授洪靜安女史之靈前曰：

巍巍古都，人文鼎昌。篤生賢媛，挺秀含章。明慧早達，巾幗之光。雅崇教育，沈潛書香。學成於歸，琴瑟偕揚。中州板蕩，背井離鄉。居壘任教，培育俊良。遐荒桃李，競列門牆。經師人師，慧海慈航。義方啟後，蘭桂騰芳。既勤既儉，母儀永彰。懿德雍穆，好景榆秉。謂天蓋高，胡奪其常。瑤華匿采，寶藝沈芒。風疾雨泣，學苑悼傷。流風垂範，山高水長。嗚呼哀哉！尚饗

男喪祭文（各界通用）

維

中華民國○○年○月○日，○○等謹以剛鬣牲醴之儀，致祭於○公○○先生之靈前曰：噫嘻！天之生人兮，厥賦惟同；民之秉彝兮，獨厚我公。儀容足式兮，德望何崇；優遊自適兮，行

藏可風。方期盛德兮，履泰比嵩。胡天不佑兮，忽倏潛蹤？悵望不見兮，杳杳音容。隻雞牛酒兮，儀愧不豐；冀公陟降兮，鑒我微衷。伏惟尚饗！

女喪祭文（各界通用）

維

中華民國〇〇年〇月〇日，〇〇等謹以清酌庶羞，致祭於

〇母〇〇太夫人之靈曰：嗟呼！夫人之德，鍾郝可方；夫人之譽，彤管莫揚。早爲人婦，相夫有光；及爲人母乞教於克昌。待人以慈，內外皆康。持家以儉，巨錙咸臧。豈期大數，遂夢黃粱。幽冥阻隔，實為可傷。忝叨眷屬，聞訃徬徨。爰具牲醴，奠祭於堂。仰祈靈爽，是格是嘗。伏維　尚饗！

家祭（祭父〔母〕文）

維

中華民國〇年〇月〇日，不孝男〇〇等，謹以香花清酌之儀，哀祭於父（或母）親大人之靈前曰：

嗚呼！父賦性兮，孝友德全。（母懿德兮，敬慎勤慈。）生我育我兮，訓誨淵源。我期父壽（母）兮，億萬斯年。胡鳥一疾兮，館舍（閨幃）。使我兒輩兮，腸斷淚漣。呼天躃踴兮，風木淒然。音容何適兮，杳隔終天。四顧徬徨兮，如狂如顛。撫膺呼號兮，欲見無緣。幽明永訣兮，窀穸寒煙。猿驚鶴唳兮，衰草芊芊。天長地久兮，抱恨綿綿。父（母）其有靈兮，鑒此清筵。嗚呼哀哉！伏維　尚饗。

輓詞，古代無輓詞，只有誄詞、弔文、哀詞，今或見輓詞，或以為由誄詞演變而來，用以頌揚去世者事功德行，並敘述與其交誼的文字。多用四言韻文。其結尾多以悼告致哀之意作結，如「永懷壯烈，俎豆常尊。」「心香一瓣，鞠薦靈旗。」「靈爽不遠，敬奠椒漿。」等。其例如下[3]：

〈吳鐵城先生輓辭〉　　　　張其昀

嗚呼先生，黨國之英。輔弼革命，功績航航，內政外交，竭智彈精。九州仰望，八海斐聲。天不憖遺，遽奪老成。日月幾何，安葬飩溪，觀音山側，水秀山明，待期反攻，告慰英靈。

另有追悼文與紀念文，乃去世者殯葬之後，或遇周年忌辰、逢年過節，其親友因追思而感傷，形諸文字，即謂之「追悼文」，也有後人為編輯「紀念文集」而募集紀念文字，則可稱為「紀念文」。二者之內容，均在表達敬仰與追念之情，而彼此間的情誼亦為重點之一。其格式不一，惟追悼文重在悼念，常用於去世不久者，此時，親友仍處於非常悲傷的情緒中所寫，而紀念文則通常已過較長時間，其文中所表現的是懷念之情，不捨已減少，而推崇增多，與「祭弔」的情緒相距較遠。

三　碑誌文，主要有墓誌銘

它是祭弔文中最隆重的，歷來傳世之作，也較他體為多。墓誌銘之作，乃為防止亡者下葬後，陵谷變遷，而不知所之，所以，就用正

3　謝金美編著：《應用文》（高雄市：麗文文化事業公司，2004年），下冊，頁738。

方石材，刻上墓主的世系、名字、里籍、行誼、年壽、卒葬歲月與子孫概況，就像「傳」一樣，只是文字較精簡，這是「墓誌」，接其後，則多刻有銘辭，內容是去世者生平事蹟的濃縮，並稍加褒揚，通常用四言，類似詩，有押韻。有一韻到底者，也可換韻，這是「墓銘」。二者皆有則稱「墓誌銘」，多埋在墳室或墓門口。「墓誌」與「墓銘」亦可只用其一，或有誌無銘，或有銘無誌。例如下[4]：

〈乳母任氏墓誌銘〉　　宋　蘇軾

趙郡蘇軾于瞻之乳母任氏，名採蓮，眉之眉山人。父遂，母李氏。事先夫人三十有五年；工巧勤儉，至老不衰。乳亡姊八娘與軾，養視軾之子邁、迨、過，皆有恩勞。從軾官幹杭、密、徐、湖，謫於黃。元豐三年八月壬寅，卒於黃之臨皋亭。享年七十有二。十月壬午，葬於黃之東阜，黃岡縣之北。銘曰：

生有以養之，不必其於也；死有以葬之，不必其里也；我祭其從與享之，其魂氣無不之也。

生離死別是人生骨肉至親間的大事；國人重視孝道，此種感覺尤為深刻，所以，在重視葬禮和祭禮的同時，哀祭文的書寫，是可以作為家人和親友，對逝世者的不捨與悼念之情，而各種祭弔文之撰作，也是慎終追遠的一種表現。

4　謝金美編著：《應用文》（高雄市：麗文文化事業股份有限公司，2004年），下冊，頁740。

主要參考書目

〔明〕吳訥　《文章辨體序說》　北京市　人民文學出版社　1998年
〔明〕徐師曾　《文體明辨序說》　北京市　人民文學出版社　1998年
〔清〕姚鼐纂集　胡士明、李祚唐標校《古文辭類纂》　上海市　上海古籍出版社　1998年
林登順　《魏晉南北朝祭悼文研究》　臺南市　供學出版社　2008年
康世統編著　《中文應用文》　臺南市　復文書局　2008年
曾國藩　〈序例〉　《經史百家雜鈔》　長沙市　岳麓書社　1987年
童慶炳　《文體與文體的創造》　昆明市　雲南人民出版社　1999年
謝金美編著　《應用文》　高雄市　麗文文化事業公司　2004年　下冊

二　研習密碼

電子公文製作

王偉勇*、王蓉貞**

一　緣起

公文是公務員處理事務的工具，而公文流程等同於政府機關辦事的流程，因此機關處理公文的品質，也代表機關的行政效率。過去各機關處理公文時，多半以紙本文書方式，擬辦稿會核，有一套固定的程序，自從有了個人電腦後，各機關逐步以個人電腦製作公文書，並使用影像掃描微縮影方式，將紙本公文掃描後歸檔，公文再利用率仍舊不高。由於區域網路流行，許多政府機關也進一步利用個人電腦及網路系統，將公文會辦流程電腦化，進一步大幅提高機關公文管理的品質；近年來由於網際網路的盛行，行政院於民國八十八年成立公文二〇〇〇工作組，推動公文電子交換，主要是希望推動各機關運用公文電子交換的機制，將機關現有的電子公文系統串聯起來，期望打開各政府機關的藩籬，提高機關行政效能，使公文旅行成為歷史名詞。

行政院推動機關公文電子交換，係依據行政院頒之「公文電子交換推廣計畫」，規定各級政府機關、學校、事業機構應於九十年底，

---

* 成功大學中國文學系教授兼文學院院長。
** 東吳大學前主任秘書文書組組長，成功大學通識教育中心前主任。

分三階段完成建置公文電子交換前置處理系統；為推廣此項電子公文通路至其他民間企業、人民團體等非政府機關，並強化政府機關間原有系統效能及建立跨機關流程電子化，使各機關間可以更有效率地處理各類申請案、創造及分享機關間公務知識，提升政府施政效能及決策品質。此項創新政府與民眾溝通互動的新模式，未來將讓政府與各界可隨時隨地公文往返，快速傳遞公務訊息以回應民眾的需求（詳參行政院研究發展考核委員會「公文 G2B2C 交換計畫」，二〇〇四年二月，取自：http://archive.rdec.gov.tw/DO/DownloadControllerNDO.asp?CuAttachID=16167）。

研考會建置的是政府機關、學校、事業團體（以下簡稱各機關團體）等之間的電子公文交換系統，也就是建構一個系統平臺，提供各機關團體透過此平臺得以進行彼此間之電子公文交換，而不需再寄送紙本公文。除依研考會要求之環境建置電子交換系統外，各機關團體需向政府憑證管理中心（GCA）申請電子憑證，以此憑證確認機關團體之身分後，方可進行收、發文，以確認交易之不可否認性與法律效力。

二　管理系統

研考會已建置電子公文交換系統，提供外收發以電子方式處理之機制，然電子公文交換至各機關團體後，仍須印出紙本做內部簽核，則其效益將大打折扣。因此，各機關團體開始思考如何在機關內部也施行此方式，以提升行政效率，電子公文管理系統便應運而生。

完整的電子公文線上簽核系統需能銜接研考會的公文交換系統，即從收取電子公文開始，至內部簽核作業，最後再對外發文、歸檔，可在同一系統完成；而不是分成個別系統，例如：電子公文交換系統、線上簽核系統、檔案系統等，公文需在各系統間不斷轉換，造成操作上的困擾，也形成資源浪費。

（一）基本環境

建置電子公文管理系統，首要注意網路速度及其穩定性。網路速度太慢，將浪費許多時間在等候開啟公文系統與執行；網路不穩定，也將造成無法順利登入公文系統或使用中無故離線等情況。對忙碌的行政人員來說，兩種情況都是對耐心的一大考驗。

有關網路安全性的問題，研考會之電子交換系統設有防火牆等安全機制，至於機關團體內部之安全性要求，則可依機關團體內部之考量，自行決定。例如：系統登入僅需以帳號登入，或需以證件IC卡（如：教職員證或健保卡等）插卡登入，端視各機關團體對公文安全性之要求。

（二）系統基本內容

1 基本設定

建置系統時，可依機關團體需求，先有一些基本設定，以設定日曆為例：機關團體除國定例假日外，或有自己的例假日，如：寒、暑假及校慶日等。可將這些例假日先行於系統內設定，則系統在計算公文限辦日期時，會自動排除。

2 公文範本

系統內部建置各式公文範本，包括：函稿、書函稿、簽呈、擬辦單等，承辦人員可依需求自行選取。

3 收文／創稿

收取電子公文（含附件電子檔）時，直接將檔案帶入系統掛文號；但民間機關團體尚未有電子公文換系統，仍舊發送紙本公文，此時便需先將紙本公文（含附件）掃描成電子檔案，再帶入系統掛文號後分辦。

公文附件若無法掃描成電子檔，例如：書本、光碟等，則將公文本身掃描成電子檔並掛文號後，註明有紙本附件，並列印「紙本附件清單」（內含公文文號、發文機關、附件內容及數量等資訊），將紙本附件清單置於紙本附件上，再送至分辦之承辦單位。

承辦單位收取外來文後，可選取適當之公文範本進行簽核。如為自行創稿，則先選取公文範本，編輯完成後即可取得創稿文號，以便進行簽核流程。創稿時，若有紙本附件，其處理方式與外來文相同。

外來文與創稿之公文文號可有區別，以方便即時辨認此公文係何種性質，亦方便日後查詢。

4 流程設定

公文流程依公文性質而有所不同，無法如表單系統般，可將流程事先設定清楚。因此，承辦人員必須自行設定公文流程，包括會辦哪些單位，是順會或並會等。但有些流程是固定的，例如：二級單位的承辦人員需先經二級主管簽核後，方可再向上陳核至一級單位。這類流程可事先設定，一方面協助承辦人員依正常流程簽核，一方面也可減少承辦人員設定流程之負擔。

5 線上簽核

承辦人員、會辦人員及主管等，皆可於線上直接簽註意見及批示。至於簽註意見或批示時，是否需加蓋電子職章，或直接以帳號認證簽署人，則可依各機關團體之需求，自行決定。

6 發文／歸檔

需對外發文者，經權責主管核發後，由承辦人員將公文點至外收發人員，俟完成校對及發文後歸檔。毋需發文者，則於權責主管核決後，逕行歸檔。

系統內建檔案分類號，承辦人員依公文內容選取適當之分類號後進行歸檔，即將電子公文點至檔管人員；如有紙本附件，則紙本附件需送至檔管人員處。檔管人員檢視分類是否適當及資料是否齊全後，再執行編目歸檔作業。

（三）系統便利性

1 查詢功能

公文電子化的最大效益，除了節省公文傳遞時間外，最重要的是大大提升了公文查詢的便利性。以往要了解公文簽核進度，需打電話詢問；要查閱公文簽辦、批示內容，需於一堆紙本中翻找。公文電子化後，只需選取或輸入篩選條件，立即可查詢到公文所在位置及目前所有簽辦、批示內容，甚至所有人的簽辦時間等。因此，在規劃查詢功能時，應考量各種查詢條件，以利日後承辦人員得以迅速而確實的查閱公文。

2 追蹤修訂

紙本公文可依筆的顏色或透過字跡，以辨識公文簽辦過程中有哪些人員或主管修改公文內容。公文電子化後，則可透過登入之帳號記錄人員修改過程，以協助釐清責任。然在規劃此功能時，建議僅承辦人員及其直屬主管得以修改公文內容，會辦人員則僅能加註意見，無法直接修改公文。

3 統計報表

可依需求設計各式統計報表，藉由電腦的快速運算，立即獲得正確的統計資料，以作為分析、統計及檢討之用。例如：公文處理日數統計表，可了解承辦人員或承辦單位處理公文所需之日數，以分析公文處理速度是否合理，並檢討未來改進空間。

4 其他小幫手

（1）登記桌角色

登記桌即為秘書之角色，協助主管過濾公文、提醒相關注意事項等。

（2）便利貼

有些意見也許不適合直接呈現在公文上，如提醒主管之注意事項，依例可在紙本公文上貼上便利貼；電子公文管理系統，同樣也可規劃此功能。

三　公文製作

依據《公文程式條例》第二條規範，公文程式的類別，包括令、呈、咨、函、公告、其他公文（書函、開會通知、公務電話紀錄、手令或手諭、簽、報告、箋函或便箋、聘書、證明書、證書或執照、契約書、提案、紀錄、節略、說帖、定型化表單等）等六類。由於此六類公文使用對象及範圍不同，結構難免繁簡不一，但總括言之，不外下列幾項，茲逐一列出，並說明其製作要領如次：

1 機關名稱及文別

此為表示發文的主體，使收文者一望而知哪個機關的來文，以及來文的類別。而「機關」名稱應寫全銜，「文別」則可依性質填上令、呈、咨、函、公告等。此中「總統令」，是以職銜加上文別，較為特殊；而屬於機關內部使用的「簽」、「報告」等，則只要寫文別，不必再贅寫機關；因此兩類公文，係人對人，而非機關對機關。

2 地址及聯絡方式

「地址」，不論發文機關或收文機關，都必須清楚寫出，以便傳達；且須寫上郵遞區號。發文機關的地址，寫在文別的右下方；收文機關的地址，則寫在「受文者」之前。「聯絡方式」，此項是發文機關必須寫清楚的，以便收文機關聯繫，內容包括：承辦人、電話、傳真、e-mail等；但機關間公文之傳真，必須遵照行政院發布之《機關公文傳真作業辦法》處理。

3 受文者

此為行文的對象，應書寫機關全銜。

4 發文日期

此項依《公文程式條例》第六條規定，「公文應記明國曆年、月、日」，如中華民國九十七年九月十五日，即是一例。依此條文類推，則所有公文上之日期註記，或主管批示，均應準用，庶免中西曆交錯，殊為不倫。

5 發文字號

此項亦規範於《公文程式條例》第六條。一般均依年份、機關代稱、主辦單位代稱、組（科）別、字第、文號的順序編列；此中「年份」因有發文日期，亦常見省略。如「府財四字第○○○○號」，即表示「臺北市政府財政局第四科字第○○○○號」文。如事涉機密時，也有將單位或案件編碼再加字號的情形，如國防部發函，常以「（九五）戍戍字第○○○○○號」之形式編號，此中「戍戍」，即以地支「戍」代表案件，以示機密。各級法院之文號編列，也有類似情形，讀者可留意觀察。

6 速別

此項係指希望受文機關辦理之時限，所以應確實考量案件性質，予以填具。現行公文之「速別」，包含最速件，速件、普通件三種，一般只填前兩項，「普通件」不必填列。又依現行公文處理的時限規範，最速件一日，速件三日，普通件六日，即須辦理完竣。且為配合傳送，公文夾也有區別：最速件用紅色，速件用藍色，普通件用白色，這也是公文承辦人員要留意的。

7 密等及解密條件或保密期限

此項之「密等」，依國家機密文書規定，可區分為「絕對機密」、「極機密」、「機密」、「密」四等，發文者可依公文性質填具；如非機密，則不必填列。至於「保密期限或解除機密條件」之標示，應以括弧標示於機密等級後。其解密條件如下：1. 本件於公布時解密；2. 本件至某年某月某日解密；3. 本件於工作完成或會議終了時解密；4. 附件抽存後解密；5. 其他特別條件或另行檢討後辦理解密。至於機密件在傳送時，須用黃色公文夾，或特製的機密件袋，以免擔誤時間或洩密。

8 附件

公文如有附件，應在本欄註明，以促使受文者注意。註明的項目包括：內容名稱、數量及其他有關字樣。

又：附件以正本為限，如需附送副本，收發機關或單位，應在「副本」項內之機關或單位名稱右側註明「含附件」或「含○○附件」。

9 主旨

（1）本段為全文精要，以說明行文的目的與期望，應力求具體扼要。

（2）本段不分項，文字緊接段名冒號下書寫；而且每行文字均不可高於冒號。

（3）為求行文流暢，必要時可簡敘原因，一段式公文尤其如此；其他繁瑣原因，則應寫入「說明」。

（4）所有期望（目的）語，均應寫在本段，只是期望（目的）語，可以彈性運用。如已在「主旨」內敘明「請　惠予派員指導」，已表達請求之意，則其下自不必再寫「請　查照」等期望（目的）語。

（5）如訂有辦理或復文期限者，應在本段敘明。

（6）須抬頭處，如位置在冒號下第一個字，即屬頂格，不必再空一格；「核示」、「鈞院」、「鈞長」等若因挪抬而須拆開時，一律換行頂格書寫，避免分作兩行。

10 說明

（1）當案情必須就事實、來源或理由，作較詳細之敘述時，用本段說明。所以本段是講原因、舉證據的所在；若須引據辦理文號，也寫在此項。

（2）本段段名，可因公文內容改用「經過」、「原因」等名稱。

（3）本段如無項次，文字緊接段名冒號下書寫；而且每行文字均不可高於冒號。如分項條列，應另列縮格，以全形書寫為一、二、三、……（一）（二）（三）……1、2、3……（1）（2）（3）……；此中「一」，必須與「說明」之「明」字齊排，其下之頓號（、），必須與「說明」下冒號（：）對齊，各行文字並不得高過冒號及頓號。以下類推。又：凡用括弧標示之數目，如（一）（二）（1）（2），其後不需再加頓號。

（4）分項條列時，每項以表達一意為原則，可依人、時、事、地、物為考量；若內容過於繁雜，或含有表格型態時，應編列為附件。

（5）如有附件，應在本段內敘述附件名稱及份數。

（6）如要求副本收受者作為時，也須在本段內列明。

（7）本段文字，應儘量避免與「主旨」重複。

11 辦法

（1）向受文者提出之具體要求無法在「主旨」內簡述時，用本段列舉。

（2）本段段名，可因公文內容改用「建議」、「請求」、「擬辦」、「核示事項」等名稱。尤其內部行文之「簽呈」，由於所有意見係提供上級首長參酌，此段必用「擬辦」。

（3）本段無論項次與分項條列之方式，同「說明」段之3。

（4）分項條列之原則與內容過於繁雜之處理方式，亦同「說明」段之4。

（5）擬具辦法時，應有近程、中程、遠程，或積極、消極，以及由內而外、由小而大之考量，方能周延齊備。

（6）任何辦法之擬具，還應考量是否屬發文、收文兩機關之權責，才不致有越俎代庖、推卸權責，以及要求過分之缺失。

12 正本

應分別逐一書明全銜，或以明確之總稱概括表示；其地址非眾所周知者，宜說明。機關內部得以加發「抄件」之方式處理。

13 副本

（1）同上，如有附件，應在機關或單位名稱右側，註明「含附件」或「含○○附件」。

（2）除非上級長官或機關要求副本，否則不宜將副本隨便抄送上級長官或機關。

（3）行文下級機關，又擬知會本機關內部單位時，應將「正本」給下級機關，「副本」給內部單位。

14 機關首長署名

（1）發布令、公告、派令、任免令、獎懲令、聘書、訴願決定書、授權狀、獎狀、褒揚令、證明書、執照、契約書、證券、匾額及其他依法規定應蓋用印信之文件，均蓋用機關印信及首長職銜簽字章。

（2）呈：用機關首長全銜、姓名，蓋職章。

（3）函：

甲、上行文：署機關首長職銜、姓名，蓋職章。

乙、平行文：蓋職銜簽字章或職章。

丙、下行文：蓋職銜簽字章。

（4）書函、開會通知單、移文單及一般事務性之通知、聯繫、洽辦等公文，蓋用機關或承辦單位條戳。

（5）簽：蓋職名章，如屬私務，其前必加一「職」字；如屬公務。則可省去。

關於署名的問題，還有兩點須補充：

（1）機關內部單位主管依分層負責之授權，逕行處理事項，對外行文時，由單位主管署名，蓋單位主管職章，並加註「代決」兩字，或蓋單位條戳行之。

（2）機關首長出缺，由代理人代理首長職務時，其機關公文應由首長署名者，由代理人署名。機關首長因故不能視事，由代理人代行首長職務時，其機關公文，除署首長姓名註明不能視事的事由（包含公假、公出、請假等）外，應由代行人附署職銜、姓名於後，並加註「代行」二字。機關內部單位基於授權行文，得比照辦理。

四　結語

公文文字使用應儘量明白曉暢，詞意清晰，以達到《公文程式條例》第八條所稱「簡、淺、明、確」（簡要、淺顯、明白、正確）之要求，有鑑於此，政府早已製作相關簡表，供撰寫公文者據以行文，包括「法律統一用字表」、「法律統一用語表」、「標點符號用法表」、「數字用法舉例一覽表」，都是《文書處理手冊》現成的；另有「公文用語表」也出現在許多應用文的書本中。以上五表，我把它稱作公文製作的「五把鑰匙」，當然是公文撰寫者最應具備的基本素養。由於字數限制，我無法附錄供參考，詳參拙作《應用文寫作》（臺南市：成功大學出版社，2015年10月）第五章。

論文選題與學術研究

張高評*

一 前言

在大學任教三十幾年，有下列五大因緣，促成我關心學術論文，暢談今天這個主題：

第一、我參加從南到北，無數次的學術論文口試，像碩士論文口試、博士入學甄試、博士論文口試，從很多口試中我發現了很多問題。這問題事態嚴重，我今天稍加歸納，跟大家共同來切磋。第二、我審查過很多的升等或獎助的著作，還有一些學報期刊的論文。看過這些論著後發現，從題目的選擇到成果的卓越方面，的確存在很多可以商榷的空間。如果了解我們今天要談的主題，就會有很大的改善。第三、我參加過臺灣各大學、研究院以及香港、中國大陸、日本、韓國各地的國際學術研討會，在學術研討會之中擔任講評、發表論文，或者聆聽別人的論文發表，會發現有些論文很具創意，有些論文一再炒冷飯。這種種演出，實際是學術訊息具體而微的呈現。第四、我有機會審查行政院國科會研究成果及專題研究計畫。研究成果已經停止申請了，開始將專題研究計畫和研究成果合而為一。專題研究計畫的

---

* 香港樹仁大學中國語言文學系系主任、成功大學文學院前院長、成功大學名譽教授。

經費，動輒一、兩百萬，少的也有二、三十萬，研究計畫要怎麼寫，才容易高分通過？這牽涉到的問題很多，今天只能就技術層面談一談。這技術層面牽涉到若干學術問題，關聯到學術研究的本身或內涵，本文沒辦法講那麼多。如果各位懂得研究計畫如何申請，無論投考博士班，甚至在大專院校任教，向文建會、向教育部、向國科會、科技部申請計畫，能掌握申請要訣，大概就能事半功倍。有些大學研究所的碩士班有推薦甄選機會，必須通過審查計畫和口試，博士班的入學考試也有審查資料和口試。所以，我們有機會看到各學門研究生的研究計畫，以及他們繳交的碩士論文和參考著作。我常想：如果他們當初動筆的時候，能稍加留心注意論文選題，審查和口試成績將會更好。有很多考生，或等待升等的人，或者是論文發表者，計畫的申請者，他們的實力原都不錯，卻遭到意外出局。實力既然不錯，為什麼審查或申請的結果不如人意，或不能通過？主要癥結，跟今天要探討的技術問題有關。

第五，論文選題果真難得嗎？一九九一年宋代國際研討會上，有位研究宋代文學赫赫有名的學者感嘆說，寫了那麼多年，寫了那麼多本研究論著後，不知道接下去寫什麼題目。我聽後非常訝異，怎麼一個學者會覺得沒有題目可以寫呢？試問：為什麼論文題目是由指導教授給你的，而不是你自我發現的？這個問題只在一念之間而已。記得我讀臺灣師範大學博士班的時候，選修一位知名經學教授的課，當我們要求提供期末報告的論文題目時，老師罵我們整整一節課，說「研究題目怎麼是我給你們的？題目是你們自己讀書有得，再把見解整理出來。如果我自己有個好題目，為什麼我自己不會寫？還讓你們去寫？就像已經十月懷胎，小孩生下來自己不養還讓你去養，萬一你虐待我的小孩，萬一你沒有好好養他，那我不是很對不起這個小孩嗎？」意思是說如果把題目交給你，你不好好寫，老師再把它撿回來再寫，不知情的人將會說這個老師江郎才盡啦，連題目都是撿學生寫過的。所以說他絕對不會把題目給學生，足足罵了一節課。重點就是：論文題目是自發的，不是人給的，當時我覺得奇怪，獲得論文選題，就像十月懷胎，有那麼難嗎？

前一位學者說沒有題目可以研究，後一位老師說他自己有所發現也不會把題目給別人，我很疑惑：難道真是這樣的嗎？我長久思考將近一、二十年，發現事實上不盡然如此。我在南部口試一篇博士論文，北部也考過一篇博士論文，發現考生有一個共通的地方，就是實力非常好，觀念非常清楚，但是他倆博士論文選擇的題目很不適當。一個是人家寫過不知道幾遍的，他還拿來再寫，實在很難突破，遑論卓越？另一個是貪多務得，題目選擇的著力點、切入點不對，看了不知道他在講什麼。他什麼都想談、什麼都要談，結果就是沒有一樣是談得很深入很廣博的。如果你的研究選題失當，那麼你的研究貢獻頂多是平平。這純粹是一種技術犯錯，不是自己努力不夠，也不是自己實力不佳，更不會是自己天分不好。我今天有感而發，覺得有很多問題要好好談一談，這樣，觀念清楚，面臨抉擇時將會更精確。現在就根據擬訂的問題來談，雖然是技術問題，但多涉及到學術層面。

二　研究選題的誕生

(一) 選題來源

首先第一點非常重要，我們從研究選題談起。這是學術研究的一個題目，或是一個研究領域。這個研究選題怎麼誕生呢？選題的來源，大抵有兩方面：

1 厚積薄發，讀書得間、主動自覺，最為可取

平時自己閱讀，隨手記錄心得，經過沉潛過濾，積少成多，自然知道問題值不值得探討。自我自發性地獲得論文選題，這樣的題目最好，為什麼呢？如果你去投考博士班，因為你熟悉其中資料，這題目的裡裡外外你都曾推敲觸及過，那麼，不管口試委員怎麼問，絕對難不倒你。因為一個出於自得，富於創意，值得研究的選題，目前你最內行，探討得比較深，其他人都尚未觸及，沒有觀念。除非你找的論文選題，是人家已經研究過的，已經有豐富的成果，甚至學界已有定論的，這就另當別論。

回想我剛來到成功大學的時候，想撰寫升等論文，就去請教我博士論文的指導老師黃永武先生，當時他是文學院長兼所長。他說，你要研究宋詩，應該把宋代的詩歌一首一首的讀，把別人的研究成果一篇一篇的瀏覽，掌握目前研究的現況，假以時日，經過了一年或半年，你的題目就寫不完了。我按照他的指示去做，果然不到半年，我隨手記錄閱讀重點，將可能作為研究的題目羅列下來，放在一邊。腦海裡面輸入這些資訊後，將來只要看到有關資料就會有所觸發，這就是我經常強調的「蟑螂理論」。當你房間看到一隻蟑螂時，你要聯想到，那些黑暗的角落、床底下可能有十幾隻、幾百隻蟑螂躲著。當然也有可能只有這隻蟑螂，剛剛從水溝爬上來。到底有一隻、十幾隻、幾百隻呢？不急，姑且把這個發現記錄下來，以備日後觸發。舉個實例，前幾年我發表一篇〈蘇黃「以書道喻詩」與宋代詩學之會通〉的論文，你會想到寫毛筆字跟作詩有什麼關係？我最初的發現是讀到蘇東坡〈書黃子思詩集後〉這篇題跋，他論書法從王羲之以下，論顏真卿、柳公權，說他們書法如何如何為天下之宗師，接著他說「至於詩亦然」，有這麼四個字，說詩歌的新變自得也是這個樣子。以下縱論

蘇黃、曹劉、陶謝、李杜、韋柳諸詩人之風格與成就。至於黃庭堅〈題李白詩草後〉亦有「書大類其詩」之語，這篇論文就是由此觸發生成。這個資料，就是第一隻蟑螂。但是，是不是蘇東坡、黃庭堅的題跋還有很多類似的資料？或是整個宋代的題跋就只有這一條呢？沒關係！我姑且寫下「書道與詩歌的研究」題目，以觀後效。問題寫下來後，你得注意，這可能值得研究，也可能根本只有這一條，孤證不濟事。只要繼續注意就會發現，這些資料滿多的，有的很清楚，像「於詩亦然」、「書類其詩」；有的先講書道，然後講詩歌，前後之間有一個對照。我非常高興，這些資料蒐集非常的齊全，於是我開始著手撰寫。由於論證確鑿，頗富原創，果然這一篇得到了國科會的成果獎助。

又譬如我寫一篇〈雜劇藝術對宋詩之啟示——民間文學對蘇黃詩歌之影響〉論文，試問：詩歌跟戲劇有什麼關係？這是《孔氏談苑》、《王方直詩話》裡面的一條資料引發的：「作詩如作雜劇」，作詩跟表演戲劇有類似處嗎？於是我注意到這個資料，逐漸的積少成多，文本資料二、三十條，稍加詮釋、解讀，就可以寫出很好的文章。從文本開始，你必須自己累積深厚，把你的心得一一記錄下來，到底可不可行、值不值得研究？如果能這樣做，就可以累積很多。另外，像我撰寫〈《春秋》書法與宋代詩學〉、〈史家筆法與宋代詩學〉；乃至研究《左傳》，發表〈《左傳》之史筆與詩筆〉、〈《左傳》敘事與言外有意〉諸論文，都必須先儲備有關《春秋》書法，史家筆法，即史筆、詩筆、敘事藝術、詩歌語言等相關領域之專業學養，相互觸發，方能得心應手，左右逢源。

一九九八年北京大學一百週年校慶，我參加「漢學國際會議」，總共全世界有三百多個學者前往參加。我當時發表一篇論文〈宋詩研究的方法與研究選題舉例〉，曾提出一百五十幾個題目，他們看了以後很驚訝，怎會有人那麼慷慨，把自己發現的研究選題提供出來。總之，按照剛才所說的，你讀到哪裡、想到哪裡，就隨手記錄，積累既多，怎麼會沒有題目呢？從閱讀文本所獲得的心得，加上有充分的材料佐證，就可以開始研究，理論上不會有太大問題。這樣的研究，如果不是你的老師、不是你的前輩做過的，研究選題就很有創意，這是第一點。我建議必須要從文本出發，不是為了研究而研究。為了要寫碩士論文，為了要升等，隨便找個題目來研究，這是不可取的。

2 研究選題經由外鑠，得諸傳聞，這是被動接受，往往事倍功半

當然，在實際進行撰寫論文之時，不是每一個人都已讀過很多相關的書籍，都能有發現、有心得，然後把它寫成論文。碩士班的研究生，通常由老師供給題目。論文選題經由外鑠，是別人交給你的。可能你的指導教授告訴你，或是你的同仁、你的同學，告訴你這個題目可以寫，這是被動的。跟前面所說「讀書得閒」是主動的很不相同。論文題目由他人提供，有一個缺點：你還在狀況外，尚待熱身。進入論文世界，不知何時？當你知道一個題目，當指導教授告訴你這個題目可做時，你應該及時努力，極盡可能達到指導教授目前認知的那個層次上，才能卡位進行研究。指導教授或朋友告訴你某個題目，如果這個題目富有原創性的話，那表示這題目研究探討的深度或廣度尚有不足，才值得進一步研究。果真這樣，你就應該向提供研究選題的老師或朋友虛心請教，問他這個題目怎麼做？要從哪一方向切入？要用什麼方法等等？務必要讓你很快地進入情況，達到題目提供者彼時的層次，才能深入下去，有所憑藉，才容易拓展開來。自我摸索，比較浪費時間，我建議直接去找提供題目的人，這等於獲得高僧的加持和高人的灌頂，可以很快的進入狀況，在學術研究的天地間優游翱翔。

選題的來源有兩種，一個主動，一個被動。主動的選題，厚積薄

發，操之在我，其利實多，剛才已強調過。被動的選題，操之在人，參加考試或審查時比較不利。主動的選題，觀念經由閱讀豐富資料得來，一些外圍的相關資料，你已熟悉。口試委員一問，一定考不倒你，絕對應答如流。博士班入學考試的論文選題如此，研討會論文、碩士論文、升等論文，乃至於專題研究計畫的論文選題，也無不如此。自發性的論文選題，著手進行研究時，由於左右逢源，觸類旁通，所以寫作進度也比較快、品質也比較好。這種選題效益，將是第一項自發與第二項外鑠的最大不同。

（二）文獻評鑑

當你初步擬訂了論文題目，確定了研究選題的範圍，同時必須注意的，是文獻評鑑的檢驗工程。首先，必須了解，截至目前為止，關於本選題已經發表的相關論著數量和內容。我曾經口考一篇博士論文，他自己在緒論裡面寫得很清楚，說關於這個選題他知道已經發表一百二十幾篇論文，已經出版二十幾本專著。研究現況如此，他仍堅持撰寫這個論文選題。我就問：「研究成果既然那麼可觀，高手如雲，作品如林，你還執意要寫，是不是有什麼勝過他人的地方？」我再問他：「你論文哪一章比較有創見？又有哪些心得是超過前人的？請告訴我們。」他回答：「我寫出我的感覺，難道不可以嗎？」學術論文不能只寫感覺而已，又不是寫情書。這是罔顧研究現況，未借鏡研究論著的成果所造成的侷限。試問：該研究選題的數量已經那麼多了，好話創見很有可能都已經被前人說光了，發揮過了，如今你還要重複舊題，看來不拾人牙慧很難！難道為數眾多的前人意見都不可取嗎？不太可能吧。

第二種情況，是研究論文數量雖多，但是品質不很好、不很高。換言之，論點膚淺、偏差、疏漏、錯誤，或者只談到局部而大部分沒談到。論文品質的優劣高下如何，你該做個評估。如果發現數量雖多，但是觀點不見得可取，或品質雖好，但數量發揮不夠，這樣，都可以考慮再作，值得選擇續作的。對初學者來說，某一個論文選題的研究成果數量多的時候，我建議迴避。研究論文要選一個題目來做，實際上不難，何必跟人家作同樣重複的工作呢？十幾年前，臺灣學術資訊還不太發達，有一年光是研究荀子的碩士和博士論文就有六部。荀子學術儘管值得探討，有必要一窩蜂去作近似而重複的研究嗎？如果各有側重，或分工合作，是否會更好？除了荀子，先秦諸子其他各家都值得考慮作研究啊？歷代的哲學，像魏晉玄學、唐宋佛學、宋明理學，或其他的學術思想，其中天地無限寬廣，都值得投入心血作研究。

某一學術研究領域的研究成果假如數量多，實在不必要再去湊熱鬧。作學術研究必須要走冷門，或半冷門，就好像接力賽，絕對不要從原點開始跑，要看前人跑到哪裡，你就從那兒接著下去跑。譬如你的老師、你的前輩學者，他們的能力高強，已經跑了二百公尺，學生們能力較弱，那就從二〇一公尺開始跑吧！就算只跑三公尺，那二〇一、二〇二、二〇三公尺可是我跑的呀！如果你不是這樣考慮，還是從零開始，也許你寫得很好，進度也很快，那是因為你看了別人的著作，抄襲別人的成果。雖說你前進了五十公尺，這五十公尺是在人家兩百公尺的籠罩涵蓋之內，說實在的，你的貢獻少、心得不多。究竟是自己跑的那三公尺有價值呢？還是尾隨人後跑五十公尺看起來很有成就？頭頂別人的天空，腳踩別人的地盤，處處是別人的天地、別人的心得，沒有自己的成就，毫無自己的創發，這樣當然不好。所以學術研究入手處，應該是一種接力賽，而不是個人表演賽，不一定要從零開始起跑。馮友蘭談新儒學，陳之藩說創作，都強調「接著講」，而鄙棄「照著講」，是有其道理的。

至於論文的學術品質，也是如此，這跟下文要強調的「問題意識」有關：如果經過文獻評鑑，發現其中尚有拾遺補闕，繩衍糾謬之空間，自己尚有能力「詳人之所略，異人之所同」，那麼，此一研究選題，雖然有人寫過，數量有一些，品質好像還不錯，但是你確信還有發揮空間，那就勇往直前去研究探討吧！否則，嘗試走一些前人沒有走過的路，講究新創發明，獨闢谿徑，仍是最佳選擇。學術要走自己的路，不要一味走人家走過的路，掠奪別人的學術領空。如果因循怠惰，貪圖方便，選擇人家走過的路，那麼，黃金啊、鑽戒啊……老早人家都整塊運走了，怎麼可能還留給你去撿呢？「走老路，到達不了新目標！」這句話值得深思。

其次，再對研究選題作個強調。選擇論文題目，有點像擇偶。如果你是一位非常賢慧的女孩子，不幸選擇一個惡棍丈夫，那麼，無論你怎麼努力經營婚姻，這一輩子也不可能幸福美滿。因為本質太差，對象不好，用心努力也是無濟於事的。研究選題，好像一個尚待開採的礦坑，一個礦坑既經選定，雖未開鑿，這礦坑資源蘊藏的精粗多寡實際已經決定了。當你選定一個題目打算進行研究的時候，這研究選題中到底蘊藏多少學術能量？具備多少研究潛力？包含多少學術價值？將來有多少前瞻性、延續性？在你首肯的一剎那，其實已經決定了。所以，選錯論文題目，比嫁錯郎、娶錯娘還要嚴重，因為白費苦心，無可挽回。既然學術研究題目或範圍要經選擇，就不妨高瞻遠矚，外加深謀遠慮，希望選擇這麼一個題目，或圈定一個研究領域：既可以寫碩士論文、也可以撰寫博士論文，甚至可以寫副教授、教授升等論文，申請科技部專題研究計畫，更可以作為終生學術研究的志業。這樣一個研究領域，關係一生的學術生命至深且鉅，你的選擇當然很重要。如果隨便選擇一個題目，跟慎重其事地選一個題目，實際上時間相差不會太大。你是否慎重而認真的去選擇一個題目，去經營一個題目，關鍵在是否具體落實「文獻評鑑」的工夫。審慎認真，花費心血不多，但後續或將來的效益，卻有天壤之別。選擇只在一念之間，就看你怎麼選啊！就好像對終生伴侶的選擇，選對或錯了，當下的抉擇，一輩子的幸福就注定了七成。這輩子的婚姻生活或學術生命，幸不幸福，風不風光，就看你當下選擇的對象了。

關於文獻評鑑，我再提醒一下。當你初步決定寫作某一研究選題時，怎麼知道人家寫了沒有？或寫得好壞呢？在臺灣，你可以看幾個刊物，第一，你上國家圖書館的網頁去看看，有全國的碩士、博士論文的題目，甚至於有論文提要、目錄，你評估看看，再決定是否執行此一選題。接下來，你可以查看《漢學研究通訊》這個季刊，報導每一個學校的學術研究訊息，包括每一大學今年畢業的研究生，各寫了什麼題目。有些學校甚至告訴你，我們的碩士生、博士生初步選擇了什麼樣的題目要做，它都會作預告公佈。這個資訊你要了解。在中國大陸方面的資訊，可以直接上《中國知識網》、《中國期刊網》檢索或閱讀資料。書面學術資訊，則必須參考中國人民大學複印報刊資料。以中國古典文學研究來講，必須要翻檢《中國古代近代文學研究》這樣一個月刊；研究現代文學，就要查考《中國近代當代文學研究》等等。他們是月刊，一年十二期，其中學術資訊，為前六個月中國大陸學報期刊論文的精華，或加以刊載，或輯入目錄檢索。在登錄的論文目錄後面，有論文索引，把所有中國大陸不管什麼學報、什麼期刊，按照論文選題的時代先後，從先秦、兩漢、魏晉南北朝一路下來，依序羅列。稍加翻檢，就可以知道有關學術研究的最新訊息。檢查可以按圖索驥，什麼題目？什麼人寫的？發表在什麼刊物？刊登在第幾卷第幾期？甚至於第幾頁到第幾頁？讀者可以按照這個去檢索原論文。目前臺灣庫藏期刊最齊全的，可能是中央研究院的中國文哲研究所。一九六幾年、一九七幾年的《中國古代近代文學研究》，連國家圖書館的漢學研究中心都沒有，它那邊卻絕無僅有。有需要的話，值得前往看一下。至於九〇年代以後，研究歷史的、思想的、美學的，研究中國古代、近代、當代文學、或文學理論、文藝批評的，中國人民大學複印報刊資料部有月刊，幾乎每一個學術門類都有，最便於查閱。

你決定的選題，人家有沒有做過？如果別人曾經做過，你必須拿來參考，畢竟學術成果，要靠不斷積累，擷長補短而來。當牛頓發現了萬有引力定律，大家紛紛恭維他的科學成就時，他說：「如果說我有一些學術成就，那是因為我站在巨人的肩膀上。所以比巨人高些。」投入研究課題，不能不管別人著作的成果或論點學術研究，千萬不能孤芳自賞，自言自語。假如自己師心自用，自己閉門造車，研究成果居然可以出而合轍、出類拔萃，這很難啊！除非是老學宿儒！如果自己不去研讀別人的論著和論文，知己知彼，增益其所不能，居然大談研究，那研究成果只有兩種可能：不是剽竊智慧，就是孤陋寡聞。因為你寫出來的論點或研究的心得，也許人家十年前、二十年前已經發表了。在這種情況下，學術界會承認這個成果是你的原創嗎？人家會說這是剽竊別人智慧，重複別人的觀點。你如果反駁，那人家會說你是孤陋寡聞，外加師心自用！別人已經公開發表了，你為什麼可以不參考？還重複做同樣的題目？所以，查考相關論著目錄，對研究選題作最後確認，這一例行工夫必須要去先做，不用花費你多少時間，就可以知道該選題的研究現況：數量多少？品質如何？如果有人副教授、教授論文都通過了，博士學位都已經拿到啦，你還在那邊寫碩士論文，你有可能寫過他們嗎？姑且不說浪費學術人力，這研究領域先天上已受到相當開發，也就形成若干侷限，自己已很吃虧。學術研究的天空何其遼闊無邊，自己大可以立志做個頂天立地的學術巨人，何苦故意去侵犯別人的學術領空？南宋楊萬里強調：「丈夫自有衝天志，不像如來行處行」，願共勉之。

如果你知道看一看國家圖書館的網頁，查一查《漢學研究通訊》，翻閱翻閱國內所編工具書，像漢學研究中心邊的期刊論文索引：如《經學研究論著目錄》、《兩漢諸子研究論著目錄》、《敦煌學研究論著目錄》。還有學生書局出版的《唐代文學論著集目》、主編的《書目季刊》，萬卷樓圖書公司印行的《學術資料的檢索與利用》，以及文津出版社、五南圖書公司、洪葉文化公司都曾出版許多學術研究之工具書，頗便查考。就研究的類型性質，按圖索驥去翻閱，就知道這個領域到底有多少篇論文？論文品質良好還是普通？值不值得再探，或深究？經過反思和推敲，就可以避免學術人力無謂的重複與浪費。

（三）問題意識

現在要強調一個很重要的概念，叫做「問題意識」。目前文史哲學界撰寫論文，學術規範好像還不是很統一。最近有心人想整合我們文科論文的格式，好像也是不了了之，所以我們只能自求多福。

不知何時開始，文科論文在開宗明義處，照例會來一個研究動機。我指導學生的禁忌之一，是嚴格禁止他寫研究動機。學位論文的主要動機是什麼？無非就是想要拿到碩士學位跟博士學位嘛。如果是升等論文，就是想要通過教授審查嘛，還有什麼動機呢？要不！這個動機也可以杜撰假造、說空話。我建議將研究動機改成「研究現況」。因為研究現況不能假造，研究現況就是把上述第二項的文獻評鑑納入進來，明白告訴讀者：關於這個研究選題，目前我看到哪些論文？這些論文朝哪一個角度發揮？有哪些優點、缺點、或偏差？總歸一句，因為目前的研究現況，存在一些侷限、有一些美中不足，所以我今天寫這一篇論文很有必要，很有價值。這不就等於告訴學術界說：這個論文是具有創意的，絕對不是存心要抄襲人家的。研究現況的交代，絕不可能說假話，為什麼呢？如果說關於這篇論文的選題沒有人做過，我是第一個做的，讀者馬上會拆穿你的謊言。說「這個選題其實已寫過三、四篇，或十幾篇論文了，你何以沒有看到！還有幾本著作，人家都已經出版啦，你也沒有看！」不參考他人的研究成果，簡直就是閉門造車，畫地自限、師心自用。所謂研究現況，就是文獻探討，你必須知道前人已經研究到什麼地步，未觸及的是哪些？哪些已稍具規模，哪些尚有不足？這些研究現況都反思過了，也就進一步形成問題意識。

何謂「問題意識」？為什麼要寫這篇論文？換寫別篇論文不行嗎？你必須說：「不行！這個題目非常重要，它是一大關鍵。因為我要解決某一個問題，或處理某一個課題，所以必須要進行研究。」究竟有什麼研究問題很重要，急待解決、不做不行的呢？

第一，所謂問題意識，指選題為久懸未解的學術公案，或富於爭議性的焦點話題。此即《後漢書》陳元所謂「解釋先聖之積結，洮汰學者之累惑」之意。當然，這要功力比較深厚的人，才能勝任愉快。現在提出較高標準，一個學術的懸案，讓大家一起來追求。這個學術的懸案也許歷經了幾百年、幾千年都沒有解決，我怎麼能？怎麼不能呢？善用研究方法就可能！有些問題因為地下出土的文物重現天壤，運用二重證據作研究，可能就獲得解決！這我們等一下再說。做學術研究，必須先有一個問題意識，為什麼要寫這篇論文？因為我要解決某一個學術懸案，裁判爭議性焦點話題的是非。所以，這問題一定要很重要！一旦寫好這篇論文的話，千古以來的疑惑，就可以從此獲得澄清；爭議性的話題，從此是非曲直塵埃落定。學術研究必須存有「問題意識」的概念，成果才能往上提升，不致向下沉淪。

第二，所謂問題意識，是指有待解決的關鍵課題，或可供循序漸進的基礎研究。這類問題很重要，因為這個研究選題的解決，有助於深入或探討下一個問題，是一種基礎研究的選題。這後續性、拓展性的課題包括：如果我將來要撰寫博士論文，要升等副教授、教授的論文，或者申請專題研究計畫，素材可以取之無盡、用之不竭，成果可以不斷累積與擴大。這種研究選題的發現，要靠自己平時看書後的系統思維和宏觀規劃，題目淺深小大間，有一個進階，循序漸進，逐步完成。問題一一解決，就好像建造一棟房子，如果要蓋十層樓，地下三層沒蓋好，上面十層就沒有著落。《百喻經》中的三層樓喻，可以佐證這個道理。這樣說好了，撰寫論文，不管是小篇論文，或碩士、博士論文，假如目前執行的課題是甲問題，它是學界探討乙、丙、丁……各問題的墊腳石和里程碑，甲問題獲得解決後，乙問題才有著落。乙問題是建立在甲問題的解決跟廓清的基礎上。如果甲問題沒有解決，乙問題根本無從著手，無所依傍，呈現踩空或斷層，接下來的丙問題、丁問題……也仍舊是懸案，根本就一籌莫展，找不到著力點，這叫做基礎研究。基礎研究，是一個非常好的研究選題。最可貴處，在為自己累積研究成果，每完成一個基礎研究，自己的研究會有一個進階，從甲到乙到丙到丁，學術實力將容易成等比級數之增強。我把學術進階的石頭搬開，才能繼續前進，搬開這塊石頭的問題沒有解決，這條路根本就窒礙難行，所以這個問題就顯得非常重要。尤其最有意義處，是這個問題解決後，可以提供給學術界若干觸發，有助於若干個相關問題的進階與參考。這樣的選題，就不只是為了獲得一個學位，獲得一個升等而已。你既解決了學術問題，將可以「利用厚生」，何樂而不為？

「問題意識」這樣的概念思考，將可以培養獨立思考的能力，造成未來的學術研究，非常有潛力、非常有後續力，絕對不會發生想寫學術論文，卻苦於沒有合適選題的窘境。如果作研究先養成問題意識，那麼自己就可以創造出很多可大、可久，有價值、富創意的研究選題。當然，問題意識就是實有疑難，期待解決；如果沒有問題，還犯得著多此一舉嗎？所以，並不是什麼問題都值得研究，就像身體，有毛病才要治療，沒毛病就不必亂投藥。有問題，所以才要尋求解決，所以才要研究嘛！如果論文探討的課題，人家都已經解決啦，而且都已寫了好幾篇論文，甚至寫了好幾本書出版了，而且，成果豐碩，「菁華極盛，體例大備」了，後人還旁若無人，還在重複作研究，這行嗎？人家問題大致都解決了，你還研究它幹嘛？即使完成論文了，頂多獲得一個學位，獲得一個升等，雖然僥倖過關，但是從此研究缺乏後續力，更遑論實力或潛力。

接下來談談問題意識的表達與效用，大約有三個大方式：其一，能拾遺辨惑，繩衍糾謬，有匡謬補缺之功。其二，能詳人所略，異人所同，有張皇幽渺之功。其三，能推陳出新，獨闢谿徑，有新創發明之功。先看第一項，補苴罅漏，就是拾遺補闕、繩衍糾謬。了解別人研究這個論文選題，已達到某個程度，若有缺陷與不足，則由我來彌補缺漏，提升層次。初階研究的人能夠做到這個地步，已經非常好啦。其次，是別人犯的偏差與謬誤，我根據豐富的文獻資料佐證，糾正他的粗淺和錯誤。研究宋代文學的同道，就常常有第二項的快樂。因為六十年來兩岸三地學界研究宋代文學的比較少，所以一些文學批判史、理論史、文學史、詩歌史、小說史、美學史著作，常會說錯話。不過，這白玉微瑕，並不妨礙他們是大家。學術成果大體不錯，細部容有偏差，我們根據文獻的佐證加以羅列，就可以證明他的觀點是不對的、是偏差的、是闕漏的。連郭紹虞、錢鍾書這樣的行家，也可能說出外行話；連朱自清、吉川幸次郎這樣的學者有時論點都難免偏頗失正。你只要羅列具體的論證，就足以彌補他們的不足，或糾正他們的錯誤。這是一種選題的方式，一個問題的意識，針對學術問題偏差處、粗淺處、不足處、錯誤處，寫一篇論文來糾正偏差、追求精深、補足闕漏、修正失誤，這就是寫作這篇論文的問題意識。

其次，更高明一點，就是張皇幽渺，發揚光大別人看不到的死角。眾人注意不到的疑問，你能夠留心發揮，這牽扯到學術眼光，也可以靠方法學的訓練做到。問題是，你怎麼知道別人很粗淺、有遺漏、有偏差、有錯誤？這是從上述第一項、第二項的文獻評鑑得來的啊！因為翻閱了很多人的相關著作，知道研究問題的現況；如果你不去看相關論著，怎麼知道這問題學界已經研究到什麼地步，又如何知道去彌補它、修正它呢？至於如何「張皇幽渺」？我要強調一點，就是「詳人所略，異人所同」。有關問題別人已經寫了，已經很詳盡精彩了，你就不必再炒冷飯，盡其可能的直接擷取心得即可。成果借鏡參考處，文字可以寫得簡略一點，以便節省時間、節省精力去「詳人之所略」，這就是「略人之所詳」、「異人之所同」。他人寫得詳的，我要簡略；人家寫得簡略的，我要詳細的寫，淋漓盡致地發揮與詮釋，唯有不苟同、不苟異，才叫做學術接力。閱讀學談到技法系統，有所謂知入出法、分因變革法、從是看非法、匡正補充法，善加運用，也可以使研究成果亮麗。

當今我們的論文寫作，好像不是這樣。別人寫得詳的，我也寫得詳，因為方便抄襲引用啊；別人寫得略，我沒得參考了，我只好也寫得略。學術研究「闇而不明，鬱而不發」，此是主因，這怎麼可以呢？臺灣的學術論文，第二章幾乎都寫學術背景，既缺乏跟後文各章節做緊密呼應的機制，又連篇累牘，不知剪裁。寫學術背景一寫就是二、三萬字、甚至四萬字。就算寫它十萬字，意義也不大，因為其中沒有一個觀點是你自己的，都是別人研究成果的排比和整理。這樣，寫了再多，有用嗎？詳人之所詳，又略人之所略，不知研究的意義何在？人家已經寫得很詳盡，還要你在那邊浪費篇幅嗎？論文的焦點或關鍵，人家寫得很簡略的地方，你為什麼不去發揚光大，或增益其所不能呢？建構問題意識要反向思考，要「略人之所詳，詳人之所略」。別人寫得詳的，我只能巧妙剪裁，精要論述，以便節省更多寶費心力，去「詳人之所略，異人之所同」。所以建議大家，在背景上盡可能文字簡要，只要把別人的研究成果用自己的話寫上三、四句，最多不要超過三十個字，最後交代出處，讀者自行參考就夠啦，實在無庸贅言。如果還引經據典、詳加述說，既然自己的見解不多，又何苦浪費那麼多時間和筆墨呢？別人已經寫得很詳細，很精確，探討已經有了結果，已經有了結論的，你再炒冷飯就沒意義了！「略人之所詳，異人之所同」才是發明學術，提出研究心得的不二法門：人家論點簡略的，我要寫得更詳盡、更淋漓盡致，更鞭辟入裡、觸及要更廣博精深，這樣才能有創見，才可能有發明。你千萬不要只是當別人的影子，俯仰隨人；更別當應聲蟲，人家怎麼說，你也跟這樣說，不知獨立思考，沒有自己的創見，那不行的啊！別人贊成的，你獨持異議，有自己的觀點，有卓越創見，有顛撲不破的佐證，你就可以提出不同的見解與心得。

只有見人所未嘗見，才能言人所未嘗言。當然這不是故意要跟別人唱反調。當別人的意見趨向於雷同的時候，你要思考，這些一面倒的結論，是不是都沒有問題？如果經過推敲，沒有問題，我們就得尊重和參考他們的見解。一面倒的意見，如果不對，就必須提出自己的論證，進行駁斥導正，提出自己的創見。千萬不要人云亦云，缺乏主見，不加思考，甚至無可無不可。這樣，才可能發揚光大學術，躍登學術之殿堂而進入研究之門室。前人探討這個學術課題，已深入到第一層，你能深入到第二、第三層，不僅發揚光大，還能燭照幽微，這才叫學術研究。

第三，研究選題追求創新發明，這是最高的理想和標準。主要在推陳出新，發揮獨立思考。那些「未經人道，古所未有」的見地，由你率先提出，成為斯學的開山；迷離惝怳的主題，經過你有力的論證，觀點生新，創見獨特，成就了「一家之言」。研究題目能夠達到這個目標，當然就是個好選題。

三　研究成果追求原創

研究成果追求原創，是這個部分要談的重點。這可分為三方面來說：其一，文本材料之生新；其二，研究方法之講究；其三，探討觀點之轉換；其間每一個問題都要環環相扣，息息相關。

（一）文本材料的生新

人文學的研究，仰賴材料的佐證、解讀、分析、論斷，我們所據以推斷的材料就是那些文獻、那些文本資料。援引材料的要求，上焉者能夠讓人覺得陌生、新鮮，也就是說你所引用的是第一手資料，不是轉手、二手資料。資料最好是無人或少人使用過的，新的資料、是陌生的資料。學術研究據此開展解讀、詮釋、發揮、論證，當然可以獲得比較新穎、獨特的成果。用這些熟爛資料必定得到這樣的結論，我用另外一堆生新的資料將得到不同凡響的結論。所以材料本身必須要講究陌生、新鮮，這樣，研究成果較可能有創意。

材料要怎樣才算生新呢？運用「二重證據」作研究，研究材料自然生新，成果自然不凡。以前一個很知名的學者說，《漢書》〈藝文志〉裡的《孫子兵法》，就只是孫武的兵法。沒有所謂《孫臏兵法》，孫臏並沒有著作兵法，言之鑿鑿，還著書立說。但是後來銀雀山一號漢墓竹簡出土，同時有《孫臏兵法》、《孫子兵法》，這樁千古懸案就不攻自破啦。可見，新出現的材料可以印證一些學術公案。最近大陸出版李學勤《中國古史尋證》，及姚小鷗《出土文獻與中國文學研究》，大家有興趣，不妨參看。也許，你會說：中國大陸的文物出土，我們這裡看不到，所以，我們無法利用這項利器。其實不然，出土文物的整理，照例會在《考古》或《文物》等刊物或年鑑上發表，善加運用參考，將是一項利器。除此之外，浩如煙海的書堆裡面，學術寶藏無限，很多是大家都沒有發現的材料。大家研究選題的文本材料希望生新的話，何妨上圖書館翻查大部頭的類書、叢書？其中真是書府琳瑯，陌生而新奇的材料，不虞匱乏。不去翻書，當然不知道哪邊有什麼寶貴材料！以類書而言，就有許多生新的材料。類書裡面因為包羅萬象，很多材料我們一生很難得去翻它。類書因為是分類編纂，同質性、同一個範圍內的資料自有很多可以觸發之處。學術界撰寫有關蘇東坡的論文，應該夠多了吧，但都無人談到蘇東坡詩之創格對小說戲曲有何影響。王利器先生是文獻學的專家，一九九一年四川大學召開宋代文化國際研討會時，他發表一篇論文叫做〈蘇東坡與小說、戲曲〉，引用的資料倒不是蘇東坡的《仇池筆記》、《艾子雜說》那些習見的文獻。關於蘇東坡跟小說關係的文獻，卻是從清朝張英所編《淵鑑類函》的類書中輯出的這些資料一直沒有人注意過，研究蘇東坡的專家幾乎不曾運用到清朝的類書資料。所以如果能在浩如煙海的書堆裡，鉤勒掌握到一些別人沒有用過的新鮮資料，這可媲美地下文物出土。而且這種發現新大陸式的驚喜，並不太難，只要廣博瀏覽典籍，勤於翻檢爬梳，即易為功。再講一個例子，彰化師大黃文吉教授，為國內唐宋詞研究知名學者。曾受中國大陸王兆鵬教授的委託，前往國家圖書館翻閱一本詞學的選本《天機餘錦》，一看才發現這選本裡有很多宋人的詞不見於《全宋詞》，久已亡佚。把它輯錄出來，他就寫了好多篇文章。研讀翻閱圖書館的典藏善本，最有可能就找到天壤間都沒有人用過的材料。我再舉一例，八〇年代前，王安石的詩歌研究，在臺灣大多採用世界書局李壁注的版本。復旦大學的王水照教授到日本講學，在日本的蓬左文庫發現了王荊公詩李壁注的善本，數量比起通行本的李壁注要多一倍。這多一倍的李壁注本，是日本朝鮮本，較接近南宋李壁注的原貌，當是宋代珍本。如此說來，如果研究王荊公詩李壁注，就多了一倍資料，這一倍的資料以前的學者無緣見到，也就沒有運用過。從這多出的一倍資料。大可以建立你的新觀點，發表你的新創見，這就是所謂材料生新。

有某些資料文獻是大家都沒有研究過的，譬如說宋代的文集，元代、明代、清代的文集，研究的人幾乎很少，也少有注釋、未經整理，連題跋、集評通通沒有。你隨便找一家，只要符合我們剛才所說的問題意識，那你去進行學術研究，絕對每一個材料弄出來都是新的。怎麼會沒有材料可用呢？以宋代文學來講，宋人的詩集流傳的有六百多家，詩集份量在十卷以上的有四百多家，其中重複研究的名家大家有蘇軾、黃庭堅、楊萬里、陸游等十餘人，乏人問津的就將近有四百家的詩集。由此看來，怎麼會沒有研究題目呢？怎麼不能生新呢？當然有啊，只看你有沒有興趣去翻閱，要不要刻意去追求和發現而已。

（二）研究方法的講求

明人《警示通言》中，有呂洞賓「點石成金」的故事，清人《笑得好》詼諧寓言中曾複述這一方法學的啟示。的確，「點石成金」是一種絕妙方法，如果熟習這方法，就可以「任隨我到處點金，用個不計其數」，研究方法正是如此。方法是一種工具，不同方法會產生不同的成品。如果你用土法煉鋼，練出來的鋼既粗糙，產量又少，品質又差，內銷都有問題，外銷人家不要。如果試用洋法煉鋼，那就不可同日而語了，不是嗎？

碩士考博士時，必須繳交博士研究計畫；向國科會、科技部申請專題研究計畫時，也要談談你的研究方法。我發現：學界對於研究方法，普遍有一個嚴重的誤解，這我要特別強調。不知何故，大家把研究方法與研究過程，或研究步驟混淆了！顧名思義，研究方法就是一種方法嘛，並不是過程或步驟。什麼叫方法？比較法、歸納法、統計法、田野調查……這些就是「法」。以文學研究而言，有歷史批評法、社會批評法、文獻考證法等傳統方法，以及比較文學、接受美學、結構主義、心理批評、原型批評、現象學、闡釋學、系統論、信息論、控制論等新方法。其他，研究經學、史學、哲學、民俗、神話、語言文字，也都有其適用的研究方法。出乎意料之外，很多人誤把研究方法當做研究步驟。通常會這樣寫：這個研究計畫，第一個部分我打算要寫些什麼，接下來我再寫什麼、又寫什麼，結論將是什麼。這根本就是研究步驟或研究順序啊！怎麼會是研究方法呢？但我發現來自臺灣各地大學，報考本校本系的博士生的研究計畫，將近八成都這樣寫。我審查科技部、國科會專題計畫，很多人也是這樣寫，你說奇怪不奇怪！研究方法很重要，不同的選題有不同的方法，有些方法是量身訂做的，今天沒辦法仔細講。只是提醒大家，「工欲善其事，必先利其器」，研究成果要卓越、要創新，必須要講求研究方法。不講究方法，研究成效將會打折。

（三）探討觀點的轉換

如果某一研究選題，學界研究成果已很可觀，如剛才所說的數量很多、品質不錯，如果你執意要做這個選題研究，還是可以的。只要注意研究觀點再轉換，當然是可行的。對於讀書研究，蘇東坡曾提出「八面受敵」法，所謂「每次作一意求之」、「每一過專求一事」，即是強調多元性、多層面的研究其中關鍵，即是觀點的轉換。以我本人研究的歷程言，博士論文選擇探討《左傳》。在此之前，學界多從經學角度看待《左傳》，這是經學家的習慣。歷史學家把它當成上古史史料來研究，奉為上古史的信史，是從歷史的觀點來看的。我撰寫博士論文，卻從文學的觀點來探索，於是發現它是古文義法的先鋒、史傳文學的開山、敘事藝術的典範。文學的研究，對於解讀「其事，則齊桓文晉文；其文，則史；其義，則丘竊取之」的《春秋》經傳關係，是一大利器與鑰匙。就這樣，同一本書你可以從經學、可以從史學、可以從文學、敘事學，甚至可以從思想的角度去看《左傳》，這就是觀點不同。關於江西詩派的研究，一般人都是就文學論文學。龔鵬程的博士論文別從社會學的角度、用統計學的角度詮釋，觀點就很獨特。觀點不同，結論當然就新穎卓越。

觀點的轉換就好像野柳的女王頭，我們習慣接受新北市觀光局的安排，站在固定的角度觀賞那座珊瑚礁，所見形象當然如假包換是女王頭。如果你不信邪，另從對面、從旁邊、從反面去看，絕對不像女王頭，說不定是一隻怪獸。為什麼？觀點不同，就不一樣啊。蘇東坡〈題西林壁〉詩書寫觀賞廬山的心得，說得好：「橫看成嶺側成峰，遠近高低各不同。不識廬山真面目，只緣身在此山中」，看山有七種角度，作學術研究為何只能有一種觀點？因此，如果研究選題學界成果數量很多、品質很好，能別從不同視角來探討，來觀照，也可能有創見。

提出這三點，是我經常主張的，提出來跟各位互相切磋。當然，運用之妙，存乎一心。至於碩士論文的學術價值和書寫要領，以及專題研究計畫申請之要訣與格式，限於篇幅，容後再談。

附記：筆者關心學術研究，鼓勵碩士生繼續攻讀博士學位。二〇〇二年筆者身兼中文系主任，七月二十九日於成功大學中文系館演講，講題為「學術研究之選題，原創及其價值」，南北學子到場聽講者百餘人。其後，曾將錄音稿轉成文字，稍加潤飾，刊登於《國文天地》，引發研究生轉載熱潮，本文即其中之一。

社會研究之寫作

梁文韜[*]、蒙志成[**]

一 前言

要精進或學習社會研究寫作，寫作的技巧與行文陳述並非重點，倒是如何將自己所思索觀察的社會現象，揉合各家看法，以個人獨具的觀點呈現才是重要。因此，文章撰寫者是否能夠在下筆前，在自己的腦海中先有系統性地、針對所感興趣的社會現象構思出精要的論證，往往是決定此篇社會研究價值的主要因素，至於是否能夠讓讀者讀來有行雲流水般的通順構句，反而在研究價值的意義上是次要的。然而，如何能夠提出有趣的觀點、精闢的論證，並不是本文目的，有志的讀者應可從自身所屬的學科理論、人生閱歷去加強這部分的能力。我們在這裡所要介紹的，是提出一些重要程序與思考點，協助社會研究的寫作者，能夠「成功地」構思並完成研究論文。

不管研究的主題為何，必須要提出能形成觀察現象或抽象理論的探索性問題，這就是一般所謂的「問題意識」。形成問題意識是最開始、卻也最重要的研究程序，因為提出具有共鳴的問題，是關乎最後

* 成功大學政治學系教授。

** 成功大學政治學系助理教授。

能否得到好的研究成果與價值的一項重要因素。此外，問題意識最後要慢慢形成可進行研究的焦點、以及提出相關的研究假設，這點對經驗研究來說特別重要，因此，研究問題要控制在能操作的範圍裡，不宜過大也不宜過小。過大的議題如無系統性的論證來連結不同觀點，則易見研究陳述散亂，會讓讀者無法即刻地掌握研究焦點，過小的議題，則常見所研究的題目，在經驗世界上不具重要性與顯著性，如此一來，也會使得讀者缺乏興趣閱讀此份研究論文。

社會科學的範疇十分廣泛，政治學、經濟學、社會學、心理學等都可以被視為是基礎社會科學，管理學、都市設計、教育學等廣義而言都屬於應用社會科學。社會研究中的各學科，理所當然的應該要有一定的內容；但是事實上，有關於它的範疇仍在探索，其中的研究方法也仍在不斷地自我檢驗和改進中；所以任何武斷的定論不可避免的會對其研究發展造成限制。在這種情況下，一個適當的定義應該一方面不限制教學的範圍，另一面也可以標示著教學及研究的大方向。不過，這又牽扯到另外一個問題了，有些學者認為各學科範圍的不確定和廣泛，固然讓其學術研究及教學有較多發揮的空間。由於社會研究牽涉相當廣泛，因此，從事相關寫作時就必須了解社會研究的性質。

科學的目的在於發掘真正的知識，採取科學的態度來研究社會，則社會科學就是一門學問。類似觀念被實證主義社會科學家所提倡且進一步發揚光大，並成為一九五〇年代「行為主義革命」的核心。行為主義乃科學主義的產物。十九世紀以來，科學主義盛行，科學主義本身乃經驗主義的產物。到了二十世紀，羨慕於自然科學的科學實證，遂使得原本被認為是具哲學性的社會研究出現另一支流。社會研究的領域因這一股新的風潮，也將價值觀、倫理學等無法驗證的主張排除出去。而這一波新的浪潮掀起了哲學與科學的爭辯，也帶領著社會科學之方向更加的多元化，但同時亦陷入一混亂的型態中。

然而，社會研究並非自然研究，就問題結構而言，自然研究只關乎自然現象的描述、解釋及預測，也即是「實然（is）」議題。社會研究除了探討實然議題，還要討論「應然（ought）」議題。在社會研究中，經驗性理論及規範性理論分別討論實然及應然議題。

經驗性理論在二次大戰後的一、二十年中，差不多壟斷了西方學術界裡對社會的各樣研究。經驗性的社會研究源自於對行為研究的科學性的重視，社會研究對行為科學的倚重意謂著傳統規範性理論之式微。在一九五〇年代的美國學術界，經驗性理論成了社會研究的典範。及後，由 Leo Strauss 及 John Rawls 的推動下，從六〇年代中及七〇年代初開始，規範性理論逐漸得到重視。

行為主義及經驗性社會研究之所以在當時被普遍地接納是由於二十世紀初興起的實證主義（positivism）的影響。在實證主義的薰陶下，西方學者一般相信社會研究必須以經驗主義的認識論（empiricist epistemology）作引導，來為現實上的社會事件和群眾的社會行為作深入的探討，並嘗試尋找社會現實中的公式性命題（nomological propositions）。他們相信在不斷反覆地驗證的情況下，關於社會現實中的可靠知識便可從中獲得。

在實證主義影響下的社會研究典範中，簡潔的語言表達和科學化的概念是必需的。在實證主義者眼中，一些抽象的概念，如「自由」及「正義」等等，都不夠科學化。更重要的是，實證主義者認為這些概念無可避免地蘊含了價值（value）上的判斷，而價值對於科學化的社會研究來說是沒有用處的。他們相信，事實（facts）與價值是可以被清楚地劃分的，並認為事實存在於客觀現實中，而價值卻只是人們情感上的一種表達，故此，社會研究的對象是事實而非價值。否則，社會研究若被價值所沾染的話，客觀的現實便不能被認識了。

科學主義者強調自然科學是唯一有真理價值的知識。換句話說，凡能夠驗證的，即能肯定其是真是假，即有真理價值，也就有科學價值。若要被定義為科學，至少要具備「簡化」（simplification）及「量化」（quantification）這兩項要素。然而社會科學本身不是自然科學，社會科學追求學問的方法與自然科學截然不同。當然，經驗性研究者不必然是科學主義者。在後實證主義時代，社會研究者可以不再拘泥於事實／價值之二分，而是要結合經驗性及規範性的元素。

二　問題意識

形成並確立研究範圍大小適中的問題意識，雖謂重要，但談何容易，以下茲分點探討可以來進行思索「問題意識」的步驟：

（一）確定你的聽眾（audience）屬性。所謂的聽眾，即是我們研究著作的目標讀者（targeted reader）。一項能讓人稱讚的研究，往往是讀者也同樣具有高度興趣的，然而，由於讀者的屬性不同，一項讓A群讀者讚不絕口的研究論文，對B群的讀者來說，由於作者與讀者缺乏共同經驗，良好的作品有時卻難以引起讀者的興趣，因而可能是毫無掌聲。這種狀況，在社會科學研究中是非常普遍的。例如：在臺灣進行 ECFA 相關研究，絕對是熱門議題，然而把相關的研究成果發表在其他國家，則不見得會有人有興趣去閱讀，即便有人有興趣，恐怕也只是部分從事跟中國經濟相關事務的特定人士而已。同樣的，在美國很多人關心的北美自由貿易協定（North American Free Trade Agreement, NAFTA），身處隔了一個太平洋的我們，對其相關研究恐怕也是興趣缺缺。所以先確知並因循我們主要讀者的屬性來進行寫作，有助於讓我們的作品能在初始即取得目標讀者的閱讀興趣。這並不意味著我們必須依據目標讀者的喜好來決定我們的研究議題，然而，毫無疑義的，一般公眾與學術刊物審查者，對於行文風格、以及理論抽象化的層次的要求定有所不同，因此，如果作者在寫作一開始即能確認目標讀者的屬性，進而在同一研究議題上，調整自己的寫作，相信將可獲得讓不同讀者均表讚賞的成效。

（二）針對你的疑惑（puzzle）進行背景資料蒐集。如果為社會現象，可了解其歷史演變與次級資料分佈；如為理論問題，可進行文獻閱讀。我們都知道，到異地去旅行，如果沒有事前做好旅行規劃，則屆時必定像無頭蒼蠅般，迷失在旅遊地點。而進行社會研究亦是如此，越多越完整的相關資料的蒐集、整理與閱讀，越有助於在真正執行研究中釐清相關研究問題，並提供論證靈感，對研究寫作的本身而言，亦可初步發現相關研究的主要讀者，以及他們所感興趣的議題，進而建構出令目標讀者接受且滿意的寫作風格。

（三）在聽眾中尋找初探性共鳴，且能思考「在不疑處找疑點」，用以測試並確認你的探索性問題是否為有興趣的研究課題。如前所述，雖然我們可能已經設身處地的思考過目標讀者的屬性並據以設計研究問題，然而，我們坐在研究室裡的設想課題，並不代表其真能反映實際聽眾的興趣。所以，當我們完成了可能的研究問題後，可以嘗試將問題探詢部分的目標讀者，以確認我們的研究室否能得到共鳴。此項來自於聽眾的共鳴是相當寶貴的，因為它反映出此項研究的重要性，另一方面，亦可回饋一些有趣但我們當時未設想到的研究問題。此外，探尋共鳴不見得都要順著聽眾既有的思考理路來呈現我們的研究問題，有時在大家視作當然、毫無爭議的現象詮釋中，提出在邏輯上演繹與一般狀況下論證均可成立的不同觀點，反而更能激發起聽眾的興趣，而期待你的研究成果。

（四）最好能提出在具象與理論皆有探索可能的問題。雖然說提出能讓目標讀者感興趣、且能激發共鳴的研究問題是重要的，然而有時聽眾不感興趣的題目，並非全然是研究議題本身與聽眾有所距離，有時是作者沒有體察聽眾對於研究議題「可以」感興趣的面向。比如說上述所列的 ECFA 研究，事實上，如果將此研究議題太側重於臺灣內部對 ECFA 的爭辯，的確一般美國聽眾比較沒有興趣，然而，如果將臺海兩岸人民與相關政治團體高度關心的 ECFA 研究，提升為研究「各國簽訂自由貿易協定」的個案研究，並尋求與美國聽眾所關心的 NAFTA 來做比較，相信對 ECFA 研究感興趣的美國聽眾一定不在少數。所以試著針對自己的研究問題上，在具象與理論之間去探索相關題目，則可以使自己的研究擴大了不同層次與範圍的目標讀者。

三　定義、描述、解釋及規範

一般的研究難以避免地要為研究主題中的概念提出定義，以「民主」為例，什麼是民主？解答這個問題的最簡單方法就是給民主下一個定義。簡單來說，在為「民主」下一個定義時，我們用一組的詞彙及多重句子來表達「民主」的意義。我們大致上可以分別三種不同的「民主」定義：規定式的（prescriptive）、描述性的（descriptive）及本質上的（essential）定義，在提供規定式的「民主」定義時，某作者會按照自己的意願來規定他本人和其他人應該如何運用「民主」這詞。而在為「民主」下一個描寫性的定義時，作者們嘗試描述並闡明「民主」如何在以往或現在被運用。最後，給「民主」下一個本質上的定義時，是用概括的字句來揭示民主概念的本質。不過，由於不同作者對民主有不同的理解，不少的研究者在發展其理論時，都會選擇操作上的（operational）定義。

經驗性研究範圍通常包括：對現存民主國家中的制度的描述及對不同層次的民主選舉的結果作分析及預測。研究所涉及的可以是一個國家的情況，也可以是比較不同國家的情況。早期經驗性理論的目的是：描述及解釋。這些早期研究所忽略的是經驗性理論的預測性目的。隨著經驗性理論的發展，研究者已積極開拓經驗性理論的預測性潛力。經驗性理論所關注的最主要是社會行為及社會事件中的因果關係。例如：在某一次或連續多次的民主選舉中，投票率比以往偏低，經驗性研究便要嘗試探求箇中的原因並預測將來選舉的投票率。又例如：某個執政黨在選舉中落敗，經驗性研究便要嘗試找出是什麼決定選民的投票行為，用以解釋某一個政黨的敗筆。

經驗性研究所關注的都是相當重要的課題。如果經驗性理論做的越嚴謹、認真及多元化，民眾對大家所共同建設及參與的民主政治便有越深入而廣泛的了解。然而，在大家對現有的政治制度有更深的了解的同時，一般民眾所關心的是如何改善大家所共有的制度。如果大家相信現存的制度是有值得改善的地方的話，那麼大家要思考的問題是：到底現有的制度應該如何發展呢？值得大家留意的是，這個問題並不在經驗性理論的研究範圍以內。要探討這個問題會牽涉到一些規範性的討論。一般來說，規範性的討論運用很多規範性的用語，如「應該」、「必須」等等，及不少價值判斷上的用詞，如「比較好」、「值得推行」等等。舉例而言，選舉制度的改變必然會對政黨的發展有一定的影響，單一選區兩票制的後果是小黨的生存空間被壓縮，最後出現泡沫化。我們不單只想研究選舉結果而已，而是小黨應否在立法院中存在。

四　經驗性研究的寫作

（一）界定研究主題的依變項、自變項與分析單元

進行經驗性研究，特別著重變項引導（variable-oriented）的研究設計，亦即是，研究者要思考如何將研究問題的重要因素轉化為可操作

的研究變項。其中，以社會具象（outcome）為主的依變項（dependent variable）以及解釋社會具象的自變項（independent variable），為研究者一開始便需界定的兩大主要變項。依變項的簡單定義便是，為研究的主要標的變項，通常即是由問題意識轉化來的研究變項，可為可具體觀察的社會現象、抑或理論主題。而自變項就是可解釋依變項的因素，亦名為「解釋變項」。當我們界定了研究的依變項與自變項，則可以清楚地據以確認研究焦點，並探究變項間的關連性。舉例來說，在以下的陳述中，「兩岸關係」便是依變項，而「兩岸經濟差距」、「主要交手的執政黨」與「人民的交流」便是自變項。

> 兩岸關係漸漸變好了，有人說是因為兩岸的經濟差距變小了，有人說是因為兩岸主要交手的執政黨改變了，有人說是因為人民的交流越來越多、歧見變少了。

經驗性的社會科學研究常常是一連串的因果關係的建立與確證工作，能夠清楚地界定依變項與自變項是因果關係建立的第一步，對剛開始進行社會科學研究的學生來說，知道並能夠明辨在自己研究主題當中的此兩種重要變項，除了有助於作者能在眾多相關行為者與所牽連的複雜社會網絡中，系統性地釐清研究軸線之外，在另一方面，對讀者來說，也有助於他們在最短的時間掌握住此份報告的研究重點與作者的論證思路。至於如何精準概念化與測量依變項和自變項，則視各學科研究的理論定義與操作方法而定，並不在本文討論之內。

另外，由於社會研究的分析單元（unit of analysis）相當多元，可為自然人（如個人）、組織（如政黨）或社會人造事實（如制度、聚落），研究者需隨時注意自己在論證不同因果關係時，其分析單元是否引用適當，而不致混淆因果推論。在此，仍以前項陳述為例，如果說我們認為持續多面向的「人民的交流」是導致「兩岸關係」變好的主因，則必須闡述在什麼樣的制度、什麼樣的機制下，「人民的交流」的增加可以彙整為一股力量、導致「兩岸關係」的改善。因為「人民的交流」是屬於個人層次的交往，數量再多、頻率再強的交流，也不見得能直接推論國家層次的「兩岸關係」的變動。故，檢視相關的分析單元，是在假設不同變項間的相關或因果關係前的重要步驟。

（二）資料蒐集與變項界定方法

在經驗性的社會研究中，資料的蒐集與分析，是一段非常重要且必須交代的章節，因為資料數量的多寡、資料來源的可信度，以及資料整理的程序，都影響資料分析的結果，更影響著研究問題的推論與假設驗證。為了提供讀者得以檢視我們資料的質素，並可據以接受或否證我們的經驗論證，以下茲簡列在資料蒐集章節中，需提供的基本訊息：

1 隨時記錄資料蒐集與產生的過程。如，在質化訪談法中，詳實記錄訪談過程，有助日後審視資料產生背景，與檢視受訪者真正指涉的標的或意義為何。

2 需交代資料所能夠反映的研究代表性。比如說，我們的研究母體是兩千四百萬的臺灣居民，則僅取得兩百份的樣本顯然不足以代表我們的研究母體。然而有時也不是數量的問題，而是關鍵性的研究案例是否在研究樣本中，也反映了代表性的問題。比如說，研究革命的成因，卻缺乏研究法國大革命的案例，顯然此項革命研究的代表性不高。

3 清楚說明並檢討資料當中重要變項的測量效度（validity）。由於社會研究的複雜性，相關社會現象（如 M 型社會）與詮釋（如全球化造成 M 型社會）在很大的一部分是在理論概念化下所建構出來的，而要在這些抽象的概念中再去探索相關關係，有時會產生出實際測量變數與理論概念上的誤差。因而，測量變項是否準確的反映出我們所要測量的，以保在一定測量方法下所蒐集的資料，能如實地反映在理論概念上的真正意涵，在社會科學的經驗研究上，一直是重要的課題。

4 確認蒐集來的資料之信度（reliability），以確保我們重複同樣的研究程序能夠得到同樣的結果。經驗性的社會科學研究，在科學哲學的本體論上即是立基於經驗現象的普遍性（generality），因此，如果我們的研究成果缺乏信度，亦即是資料分析結果沒有出現穩定的型態，則需重新檢視研究方法的設計、資料蒐集的程序與變項指涉是否正確且恰當。

五　規範性研究的寫作

規範性研究不希望糾纏在形而上學的問題如「什麼是我們能知道的？」、「終極的善是什麼？」、「神明是否存在？」、「死後是否還有生命？」等等；規範性研究所關注的是人應該如何生活及組織他們的共同事務。對規範性研究者來說，我們必須找出共同生活的基礎與方式。也許我們沒有辦法在形而上學的問題上得到共識，但難以完全擺脫形而上學的問題，例如，我們無法完全忽視本體論的問題。最明顯的例子就是不少對早期 Rawls 理論的批評正是集中在其背後的個人主義本體論。

規範性研究強調概念的清晰性及論證的嚴謹性，事實上，我們可以進一步指出兩者是相輔相成的。沒有清晰的概念，就難以產生嚴謹的及具有說服力的論證。單單分析概念並不意味對不同議題有具體的看法，論者必須運用清晰的概念，透過緊密的邏輯，提出嚴謹的論證以支持其具體的看法。

規範性研究的主要關懷是規範性議題，意圖尋找主導共同生活、政府機制及政策制定的原則。這並不是說，規範性研究與描述性研究或解釋性研究毫無關係。在個別社會中，即使上至憲法制定，下至具體行政措施等等都牽涉規範性的討論，我們卻不能在忽視現況及導致現況的原因下討論應該如何。

有一點是我們不能忽略的，規範性研究者要面對價值多元這個現象。我們可以分為兩個層面。第一個層面是，由於作為行動者的人抱有不同的價值觀，而不同的價值對不同的人來說有不一樣的優先順序，因此，論者們必須尊重價值多元這個事實，其發展出來的理論必須能包容此現象。第二個層面是，論者們要面對多種價值可供選擇的狀況，當中有兩種做法，其一是不做選擇，其二是在多種政治價值中選擇其中一項來作為其理論的根本出發點。舉例來說，Rawls選擇正義作為最根本的政治價值，其他論者如F. Hayek則選擇自由。選擇不同的價值做為論述基礎會帶來不同的規範性架構，以正義為本的理論傾向提供福利，限制市場運作，而以自由為本的理論傾向依賴市場而減少福利。不管是以自由或正義為核心概念，所要做的是要發展出具有融貫性的理論。

最後，規範性研究固然著重規範性議題，但不可能忽略對現況的了解。就這一點來說，對現況及可能原因的基本了解是本研究所需的背景資料，有助於找出規範性議題的焦點。然而，要找出現況及其可能成因並非規範性研究的目的，唯有借助相關的研究成果及調查。換句話說，若經驗性研究及規範性研究能相輔相成，商議共同關心的課題，齊心找出現況及如何改善之道。當然，就學術分工而言，經驗性研究者及規範性研究者仍需以各自所長而發揮其能力，但其中必須意識對方的貢獻，致使相得益彰的功效得以呈現。

六　結語

一篇好的研究作品除了提出有趣的問題，並提供了良好的解謎過程與證據，更重要的是，此篇研究能否累積我們既有的理論知識、啟發了我們對社會現象的不同觀點、以及針對疑惑給了系統性的解釋。因而，在一篇社會研究作品在接近完稿的最後結語中，可以略微反思此項研究的價值與貢獻，以為後人接續研究相關議題。以下僅供幾點可供檢閱自己研究作品價值的思考問題：

（一）研究題目是否太小、研究事件太過針對性、研究資料不易複製，以致於研究成果難以應用在其他議題？

（二）研究結果是否超越既有的研究成果？

（三）實務性的研究議題能否給予理論啟示，或理論性議題能否給予實際政策建議？

事實上，以上所列問題，在決定研究題目的一開始即可納入思考，以求研究的貢獻與提升其重要性，然而，沒有完美的文章與毫無挑剔的研究，在某種意義上，能提供讀者進行否證的研究，反而是社會研究的一項重要意義。

社會研究中的眾學科是在歷史、人文的不斷歷練下逐漸成熟，學派之間也能逐漸因著時間的洗鍊相互融合、並蓄。社會研究的寬廣度，也成了一探索不盡的園地，不同的研究途徑不再張弓拔弩，因著研究焦點的不同，其方法上的取向當然也有著差異。而今不再只純粹一個方向的探討，也開始嘗試著不同面向的研究途徑來加以補強，而所有的知識皆是公開的，都是必須去接受挑戰的，沒有隱藏的真理，真理的供應者也不可能永不犯錯。雖然人性的不可深測，無法有一全面性的通則，但每一學問皆是將問題作最簡單的處理，再將之套用。

總的來說，社會研究是一門研究人類社會現象的學問。學科不斷的發展，原因是社會研究逐漸以涵蓋所有社會關係的面向來理解，研究的範圍和對象都包括了整個社會。各學科在教學或研究中，不論是定義或範疇，都有相當多的看法；無論如何，各學科的定位和範疇都應該以一個動態立場來觀察，它與時共進，不能和社會發展分割，社會研究更需因應資訊時代的發展而不斷創新。這是目前為止，所以從事社會研究的人最可以接受的共識。

市場研究報告的書寫

徐少知*

我們常說：「民意如流水」，意思是說：民意是變動不居，不是一成不變的，它會受到外在環境、媒體的傳播、廣告的宣傳、意見領袖的耳語、資訊的透明與否，與競爭對手的炒作等等，而變化。

這種變化，有些是慢慢醞釀的，有些則是瞬息萬變的。但不管怎麼變，所謂「幾者，動之微，吉之先見者也。」[1]有先見的人，往往會利用各種各樣的方法，去了解它變化的軌跡，尋求對應之策，而洞燭機先。

很多人認為搞市場研究，是一個很花錢、很專業的事。這句話有然，也有不然。

一　市場研究方式舉例

市場研究的方法其實包括：

---

* 徐少知，本名徐秀榮，曾任《臺灣建築徵信雜誌》社執行副社長，現任里仁書局發行人兼總編輯，佛光大學中國文學與應用學系兼任助理教授。

1 《易》〈繫辭傳下〉。

（一）觀察法

預算不多的小店的開設適用這種方法。譬如小店的開設，可以用數人頭的方式，觀察預計地點的人潮、交通流量，附近人口的購買力，或就近觀察類似同業的營業狀況。某項產品的生產量，也可以用這種方法：可以用計數器統計工廠每天出貨多少貨櫃或多少卡車，貨櫃或卡車的材積大約是多少，從而推算出來，每月的生產量。

（二）諮詢法

對品牌很多，但每項品牌營業額都很小的產品（如出版社的各本書）來說，可以用諮詢專家、學者的方法，也可以請教相關同業，來決定要不要投資，投資生產的數量，價格怎麼訂定，與通路如何鋪陳等等。

（三）推估法

房地產銷售常用這種方法。由於房地產的銷售數常被灌水，很難從現場得到正確的數字，因此可以用推估的方法。其一是統計它在媒體的廣告量（媒體的廣告是可以推算的），然後除以現場的看房人數，得到的百分比，可以做為銷售好壞的參考指標。其二是夜晚至已交屋的建物調查點燈戶數，然後除以總戶數，也可以推估其銷售率。

（四）圖書資料整理法

很多情報，前人已經調查過，並且出版過專書或報告，可以拿來參考比較，網路上也常有這方面的資訊，可以檢索。這些現成的資料，有時比不實的現場考察更實用。《儒林外史》第三十九回就曾描述平少保領軍攻打苗人佔領的青楓城：現場一位都督表示，青楓城一帶幾十里是無水草的，要等春天冬雪溶化了，才會有水。新到的千總蕭雲仙回以：「這青楓城是有水草的，不但有，而且水草最為肥饒。」兩位都督問蕭雲仙去過不曾，蕭答以不曾，但曾在史書上看過。最後證明蕭雲仙是對的。《儒林外史》雖是一部小說，但它所反映的歷史事件的真實，卻往往在正史之上。

（五）電腦連線

為反映即時的民意，民意機構往往選擇特定的對象，用電腦連線的方法，直接連線到受訪者的電視上，方便迅速得到回應。這種調查最常用在電視的收視率上。它的優點是迅速，但準確與否，取決於所挑選的特定對象的結構，是否足以反映全部的民意。新聞媒體的每日印數，也可以用這種方法。唯如果報社不參加這種調查，就只能用（三）推估法。

（六）面訪或電訪

傳統的市場調查，通常採取面訪或電話訪問。唯邇來由於（一）詐騙集團的猖獗，一般民眾不大願意接受面訪或電訪。（二）又由於工商社會大家都很忙，很沒有耐心接受訪問或聆聽冗長的訪問內容，因此高拒訪率，一直是面訪或電訪調查準確率的死角。

這種訪問，還容易淪為特定人物操縱的手段。最近就發生這種疑似案例：某縣選縣長，某候選人運用耳語傳播等方式，先將最難應付的競爭對手在民意調查階段，就排除在外。然後自己以上駟對下駟，而輕鬆的當選，使得以民調決定提名的某政黨，有苦難言。

因此有經驗的民調機構，就設計民調的內容上，無不絞盡腦汁，設法把這種干擾，盡量排除在外。唯由於受訪者也會使用反排除的方法，欺騙民意調查機構。因此這種調查可以改進的空間還很多，值得業者去努力。

近來，已經有民意機構，培養一批可配合的特定對象，來接受面訪或電訪，只要選擇對象的結構能夠接近普遍的民意，或所訪問的問卷夠多，不失為一種更接近於真實的民意調查。

（七）郵寄問卷調查表

政府施政或學生做研究，常用郵寄或 E-Mail 的方式，請求收件人回答。它的優點是問卷可以做得很詳細。但它的缺點是回收問卷的數量，往往不足。因為收件人是已知的對象，對方往往怕麻煩，或不願隱私曝光，因此回收率經常偏低，以偏低的回收率做統計，其結論往往失真。

（八）網路或電話投票

這種方式只需要做宣傳，讓網路族用電腦，或一般大眾用電話去投票。由於只管回收的份數，不管回收的來源，甚至不管同一來源重複投票的次數，有點像亂槍打鳥，其結果往往只能當作參考，有時甚至只有娛樂效果。

惟經過精密的設計，嚴格地管理投票者的身分、年齡、職業、教育背景等等的分佈狀況，如政治大學廣播電視學系的「媒體事件簿」所作的預測，還是可以很精準的。

以上將目前各種市場調查的方式，簡章條列。唯由於調查方式日益更新，準確率也越來越高，各家調查公司又將自己的調查方式當成機密，因此一定還有很多遺漏，希望專家補充。

二　研究報告的書寫方式

調查做好後，就要統計，有必要時必須交叉統計。舉個例子說：

我們想做走路／騎車等行進間抽菸的意見調查，我們可以做男士贊成與否，也可以做男士有無抽菸習慣者的贊成與否，或做已婚男士有抽菸習慣者的贊成與否等等，方便大家參考。

統計好了，就要寫報告。寫報告要注意以下各點：

（一）要把各種定義先說清楚

正式報告之前，一定要把各種定義說清楚。比方說，要做時下男女何以晚婚的調查，就要把男女歲數達到多少，才算晚婚，及你的依據是什麼說清楚。要做臺灣地區兒童飲食文化改變的意見調查，就要把所做調查是以幾歲到幾歲為準，並且要把所謂「速食」的定義解釋清楚，界定它是否只指麥當勞、肯德基等速食餐廳裡的食物，還是也包括「速食麵」等等食品在內。

定義解釋清楚，才能讓與會者或讀者，明瞭這個報告的特別指涉。對市場區隔越來越精細的今日市場來說，定義的精準性，有其絕對的必要。

（二）要作摘要

「摘要」，顧名思義，要簡單扼要。用幾百字或近千字，把本報告的主旨說明一下，讓聽／讀報告者對這份報告的梗概，有一初步了解。

（三）簡述調查緣起與進行狀況

要將何以進行這個調查的原因，這個調查對國家／社會／公司／單位有什麼功能，同時將這個調查的進行時間、編組，進行時所遭遇的困難，簡述一下。這個部分一定要簡潔，因為大家都很忙，只想聽結論，所以要掌握時間與份量。

（四）要把所作問卷內容附錄於後

問卷設計的優良與否，是這份調查報告成功與否的關鍵。好的問卷可以協助調查的順利進行，方便統計，因而做出的結論也相對可靠。

將問卷附錄，可以讓聆聽或閱讀報告的人了解，所做的報告，其準確性如何。聰明的閱聽人可以從一份問卷的設計上了解，它是否能調查出事實的真相。如果一個敗仗的檢討問卷，其中只有自己的主觀意見，那麼它所得到的結論，通常是沒有意義的；參考這份報告的人，就得不到檢討的效果。

（五）報告要簡單扼要

報告一定要用大家讀得懂的語言，講重點，而不要咬文嚼字。史學家吳晗在他的《朱元璋傳》裡，講了一個故事，說洪武九年刑部主事茹太素上萬言書，他叫人讀了六三七〇字後，還沒有聽到具體的意見，說的全是空話。朱元璋大發脾氣，把太素叫來，打了一頓。第二天晚上，又叫人讀了一遍，讀到一六五〇〇字以後，才涉及本題，建議五件事情，其中有四件事情是可取的，可行的，朱元璋即命令主管部分施行[2]。想像朱元璋國事如麻，奏摺五百字就可以講清楚的，卻說了一萬七千字，就犯了不知簡單扼要的毛病。

如果需要當面報告，由於時間有限，一定要掌握報告的時間。最好能夠事先演練一遍，如果原起草的文字報告過長，可以擷取其精華，不可以等到散會仍然沒有說到重點。

2 吳晗：《朱元璋傳》（北京市：人民出版社，2008年）。

(六) 用數字和表格去說服人

數字可以說明一切。如將統計結果做成表格，則更以說服力。如果想做臺灣少子化問題的報告，可以將臺灣近年來出生率遞減／增加數字表列；可以將這些年間出生兒童，其母親非本地出生者用數字表列；也可以把少子化的原因，做成百分比，用表格、圓形圖表示。有了這些統計數字，自然可以讓國人了解：少子化問題的迫切性。

當然，統計是有些專業的，不當的統計結果，往往會讓一份報告失去它的價值，也讓參考該報告的單位誤入歧途，而蒙受損失，不可不慎。

(七) 提出合理的分析

有了數字，就要提出合理的分析。分析者要將統計得到的數字，配合客觀的情勢（如國外環境、消費者物價指數、銀行利率、消費者信心指數，等等）與主觀的條件（如公司缺乏某項設備或某項人才，等等），予以公正的、客觀的分析。分析者要切記：不可自我強辯，更不可推卸責任。自我強辯，則只能檢討他人，看不到自己的責任，更看不到大我的未來。推卸責任，則找不到自己要改進的目標。因此所做出的報告，也將無法取信於人。

為能做出精準的報告，分析者平日一定要精進自己的專業，同時對專業有關的國內外訊息等等，也要多所涉獵。如此，才能用比較宏觀的角度，去了解這瞬息萬變的社會與市場。

(八) 檢討與改進的建言

在做整合報告以後，要將所得的報告，提出對應的方案或檢討改進的地方。有挑戰，就要有回應。如果所有的挑戰，都沒有回應；或回應得不痛不癢；或回應得不切實際，頭痛醫腳，腳痛醫頭，那麼這個單位／組織／社會／國家就危機在眼前了。

比如說，一家公司業績正在衰退中，與會者或看報告者，除了看出客觀的事實之外，一定會希望你提出對應的方案或檢討改進的地方。一份調查報告的精華就在這裡。個人或單位存在的理由也在這裡。一定要無私的、共同的討論，然後才能啟發靈感、發揮創意，或者請教學者、專家，絕對不可以閉門造車，自誤誤人。更不可迴護自己的主官或利益提供者。

三　創作入門

動畫腳本寫作

須文蔚*

一　前言

「動畫」（animation）其實是一種電影的類型，過去通常稱呼為「卡通」（cartoon）或卡通影片，主要是由於早期的動畫多半是由漫畫延伸而來，使得一般人多認為動畫是兒少娛樂的影片。但從網際網路普及後，因數位匯流使得包括資訊、電信、媒體等產業產生劇烈變化，動畫進入了「電腦動畫」時代，利用電腦產生圖像再進行拍攝工作，或利用電子訊號輸出成錄影或電影訊號直接產生電腦動畫，不但擴大動畫的領域，也改變了動畫的定義。

由於數位內容成為新一波產業革命的關鍵，一般將數位內容產業按照產品與服務特性分為以下的八大領域：數位遊戲、電腦動畫、數位學習、數位影音應用、行動內容、網路服務、內容軟體、數位出版典藏等。其中以電腦動畫運用電腦動態影像技術，可以廣泛應用於娛樂、傳播、線上遊戲、教育學習與工商用途，甚至於建築、工業設計等商業行為都有需要，成為數位內容產業中，備受重視的一環。

以美國為例，二〇〇六年迪士尼以七十五億美元天價收購（相當

* 東華大學華文文學系系主任兼教授。

於兩千四百億臺幣）知名的皮克斯動畫工作室（Pixar Animation Studios），讓世人發現，一個八百五十人的團隊，居然可以創造如是驚人的天價，可見動畫有其市場價值。

放眼東方，《2010中國動畫電影市場投資分析報告》研究數據顯示，二○○六至二○一○年間，中國電影票房市場由二十六億元人民幣增長至超過一百億元人民幣，成長了四倍；同時，二○○六至二○一○年間，中國動畫電影市場由一點七億元人民幣增長至超過十八億元人民幣，更是激增了十倍。 可見動畫電影市場的成長速度，遠遠高過電影市場整體增長速度，這可以從動畫電影票房市場佔中國電影票房市場中的比例，由二○○六年的不到百分之七，增長至二○一○年的約百分之十七，不難窺見動畫的經濟價值。

臺灣動畫產業自一九五○年代萌芽後，在全球化的分工下，臺灣卓越的動畫師於一九七○年代成為美、日等國的代工者，到了一九八○年代一度成為全球最大的動畫加工中心。隨著東亞地區勞力水準的改變，加上網際網路的發達，動畫加工的基地開始移向中國大陸與東南亞地區。臺灣動畫產業勢必要以自己的創作，走出一片天。但是在打造動畫產業的過程中，基礎的動畫腳本作者的缺乏，欠缺好的動畫腳本作品，使得臺灣的動畫產業一直沒有繳出亮眼的成績。

劇作家 Neill D. Hicks 說過，在好萊塢，有關腳本最流行的敘述，就是「腳本是藍圖」(The script is the blueprint.)。這意思有可能是說，如果沒有這好幾百頁的文字資料，就不可能有更進一步的製作設計。[1] 可見腳本對於電影、動畫與影片的製作，尤其核心的關鍵作用。

---

1 Neill D. Hicks 著，廖澺蒼譯：《影視編劇基礎》(*Screenwriting 101：The Essential Craft of Feature Film Writing*)(臺北市：五南圖書出版公司，2006年)，頁81。

二　動畫腳本的結構

原著劇本（Original Screenplay）

電影編劇根據自己的構想所寫出來的電影劇本，而非自現成小說、戲劇或歌劇所改編的劇本，劇本的構想可能得自一個歷史事蹟、一個新聞事件或某個有意思的人物。

旁白（Voice-over）

說話者不出現在畫面上，但直接以語言來介紹影片內容、交代劇情或發表議論，包括對白的使用，旁白用得最多的是紀錄片和教育影片。戲劇電影中它被用來當作一種敘述上的技巧，如：《廣島之戀》（1959）即以旁白為敘述結構；偵探片也常用旁白來代表主角的主觀心境。

編審（Story Editor）

電影公司編劇部門的職員，職責在審閱故事大綱，並對讀稿員所提供的戲劇或其他文字性材料加以評估，然後向製片人建議，何種材料是否應該要納入一部影片中。

敘述（Narration）

以敘述者的角度直接用語言來介紹影片內容、交代劇情或發表議論的一種方式。紀錄片是最常使用解說的一種電影類型，而且通常以畫外音來解說，敘述者不會出現在畫面上，但在劇情片中敘述者有時候會直接對著攝影機說話，如：《狼的時刻》（1968）中的麗芙・烏曼。

麥加芬母題（MacGuffin）

源於電影導演希區考克的電影技法，指將電影故事帶入動態的一種佈局技巧。它通常指在一部懸疑影片的情節開始時，能引起觀眾好奇並進入情況的戲劇元素，如某一個物體、人物、甚至是一個謎面。如《梟巢喋血戰》（1941）中的獵鷹像，是所有人物力圖爭奪的東西。在希區考克的《大巧局》（1976）中，麥加芬是指一位失蹤的繼承人。《大國民》（1941）中報社記者尋求「玫瑰花蕾」的意義，被某些評論家視為與麥加芬一樣的佈局技法。「玫瑰花蕾」變成引起觀眾好奇心的戲劇元素，推動影片對肯恩其人的回溯，從而有助於解釋他的生命意義。

編劇（Writer）

主要是為一部電影提供故事劇本或電影劇本或電影劇本，他的故事或劇本最後會變成分鏡本。電影劇本裡包括對白和動作段落，分鏡劇本就是除了對白和動作的描述之外還包含導演和攝影師的重要工作資料。導演便根據這個劇本來拍片，剪接師也可以根據它來剪片，這三階段的工作編劇可能完全參與，也可能只參加其中之一。另外，依創作題材通常分為兩類型，一種是原著劇本，一種是改編劇本。

改編劇本（Adaptation）

從舞臺劇、小說、短篇故事、傳記等取材改編或重寫，在電影史上改編劇本一開始就佔有很重的份量，但早期的改編劇本很少針對電影的藝術特質下工夫，直到大衛．葛里菲斯才開始注意這個問題。改編電影牽涉到媒體的轉換，電影理論家西格菲．克拉考爾和喬治．布魯斯東認為，根據文字作品改編成電影，需將文字意象視覺化，因此，改編劇本可對原著作若干更動；如何精簡表達也是改編劇本的重點，通常小說中次要的角色情節在電影常被省略，因為他們會阻擾戲劇性的穩定發展；理論家們並未認定小說與電影孰好孰劣，傑出的改編劇本可以迴異於原著小說，而在品質上毫不相讓，如：編劇馬里歐・普佐及導演法蘭西斯・柯波拉在改編《教父》（1972）時，雖然省略了原著許多情節，但擷自原著的意念在銀幕上被賦予新的影像生命，雖然並非顯現小說的完整真實，但表達了其精隨。

戲劇結構（Dramatic Structure）

開場（Teaser）／激勵動作（Inciting Action）／上升動作（Rising Action）／高潮（Climax）／下降動作／結局（Ending），上述是組成一齣戲或一部影片情節發展及解決過程的基本架構，戲劇家維多利・薩杜曾整理出一套一般戲劇性發展的順序規則：一、開場：通常出現於一齣戲或一部影片的開端，透過它觀眾可了解人物的身分、過去、計畫，以及他們彼此之間的關係與相互的情感。二、激勵動作：通常是在電影發展後不久所發生的一些困擾人物的事件，當它發生時觀眾可洞悉劇情將如何推展，人物將如何採取下一步行動。三、上升動作：發生在激勵動作之後的事件，能加強戲劇性的趣味，使電影故事的衝突逐步升高，並使得情節複雜化。四、高潮：指電影故事中發生的事件、動作等的巔峰狀態，它能集合各種事件與動作而塑造出扣人心弦的場面，在此關鍵點上主角所做的決定，往往會影響到戲劇衝突的結果。五、下降動作：在電影高潮之後發生的事件或情節片段。六、結局：電影故事中的最後時刻，在這段時間內所有各自發展的故事線、懸疑、不明狀況都被揭發，糾纏的情節終得解開，所有情節的矛盾處都得到合理的解釋。這套模式經常被電影編導們自覺的創造性所打破，尤其是很多現代電影作品，都常常捨棄高度嚴格的戲劇結構，或將上述的模式故意複雜化或加以倒錯運用。

反英雄（Antihero）

電影、戲劇或小說中的一種角色類型。他們富有同情心，但以非英雄的形象出現，通常對社會、政治和道德採取冷漠、憤怒和不在乎的態度。電影中的反英雄典型可見於《養子不教誰之過》（1955）中的詹姆斯．狄恩，以及《浪蕩子》（1970）中的傑克．尼克遜，他們外表強硬，充滿恨意，但內心非常敏感。他們追求個人的真理與正義，為改變自己卑微的地位而奮鬥，希望能掌握自己的命運。

次要情節（Subplot）

一電影故事之次要發展。它往往觸及主要情節或豐富主要情節。勞勃．瑞福的《凡夫俗子》（1981），有一涉及一年輕女子的次要情節。這女子和主要人物提摩西．赫頓一樣，在精神崩潰之下力圖振作。最後女子自殺身亡，這使赫頓在康復的過程中，受了很大的刺激。

嘲仿（Parody）

開別的影片或其他作品玩笑的影片或片段。開玩笑的對象通常是比較嚴肅的作品。嘲仿是以戲弄一部嚴肅作品的風格、陳規或母題作為影片之意圖和格局。嘲仿的作風大致流行於一九六〇年代後。電影歷史發展到了一定階段後，其可被援引的作品或規範變多了，始有嘲仿的作風出現。有些創作者，如法國新浪潮導演，如美國導演伍迪．艾倫等人，經常以嘲仿之作，展示其對電影文化或其他藝術傳統文化的博識，並以幽默的態度及無傷大雅的戲謔形式，對舊作品作機智與現代化的運用，有時更流露出特殊的情感和敬意。

公式化情節（Contrivance）

指一較機械性或固定模式的劇情設計。公式化情節的套用，常會削弱劇情的可信度。譬如在西部片中，當某個堡壘受到攻擊，居民危在旦夕的一剎那，一支騎兵隊卻適時趕到化解了危機。大多數公式化情節都被視為編劇缺陷，但也有一些導演利用俗套來製造反諷效果。

> 畫面分鏡劇本 Story Board
> 以草圖、繪畫或照片，一連戲順序將影片段落或者部影片的主要動作和敘述流程摘述出來。廣泛地被用在動畫片的製作，以及呈現給客戶審閱的電視廣告影片企劃中，某些事前作業謹慎的劇情片導演也會使用畫面分鏡劇本。

在一個動畫腳本裡頭，有三個必要的元素：一、腳本的概念：二、畫面及其說明：三、旁白與音樂。這是提出一個動畫腳本時，應當要有的三個元素，但並沒有固定格式，每一家公司所用的都不一樣，有的是直的，有的是橫的，可以隨作者的需要而調整。

在寫作一個動畫腳本時，要設計一個表頭，表頭上面要有標題，說明動畫名稱、創意構想、背景故事以及呈現動畫的方式，為動畫製作打好基礎。（參見圖一）

在腳本中通常會將畫面、說明與音軌分開，以三個並行的格子加以說明。通常中間簡要畫出畫面，一旁說明畫面中呈現的內容與意涵，並簡要指出畫面與畫面銜接的效果，以及轉場的設計。另外一旁，則就音軌的部分詳加說明，舉凡配樂、旁白、音效等，搭配畫面加以說明，就會讓導演與製作團隊一目了然。如果是較為仔細的腳本，三十秒的動畫，大概用二十格加以說明，會讓協力工作的夥伴清楚動畫腳本的內容。

在教學上，教師不妨以一則動畫為範例，要求學生謄錄下來，寫成一個動畫腳本，先熟悉動畫腳本的元素，與描述手法，再進行自己的腳本寫作，會比較容易入手。在拍片以及特別是繪製前，如果不擅長畫草圖，也可利用數位相機把影像元素的部分先行拍出來，或演示一下概念，再搭配解說與音軌，配合教學活動，讓同學以報告的方式，解說腳本與進行提案，相信會讓同學能夠清楚認識動畫腳本創作的格式與元素。

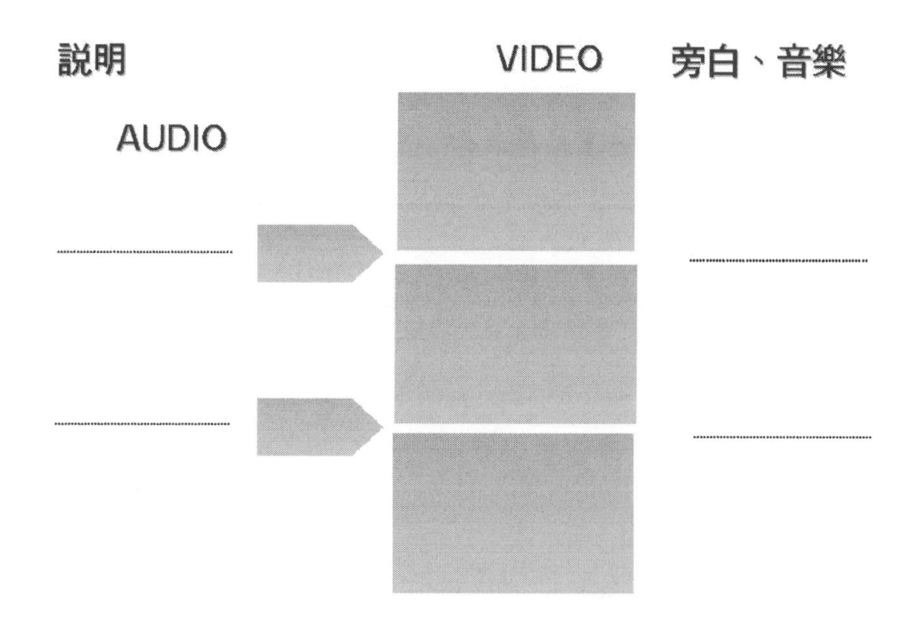

圖一：動畫腳本格式[2]

2 政大傳院媒介寫作教學小組著：《傳媒類型寫作》（臺北市：五南圖書出版公司，2009年，政治大學傳播學院頂尖大學計劃叢書）。

在「多媒體」的年代，文學作品不但可以轉化成動畫、影片、互動遊戲與電玩，更可以藉由不同的媒體傳播給大眾，例如《三國演義》或者金庸的《倚天屠龍記》，可以出現在什麼樣的媒體裡頭呢？過去創作者多半利用電影、卡通或是電視劇的形式重新詮釋。後來這些名著現身在電腦的幼教光碟中，這幾年更以電玩的身姿出現，玩家可以透過個人電腦、PS3、PSP、PDA等平臺，操縱各種相關的電玩。最新的出版趨勢顯示，用電子書，也就是觸控式螢幕閱讀裝置來讀這些名著，已經不是難事了，在在顯示出文學動畫與電玩已經進入了一個新的時代。

無論是動畫跟電玩勢必要透過複雜的企劃跟製作流程來完成，這個複雜的編輯跟製造過程大致上包含：腳本寫作、動畫製作、音頻製作以及整合等階段。在第一個階段腳本寫作中，工作的基礎是說故事。所以故事編輯、美工繪畫是動畫腳本創作的基礎功夫。第二階段的動畫製作中，團隊中的動畫師以紙本的故事為基礎，把平面動態化，可以用手繪、3D 動畫以及搭配現成物攝影，將製作出動態的影片。第三個階段則是音頻製作，將動畫搭配上音樂、音效或是旁白。第四階段則是整合，將視覺影音整合，也可進一步透過電腦程式的寫作，融入互動遊戲、互動教育學習等多媒體素材，進而產出文學動畫或是電玩。

圖二：文學動畫與電玩的團隊關係圖

如果進一步細分其中參與的人員，文學動畫與電玩的團隊包括有：藝術總監、腳本作家、插畫家、動畫家、配樂、配音以及遊戲程式寫作人員（參照圖二）。腳本寫作扮演著火車頭的角色，畢竟無論是製作動畫或是電玩，都要從創作腳本開始，後續的分鏡、動畫乃至配音才有所依據。所以說，文學動畫的腳本相當於未來影片或遊戲的預覽，它將成為後續每項設計與程式寫作的重要依據，同時又是原畫設計、背景繪製的指導藍圖。因此，文學動畫或是電玩腳本的作者，主導了一部文學動畫或是電玩的品質，也是不可或缺的靈魂人物。[3]

---

3 李莉：〈動畫劇本創作的選材與主題〉，《藝海》第2期（2009年2月），頁57。

三　文學動畫的定義與類型

文學動畫大體上可以分為：影像詩、數位詩、文學CAI以及文學動畫電影等四類（參照圖三）。

圖三：文學動畫的類型圖

影像詩，是以錄影技術將詩作改編為影像作品，或是原創的影像作品帶有詩意者，均屬之。鴻鴻就指出：

> 柏林詩歌節每兩年頒發一次「斑馬影像詩獎」，他們用的名詞是poetry film。
> 美國詩歌協會每兩年辦理一次影像詩徵選，他們用的名詞是poetry in motion。其實臺北詩歌節的開幕演出，每年都會放映一些影像詩作品。歷屆國際影展的短片、動畫、或實驗電影單

> 元的角落，也多少會夾帶一些影像詩，但是都算冷門。公共電視的紀錄觀點，在2003及2007，兩度推動影像詩的攝製，其熱情確實罕見。[4]

二〇〇七年以後，每年臺北國際詩歌節都辦理影像詩徵選活動，應當是見證臺灣影像詩發展的重要觀察對象。

數位詩則是隨著數位文學創作風潮湧現，以動畫形式展現詩作的另一波實驗。臺灣文學引領前衛精神的文類是現代詩，詩人都以無限的想像力與熱切的實踐力，展現出走向全方位藝術的憧憬，消解了不同藝術符號系統的界線與陳規。當詩通上了電，詩的身體裡移入了數位基因，於是詩如畫、如夢幻、如遊戲、如劇場、如報導、如電影、如 MTV、如詩人執起讀者之手合寫詩篇。從一九九九年開始，數位詩的實驗創作一時蔚為風潮，其後透過曹志漣（澀柿子）、姚大鈞（響葫蘆）、李順興、蘇紹連、白靈、向陽、吳明益、楊璐安、大蒙、黃心健、須文蔚等人的持續努力，不斷推陳出新，在幾次線上與網路上的展覽中，諸如二〇〇一年聯合副刊的「文學咖啡屋」的「網路創作大競技」，二〇〇二年臺北詩歌節的「新詩電電看」以及二〇〇三年臺北國際詩歌節的「電紙詩歌」兩次數位詩展，都具體地展現了數位文學創作的前衛創意。[5]

文學電腦輔助教學（computer assisted instruction, CAI）動畫的製作，是文學動畫發展中重要的類型。電腦輔助教學的形式，由於可以涵蓋整個教學過程的設計，包括學習動機的刺激、課程結構的掌握、教學內容指導以及學習成果的評量與追蹤，再加上透過網路傳播的快

---

4 鴻鴻：〈因誤讀而相逢——我讀《2007影像詩》〉，出自（http://blog.roodo.com/hhung/archives/3544501.html），原載《自由時報》副刊，2007年6月28日。

5 須文蔚：《臺灣數位文學論》（臺北市：二魚文化出版，2009年）。

速與影響深遠，無疑的改變了舊有的學習形態，也為傳統的教育模式提供更明確且深具效能的指標。[6]近來許多補教業或是參考書出版社，幾乎都會隨書附贈電腦輔助教學光碟。在中文教學上，經常可見的文學動畫就是成語故事，或是以動畫演繹課文。二○○三年開始，成功大學鳳凰樹文學獎設立「flash 動畫」組，也帶領學生開始重視此一新興領域。

至於文學動畫電影通常指的是，改編自小說或者是古典文學經典作品的動畫，世界各國把這類動畫的創作，視為重要的國際溝通與文化典藏的工作。英、美、日、法國等主流國家，都善於運用動畫這種含括千奇百怪幻思玄想的特性，從事商業的發行。黃玉珊、余為政[7]就指出，動畫產業非主流國家，無論東歐、南美洲或亞太地區，男女老少都樂於運用這個最具想像力的媒體，表現他們的狂想異念，這個媒體深深地融入我們的生活中，幻化成百千萬不同的面目。

四　文學動畫腳本構想

無論是文學動畫或電玩，在取材上固然可以完全創新，但也不乏以經典文學作品為對象。在腳本的取材上，動畫通常比較可能納入嚴肅文學的元素，電玩反之。

文學動畫的劇本在主題上，經常會受到傳統文化、經典小說與民間傳奇的深刻影響。例如知名動畫《小倩》（*A Chinese Ghost Story: The Tsui Hark Animation*），一九九七年由徐克監製及原作，就改編自

6　許雅惠：〈多媒體電腦輔助教學的製作〉，《國教天地》第112期（1995年10月），頁38-44。郭禎祥：〈從寫實到寫意——中西繪畫風格的比較與藝術鑑賞CAI製作〉，《課程與教學》第1卷2期（1998年4月），頁15-36+171-172。

7　黃玉珊、余為政編著：《動畫電影探索》（臺北市：遠流出版事業公司，1997年）。

《聊齋誌異》。大陸早期知名的文學動畫電影《大鬧天宮》，或是臺灣宏廣公司製作的《紅孩兒——決戰火焰山紅》，都取材自《西遊記》。兩部影片都從古典小說汲取了豐富養料，後者並沒有「忠於原著」，電影從敦煌壁畫開始，其間有孫悟空大鬧天庭打翻火爐鼎，掉落至凡間延燒成火燄山；紅孩兒為治母親鐵扇公主重病，與孫悟空在森林對打的場景，完全顛覆了《西遊記》的故事。對於動畫或電影劇本未必需要「忠於原著」，甚至不妨有「創造性的背叛」，這是在選擇題材上，以及寫作上應當認知的重要問題。Robert Stam就提及：「改編劇本明顯地在一連串不斷迴旋的互文轉換中、在一連串文本產生其他文本那種無止境的循環、轉換、及演變的過程中進行著，沒有明確的起始點。」[8]換言之，劇本的編撰者，可以融入當代的思維，以及因應媒體的敘事特質，進行跨媒介的重寫，脫離原著小說的侷限，而僅將文學作品當作素材來進行發揮。[9]

相形之下，嚴肅的文學電玩作品產量不多，像奇幻文學改編電玩的成功例子，如「被遺忘國度」系列（Forgotten Realms）小說改編的知名 RPG 電玩《柏德之門》，以及改編成電影與電玩的《叛變克朗多》及《死亡之門》等。就華文文學環境中，中國古典文學群作成為電玩題材在現在已不是少數，如《三國志》、《西遊記》、《紅樓夢》等知名的中國古典文學或是金庸武俠小說，都皆已有知名的電子遊戲，然而在互動性多媒體的範疇裡，能運用文學意涵拓展其藝術層面、利用小說情節與多媒體腳本的互動性，開發出具多元劇情結構的遊戲內

8 Robert Stam：〈從文本到互文〉，《電影理論解讀》（臺北市：遠流出版事業公司，2002年），頁286。

9 林致妤：《現代小說與戲劇跨媒體互文性研究：以《橘子紅了》及其改編連續劇為例》（花蓮縣：東華大學中國語文學系碩士論文，2006年）。

容，在現在可說是少之又少。[10]畢竟電玩玩家多半追求的是感官的刺激與娛樂，加上文學社群不大，一旦當代電玩的製作成本節節攀升，也使得文學電玩的出現受到限制。

如果從電玩腳本選材的角度分析，無論是《三國演義》或是金庸的武俠小說，當改編成電玩時，通常完全支解了文學作品的形式與內容，一旦套上遊戲邏輯，更會把原有的文學成分降低，嚴肅氛圍更會通俗化。李順興指出：

> 特別是電玩輸贏二元對立的行動（binary actions）邏輯、生與死的俗套設計，最容易腐蝕作品的嚴肅性。在朝向贏的目標上，玩家可重新開機、避開或修正前一次操作，甚至可將某次的成果儲存起來，以備闖關失敗或戰鬥死亡時，可再上載一次。問題是，這些「可回復性動作」（reversibility）是不可能發生在一齣傳統悲劇裏的。悲劇的收場通常是線性發展、單向選擇的累積結果，因此哈姆雷特「to be」或「not to be」的抉擇困境，在電玩的制動環裏是毫無意義的。[11]

可見，文學與動畫或電玩腳本之間的改編關係，會受到媒體敘事的特質影響，進而有著迥異於原作的呈現方式。

文學動畫與電玩腳本創作的構想核心就在說故事，動畫電影的敘事模式是再現式的（presentational），透過鏡頭語言和聲音語言的使用

---

10 林喬偉：《從中國古典文學賞析來探討多媒體製作的腳本結構——以鏡花緣多媒體為例》（中壢市：元智大學資訊傳播研究所碩士論文，2000年），頁1。

11 李順興：〈「玩家十化身」的狂想曲：論電玩的制動角色與環境〉。*Intergrams: Studies in Languages and Literatures* 4.1 (2002)。<http://benz.nchu.edu.tw/~intergrams/intergrams/041/041-lee.htm>

來進行表意的過程，和小說斷言式的敘事方式本來就不同。電玩存在的目的很單純，給玩家實現現實生活中沒辦法做的事，讓玩家參與敘事的過程，相當重要，而且遊戲中玩家不會像看電影或讀小說一樣，會線性閱讀，往往要直接讓玩家理解簡單的故事結構。因此，文學動畫的腳本創作構想上，要注重故事、影像與視覺的呈現；另一方面，電玩的故事敘事上，則重在角色的塑造、關卡設計與情境模擬。[12]

從以上各方面來看，創作者在創作電玩遊戲腳本時，如何去豐富玩家的遊戲體驗，讓玩家能融入創作者所建立的遊戲世界中，體驗悠遊在遊戲世界的樂趣，並同時擁有遊戲互動上的自由度，透過開發出來的多元劇情讓玩家享受整個遊戲過程的樂趣，這都是創作電玩腳本所必須面臨的問題。如同一位遊戲藝術與設計的學生古菲・賈麥爾（Kofi Jamal）所說：「我喜歡的電玩是能讓我覺得，我身處於另一個比自己還要大的世界裡。當我環顧四周時，能聽見、看見不一樣的世界。《塞爾達傳說》（*The Legend of Zelda*）、《星際大戰：舊共和國武士》（*Star Wars: Knights of the Old Repulic*）、《*Oddworld*》系列都是這類的例子，這些遊戲的故事情節曲折，引人入勝。」[13]此外，如果是從傳統故事題材或者小說名著裡去改編的電玩腳本則還需特別注意忠於原味以及促進遊戲性的設計。這些都是一個好的創作者所需要有的能力。

其實在現今的許多冒險電玩遊戲中，不難發現他們的故事發展的形式其實差異不大，就像是大多數的好萊塢電影般的劇情，先是塑造

---

12 葉思義、宋昀璐：《數位遊戲設計：遊戲設計知識全領域》（臺北市：碁峰資訊，2004年），頁15-3。

13 Marianne Krawczyk, Jeannie Novak, *Game Development Essentials: Game Story & Character Development*. 張世敏、蔡永琪譯：《遊戲開發概論：遊戲故事與角色發展》（臺北市：湯姆生國際出版公司，2007年），頁45。

出一個英雄，接著以英雄為主軸而產生的各式任務，中間或許穿插著愛情小插曲，最後英雄是如何成長而成為英雄，就如同神話學大師坎柏（Joseph Campbell）在一九四九年出版了他的神話學名著《英雄的一千個臉譜》（*The Hero with a Thousand Faces*）提到了一個很有趣的論點：儘管來自於各種不同背景的神話故事，基本上我們可以歸類出一系列的相似故事發展形式，稱為「單一神話」（Monomyth），或者稱為「英雄的歷程」（The Hero's Journey）。[14]

以坎柏最原始的版本，將整個英雄的冒險旅程總共歸納成三大階段：

- 英雄的啟程冒險：原本活在平凡世界的英雄，受到召喚而展開冒險的歷程。
- 英雄的啟蒙：英雄深入異境，面臨各種挑戰與試煉，由平凡人轉化為英雄。
- 英雄的回歸：歷經過終極的試煉後，凡人終於成長為英雄。[15]

我們可以將上述的三大階段以三幕式故事架構來呈現又更容易理解。[16]

五　腳本的觀點選擇

文學動畫與電玩腳本中，觀點的選擇與表現方式相當重要，在決定為一個動畫作品或電玩加入一個好的故事時，這個時候「誰來說這

---

14 葉思義、宋昀璐：《數位遊戲設計：遊戲設計知識全領域》（臺北市：碁峰資訊，2004年），頁15-10。

15 葉思義、宋昀璐：《數位遊戲設計：遊戲設計知識全領域》（臺北市：碁峰資訊，2004年），頁15-12。

16 Marianne Krawczyk, Jeannie Novak, *Game Development Essentials: Game Story & Character Development*. 張世敏、蔡永琪譯：《遊戲開發概論：遊戲故事與角色發展》（臺北市：湯姆生國際出版公司，2007年），頁58。

個故事？」，這個說故事的人稱為「講述者（narrator）」。在說故事的過程當中，可以依照不同的媒體性質、遊戲類型，選擇其中不同的人物、非玩家角色（NPC, Non-player character）甚至怪物擔任講述者。[17]

文學動畫腳本寫作上，原則上敘事者觀點通常是固定的，在影片中為了傳達一個概念性的描述俯瞰的鏡頭來描述環境後，就切換到主角的觀點或是以全知的觀點去說故事，不會再更換觀點。但是電玩的敘事者的觀點則可以切換，這和一般的小說與影劇劇本寫作，有相當大的不同。畢竟，在電玩腳本寫作上，角色設計要有特色、生動；遊戲關卡就是發生在遊戲內容中的空間，只要能夠充分運用關卡能讓玩家享受征服的樂趣；遊戲的劇情任務與事件必須配合遊戲的節奏，在程式裡執行。因此，讓玩家選擇不同的角色，或是在經歷不同關卡時觀點的轉變，就成為電玩腳本寫作上一個特徵。

電玩腳本創作與一般小說創作所不同之處，在結合遊戲過程與遊戲故事時，腳本作者必須將整個故事拆成很多段，然後把每段情節、關卡置入遊戲中，並根據遊戲進行的歷程，挑選不同的觀點進行敘事。通常在進入遊戲的片頭影片或是切換關卡的過程中，腳本作家會設定一個全知觀點的敘事方法，瀏覽全局，讓玩家熟悉周遭環境，但是由於全知觀點是一種局外人的敘事方法，無法激起讀者內心的情緒，通常在進入遊戲後，會轉換成第一人稱觀點，由玩家扮演說故事的角色，以主角眼睛所看到的畫面來進行遊戲的方式。但是通常在遊戲進行中，腳本作家為了指引玩家順利完成遊戲，因此會創造出以對話的角色，以第二人稱觀點的角度，告訴玩家，主角是扮演什麼樣的角色，以及描述故事周遭的人物與背景。

17 葉思義、宋昀璐：《數位遊戲設計：遊戲設計知識全領域》（臺北市：碁峰資訊，2004年），頁15-4。

因此不難發現，多重觀點成為電玩腳本作家的武器，但是每個觀點皆有其獨一無二的焦點，若使用太多觀點時，就可能會讓玩家失去焦點，引發玩家的焦慮感，也無法認同角色，甚至感到迷惑。因此，在不同觀點之間切換時，要特別注意不要讓兩個角色形成互不相干的兩條劇情線，必須安排足夠的連結關係，將兩個互相切換的觀點連結起來。

六　結語

傳播學大師 Marshall McLuhan 也是一位文學院的教師，他曾指出：「倘若文學要作為少數人的一門學科而保留下來，它就一定要將自己的感知和判斷技巧遷移到這些新媒介之中。這些新媒介已經成為教育的重要部分，比課堂要素還要重要。作為一個教文學的老師，很久以來我都似乎覺得，如果不急遽地改變教學方法，文學的功能在當前的情況下是無法維持的。」尤其是面對新科技不斷問世，文學傳播的載具越來越多樣，文學院中傳統的寫作教學顯然必須與時俱進，將文學動畫乃至於電玩腳本創作，納入實用中文寫作的範疇中，自然有其時代的意義。

文學動畫與電玩腳本的寫作與一般的文藝創作、媒體寫作比較，作者必須具備跨媒體創作的認識，無論是原創或是進行改編，腳本作家都要先認識不同媒介的敘事特質，依照動畫、電玩的不同類型，寫作不同型態的腳本，對於傳統文學院的老師與學子，可說是相當大的挑戰。

未來如何透過更活潑的課程規劃，使有志於進入文化創意產業的學子，能夠順利從事文學動畫與電玩腳本的寫作，有待於文學教育的改革，始能克盡全功。

參考書目

GArtME STUDIO　2005　〈國父思想〉2005年 4C 數位創作競賽作品

Robert Stam　〈從文本到互文〉　《電影理論解讀》　臺北市　遠流出版事業公司　2002年　頁286

白　靈　《一首詩的玩法》　臺北市　九歌出版社有限公司　2004年

李　莉　〈動畫劇本創作的選材與主題〉　《藝海》第2期（2009年2月）　頁57

李順興　〈「玩家＋化身」的狂想曲：論電玩的制動角色與環境〉 *Intergrams: Studies in Languages and Literatures* 4.1 (2002)。 <http://benz.nchu.edu.tw/~intergrams/intergrams/041/041-lee.htm>

李順興　〈文學遊戲：再現與模擬的形式融合〉　*Intergrams: Studies in Languages and Literatures* 4.2-5.1 (2003)　<http://140.120.152.250/~intergrams/intergrams/042-051/042-051-lee.htm> [2002年之中文修訂版]

林致妤　《現代小說與戲劇跨媒體互文性研究：以《橘子紅了》及其改編連續劇為例》　花蓮縣　東華大學中國語文學系碩士論文　2006年

林喬偉　《從中國古典文學賞析來探討多媒體製作的腳本結構——以鏡花緣多媒體為例》　中壢市　元智大學資訊傳播研究所碩士論文　2000年　頁1

Marianne Krawczyk, Jeannie Novak, *Game Development Essentials: Game Story & Character Development.* 張世敏、蔡永琪譯《遊戲開發概論：遊戲故事與角色發展》　臺北市　湯姆生國際出版公司　2007年

曹志漣　〈虛擬曼陀羅〉　《中外文學》第26卷第11期（1998年）

頁 78-109 （收錄於 http:\\www. geocities.com\Athens\Academy\9288\cyber.html）

許雅惠 〈多媒體電腦輔助教學的製作〉 《國教天地》第112期（1995年10月） 頁38-44

郭禎祥 〈從寫實到寫意——中西繪畫風格的比較與藝術鑑賞CAI製作〉 《課程與教學》第1卷第2期（1998年4月） 頁15-36＋171-172

須文蔚 《臺灣數位文學論》 臺北市 二魚文化出版 2009年

黃玉珊、余為政編著 《動畫電影探索》 臺北市 遠流出版事業公司 1997年

葉思義、宋昀璐 《數位遊戲設計：遊戲設計知識全領域》 臺北市 碁峰資訊 2004年

鄒安晉 《遊戲企劃之謀略與實務》 臺北市 文魁資訊 2004年

鴻 鴻 〈因誤讀而相逢——我讀《2007影像詩》〉 出自（http://blog.roodo.com/hhung/archives/3544501.html） 原載《自由時報》副刊 2007年6月28日

孤島十八式
——一些關於作詞的建議與提醒

王武雄*

一　「其實我也不知道」之序曲

長久以來，臺灣的教育制度就像是一首曲折迂迴的歌，以筆者為例，我上小學時，學校安排的音樂相關課程，叫做唱遊，一群小朋友，排排坐，吃果果，然後小手拉小手，唱著哥哥爸爸真偉大，妹妹揹著洋娃娃，再來阿公欲煮鹹，阿嬤欲煮淡，最後爸爸捕魚去，媽媽拿著雨傘來接我，就這樣走走走走走，從白雲悠悠陽光柔和，唱到西北雨直直落，一同唱了六年後，所謂音樂課，就是唱歌真快樂，每一首童謠，都踩著成長的舞步，每一個回憶，都化成快樂的音符，青青校樹，芭樂蓮霧，噫～鳳梨西瓜攏有……。

這個K歌趴到了國中高中開始豬羊變色，音樂課終於正式叫做音樂課，有講樂理的音樂課本，而且有專任的音樂老師，只是，初一到十五，十五的月兒圓，國中到高中，每逢月考前，音樂課就不再是音樂課，不是拿來考英文，就是拿來補數學，一隻青蛙一張嘴，兩個眼睛四條腿，嘔吾嘔吾揶伊揶伊，I Love You More Than I Can Say！學

---

* 作詞家。

校不教學生音樂，可是畢業後，大家都夢想以音樂為業！Yeah～！

說奇怪也不奇怪，在那聯考萬歲獨尊智育的年代，見怪不怪，不要見怪，總之隨著時代，邊教邊改，現在的音樂教育，早已越來越厲害，不但有音樂班，還常常出國比賽，可是話說回來，還是很奇怪，好像越來越多人懂得玩樂器，讓人崇拜，學琴的孩子沒有變壞，搞樂團的也大有人在，但是又何奈，並沒有人，沒有一個比較正式的課程，來把有關歌詞的創作教給年輕人！

流行音樂算不算是一門嚴謹的學術，其實我也不知道，但流行音樂肯定是樂人無數，這大家都很清楚，筆者靠著自學入行，從事創作至今逾二十載，深知自我摸索的辛苦，茲將入行以來字裡作樂的一些實作經驗心得，以及字得其樂撰寫過的作詞人筆記，整理出十八個招式，有感於幕後創作是個孤獨的工作，在創作過程中，每個人都像是一座毫無奧援的孤島，遂名之為「孤島十八式」[1]，並遵古製法，精心調配，重新編曲翻唱REMIX成十首樂曲一張專輯，招不必新，有用就好，梗不怕老，經典難找，老梗雖老梗，我可是新歌加精選，內容不寒不燥、有板有眼，北中南適用，色香味俱全，盼能給有志於流行歌詞創作的年輕人一些建議與參考！

二　「兩隻老虎好和壞」關於歌的定義

世上的好歌有很多，壞歌卻更多，有些歌很紅，有些歌，呃～很囉唆，既然要談歌詞，當然要定義歌詞，首波主打叫做「兩隻老虎好和壞」：

---

1 「孤島十八式」一詞首見於舞臺劇「回頭是彼岸」(1989，賴聲川編導)。另，臺語歌手施文彬於二〇〇三年出版之「7258請愛我吧」專輯內亦收錄同名歌曲（武雄作詞，施文彬譜曲，施文彬、武雄演唱)。

什麼是歌詞？

歌的歷史源遠流長，不管你現在是什麼樣的心情，一般開場白都是這樣，只要提到歌的定義，就一定得祭出《詩經》，孔老夫子周遊列國之後，同學們將各國流行歌排行榜收集編列成冊，完成了漢語史上第一本歌詞簿，裡面對歌的定義，有這樣一句話：「動情於中而形於言。言之不足，故嗟歎之；嗟歎不足，故永歌之。」

這段文字大概是在描述「歌」的形成，我們可以發現詩經這句話分三個層次，首先是情緒被挑動時的直覺反應，啊～美麗的寶島，而當這樣的陳述還無法表達全部的感受時，便加入感受更深的字句，人間的天堂，到此，都還是情緒被挑動後的反射階段，一直到永（詠）歌之，才算是感情豐富的創作，四季如春呀，冬暖夏涼，勝地呀好風光，一口氣把「歌」唱了出來！

怎樣才是好歌詞？

那麼，怎樣的歌詞，才算是好歌詞？這個工程比較複雜，我們來舉個例子！

〈兩隻老虎〉（臺灣兒歌板）

1 「兩隻老虎　兩隻老虎……」這是動情於衷！

2 「跑得快　跑得快……」言之不足，故嗟歎之！

3 「一隻沒有尾巴　一隻沒有耳朵　真奇怪　真奇怪……」嗟歎不足，故永歌之。

這首大家熟悉的兒歌，前兩句我們當然不能說不算歌詞，但是到了第三階段，歌詞的學問才算真正出現！我們也才清楚，這首歌要表達的，原來是這樣的 Surprise，然而，這樣算不算好歌詞呢？或者說，怎樣才算是好歌詞呢？我們可以來分析比較一下。

兩隻老虎是一首翻唱歌曲，有個說法說原版是法語，不過我不懂法國話，所以拿英文版本來作說明：

〈Are you sleeping?〉（美國童謠板）

Are you sleeping? Are you sleeping?

Brother John, Brother John,

Morning bells are ringing, Morning bells are ringing, Ding ding dong, Ding ding dong.

一首歌詞通常有三個重要的基本形式，口語化、韻文化、規律化，口語化的目的，要讓歌詞淺白易懂，韻文化，則是用押韻讓聽覺產生樂趣與美感，規律化旨在借歌詞的反覆、排比、對仗等，使得聽歌時更容易產生聯想，不會因為歌詞跳脫，而產生理解上的錯誤！

根據這三個基本原則，我們來試著比較兩隻老虎中英版本的不同：

口語化

英文版中 Brother John 的反覆，其實有一點點違背一般口語，以早上媽媽叫起床的經驗，或者我們叫人的經驗，如果只叫稱謂 "Brother" 或只叫名字 "John"，都有可能重複，但是連續兩次的 "Brother John" 則顯得太過含蓄不自然，相對的國語版本的第一行詞，乃至全部歌詞，在口語化上就順暢且合情合理許多，是日常生活裡，每個人隨時會脫口而出的話。

韻文化

跑得快跟真奇怪，John 跟 Dong 都算有押到韻。

規律化

兩首詞都用很多疊句，疊句從《詩經》起就是歌詞裡很重要的手法之一，蒹葭蒼蒼，蓼蓼者莪，反覆有利於聽覺，國語版本用「一隻沒有尾巴　一隻沒有耳朵」看來似乎違背規律化，其實兩次「一隻沒有」已經符合規律化，尾巴跟耳朵的不同，反而在短歌裡製造出變化性，是不錯的手法，而兩句 “Morning bells are ringing”，因為歌詞的意思，產生了鈴聲催促的反覆感，算是各有所長。

用這樣龜毛細緻的方式分析歌詞，真是無趣的事情，但是沒辦法，感情的表達往往因為個人偏好不同，比較難被分析，而技術性的好壞則是可以分析比較的，那麼，上面兩個版本哪個好呢？以技術層面，都不算最好。

〈老師打我〉（臺灣地下版）
老師打我　老師打我
我要哭　我要哭
回家告訴爸爸　回家告訴媽媽　打老師　打老師

向人哭訴老師打我，兩次反覆不但有畫面，而且增加事件嚴重性。比起兩次 “Brother John” 的牽強，比起兩次跑得快的大驚小怪，兩次我要哭，簡直悲壯而且理直氣壯。

兩隻老虎的規律化最大缺點是一隻沒有啥一隻沒有啥，常常搞錯，到底是眼睛、嘴巴、耳朵、還是尾巴，哪個前哪個後，老虎老鼠常常搞不清楚，但是受了委屈向父母告狀，順序永遠不會搞錯，你現在閉起眼睛唱一遍，一首詞可以讓人聽一遍之後一輩子就不會再忘記，那當然是好歌詞，至少技術層面是好歌詞！

作詞人筆記

1 歌詞三要素：口語化、韻文化、規律化。
2 技術優劣可以被分析，但感情好壞無法做比較。
3 寫得好的歌詞可以讓人看過一次就一輩子記住！

三 「歌戈罷霸真偉大」話說歌詞的功能

風雨起山河動，有人用歌挑起干戈，有人借歌瓦解霸業，有人寫歌告白，有人以歌告別，有人聽歌傻笑，有人唱歌流淚！歌，究竟是何方神聖，可以如此變幻莫測？歌，究竟有多大功能，可以這樣搧風點火？我們就來聽聽第二主打「歌戈罷霸真偉大」！

歌，可以幹什麼？

同樣是寫字為文，極可能，歌詞是這個時代的文學創作裡，最有效率的一種，古詩詞儘管文字簡練，寓意深遠，但因為文言的隔閡，意義的隱晦，使得其較難流通無法流行，至於長篇、中篇、短篇、極短篇小說散文乃至新詩等等，相較於歌詞的淺白易懂，再配合上旋律音樂，歌已經成為這個時代裡最受歡迎，也最廣為流傳的情感載體，短短三到五分鐘，一兩百字的一首歌，可以容納的故事與傳達的情緒都到達某種極致！

書上說子曰：「詩，可以興，可以觀，可以群，可以怨！」歌詞的功能，可以抒發，可以載記，可以黨同，可以伐異，從英雄來自四面八方，到我們的事業在戰場，從九條好漢在一班，到斬斷敵人的魔手，不管歌頌自己還是吐槽別人，唱成歌，都很有精神，有 “Where Have All the Flowers Gone” 的反戰，有爭取自由人權的 “We Shall

Overcome”，甚至勞軍時 “What a Wonderful World” 唱一唱，都讓阿兵哥的手臂變得更強壯！歌，可以洗腦也可以療傷！歌，引人落淚也讓人堅強！

而更重要更特別的，是許多沒有文字的少數民族，對他們而言，歌遠遠超越藝術創作、休閒娛樂，而有著更加重要的地位，那是真正的有聲書，從婚喪喜慶到養花種樹，從應對進退到修橋鋪路，所有知識所有學問全都是用歌來薪傳與記錄，一個會唱很多歌的玉女歌后，進了廚房就是一本萬能食譜，一個會背很多詞的青春歌王，去到山上就是一部百科全書，歌還是歌而歌已然不只是歌，一首接一首，一代傳一代，那叫做歷史！

歌，幹過了什麼？

那麼，臺灣的歌曲，究竟幹過什麼？有些什麼豐功偉業？雖說只要流行難免風花雪月無病呻吟，但是從另一個角度看來，無論陽春白雪或者下里巴人，無論紫或朱，黃鐘或瓦釜，什麼樣的鄉民，傳唱什麼樣的鄉音，什麼樣的社會，孕育什麼樣的感情，當歌曲側寫了現象、記錄了行為，就是某種社會學！

臺灣的流行音樂，有人說從一九三〇年便開始，但嚴格說起來真正進入企業化經營，也就三十年，只不過這三十年來，流行音樂替臺灣在世界舞臺上創造的商機，贏得的關注，成就的驕傲，感動的人心，絕對是長久以來支撐臺灣社會最重要的產業之一！

儘管近年來，科技環境的改變，讓全世界唱片工業面臨轉型危機，但臺灣的流行音樂創作，至今仍引領華人世界十數億人口，成為最被被關注與學習模仿的對象，創作寫歌，絕對是一條既有正面意義甚至有豐富商機的路！

好歌好好找

4 試舉出一首歌詞內容可以運用在日常生活的歌。

5 試舉出一首歌詞內容對臺灣社會造成影響的歌。

四 「我的歌詞會轉彎」究竟歌要怎麼寫

了解了什麼是歌，知道了歌有哪些功能，有什麼的重要性，那麼，誰都可以寫嗎？要怎麼寫呢？天分通常是自己開發的，不是老天爺賞賜的，寫歌之前，當然得好好做功課！茲以筆者的工作經驗，簡述一下一首流行商業歌詞的創作前，有哪些鋩鋩角角的手法要留意，有哪些離離窟窟的思緒得把關，火從哪點，風往哪搧，想法可以很簡單，但是歌詞必須會轉彎！

寫歌或寫文章

說起來，寫歌跟寫文章其實沒什麼兩樣，歌詞其實就是袖珍的文章，任何為文的手法，任何文體，都可以運用在歌詞上，但是也有幾個不同點需要留意，其中有個觀念非常重要就是，一篇文章的演出者，是作者，但是一首歌詞的演出者，不一定是作詞人。歌詞，其實比較像是作詞人替歌者寫的對白，必須符合演唱者的身分！另外，文字是視覺的，但歌是聽覺的，歌因為要拿來唱，所以不能一句詞落落長，還有必須合拍押韻等，借以產生聆聽的趣味或美感！

動情於中或動錢於中

流行與商業都不是壞事，沒有人規定文一定得載道，不過，歌也不一定就得媚俗，因為自己的阮囊羞澀而逢迎討好，或者看不慣別人軟土深掘而不爽吐槽，都是可以創作的動機，當然，老闆會決定買不買你的歌，作品會決定你是哪樣的創作人！選擇權都在自己！

先有詞或先有曲

一個作曲人，從各種聲音中接受到感動，寫出樂句，然後作詞人再填上歌詞，這就是先曲後詞，在漢語系統裡，古代的詩詞歌賦，基本上就是一種填詞工作，曲子就是曲牌，同樣一首「水調歌頭」的曲子，很多人都填了自己的詞：

蘇東坡唱成：

我欲乘風歸去　唯恐瓊樓玉宇　高處不勝寒……

到了黃庭堅就變成：

我欲穿花尋露　直入白雲深處　浩氣展虹蜺……

再到鄧麗君版本時，那又變成先有蘇東坡的詞，梁弘志後譜曲。也就是說詞曲哪個先都是成立的，也都不是重點，重點是，詞曲音韻夠不夠講究？搭配恰不恰當？故事感不感人？歌好不好聽？

量身定做或自由發揮

寫完一首歌很容易，寫好一首歌也不難，寫對一首歌才是學問，不管是有人邀稿量身定做或是自由發揮隨性創作，有些事情是必須事先想好準備好的。你要寫一首什麼樣的歌，喜怒哀樂愛惡欲？要給什麼樣的人唱？男女老中青？他的定位是什麼？生旦淨末丑？這張專輯的企劃概念又是什麼等等，雖然不必到絕對深入，但至少方向不能離譜。

技巧性的決定

當方向清楚之後，再來就得根據這些資料下一些決定，是俚俗白話還是雅緻文言？是具象或抽象？要寫景或寫情還是情景並容？第一人稱或第三人稱？一韻到底還是轉韻？是主歌還是小品？要安排什麼創意在裡面？寫歌詞的人如果也懂得企劃甚至考慮到宣傳點，沒錯，一定有人會叫你第一名。

禁忌與注意事項

所有創作都源自於抄襲，所有創作之禁忌也是抄襲，一首歌的用字跟故事當然要有新的創意，不幸跟別人雷同的時候，除非比別人紅，不然就算是三百年前就寫好的歌，晚一步發表的人就得揹黑鍋。另外不雅的諧音、負面的字眼也要留意（近期則有很多是蓄意為之）。還有邏輯性也必須顧及，有一首歌叫〈她的眼睛像月亮〉，我一直不懂，那隻有一顆而且陰晴圓缺的眼睛，到底該長在左邊還是右邊的眉毛下？

歌名創意學問大

不管是先想到歌名再寫詞，還是寫完詞再下歌名，歌名扣分的機會多於加分，如果歌名是像「相思」、「初戀」、「分手」、「再見」大部分的人會跟著問：是哪一首？是誰唱的？想要 Google 歌詞，Key 進去就是幾十萬筆，當場被淹沒。一首歌要紅，標新立異就是用心良苦，有梗才敢大聲，如果沒有創意，If U 惦惦 Nobody Say U 矮狗。

九轉十八彎聯想題

6 試著列出先作詞再譜曲時，作詞人需要注意的事項。

7 試著列出先有曲後填詞時，作詞人需要注意的事項。

五　「靈感怎麼不見了」試問靈感從哪來

這個問題很多人問起，但是這樣的問題沒有人能回答，靈感不是蘋果會從天上掉下來，靈感就像春風煦日下的雪人，一轉眼就微軟，一下子就化為一首最多人傳唱的排行榜冠軍曲：靈感怎麼不見了？以下是我寫過的一則親身遭遇，靈感這傢伙，真的不可理喻！

身為創作人，我常常看電視（按：不過我已經戒掉很久了，現在身心健康多了，謝謝！），我以前看電視可不是當成休閒的看，而是觀察式的看，當成做功課的看，尤其一些別人三秒鐘就受不了轉台的頻道，我常常一看三十分鐘。如果你也常常轉遙控器，相信也會發現，臺灣的電視頻道裡，宗教性的節目真的很多，除了宗教，星象命理之類的節目也很多，不止不止，還有靈異鬼怪的節目也不少，甚至談論玄學、飛碟的節目都常常有，現在，更包括政治評論跟股市分析，這些節目有一個共通點就是，每個老師都有一套理論，而所談的內容也都是一種，呃～一種虛無的東西！

說到虛無，有一天，一個女同學跑來問我：老師老師，我請問你吼，你的靈感從哪裡來？

哎哎，雖然這個問題我已經被問過無數次了，但是每次被問，我還是不知該如何回答！真的！我覺得靈感就是這麼虛無的一回事，誰也沒有真正看過，但好像都相信它是存在的，蓄意去找從來也沒找到過，但是又無法證明它不存在。這個困境一直到那一年，「人事分析師」出現之後，我才恍然大悟，原來世上最好的創作題材，通常都是言之無物！

於是，我不知哪來的，靈感，就忽然跟那位女同學說：老師一再強調，靈感這東西不能問、不能問、不能問，老師在講你都沒有在聽，現在好了，被你一問，老師的靈感不見了，怎麼辦呢？停頓四秒半後我繼續說：好的老師直接帶你開房間，壞的老師直接讓你上西天……我覺得自己演得實在不錯，直到那女同學落荒而逃我才發現，原來我臺詞背錯了（好吧！我也發現了，開房間、上西天，聽起來好像有點圖謀不軌！可是原來的，住套房、上天堂，就沒有嗎，沒有差那麼多吧！）……哎，看來我是沒有演戲的天分！

好吧！除了天才，我相信創作能力是一種物質不滅，有多少表現端看有多少料，你現在的 output，全部都是過去 input 的，差別只在轉換的方式與技巧。如果沒有那樣的情感，就不會有那樣的靈感，更不可能無中生有！

你一定喜歡過一個人，生氣過一件事，哀傷過一段情，沈醉過一場夢，有過、看過，或聽過那樣的故事，有那樣的經驗，才轉換成此刻的創作，就算只是「憑想像」，也都可以找出來龍去脈前因後果，證明你會如此「想像」是有所依據非憑空而來。

那麼，反過來說，你曾 input 的感覺感受感動感情，透過適當的技巧，其實也可以全部 output 出去，當你擲筆三嘆覺得江郎才盡的時候，大部分都不是沒有材料，而是缺乏轉換的技巧，或，陷入轉換的盲點。

萬物皆有情，一個願意比一般人多用點心思觀察體會周遭的人事物的創作人，除了必須具備創作的基本技術，還需要靈感的input，而最好的方式就是「過日子」，就是讓自己活著，活在當下以儲備累積你的創作能量，去觀察，去生活，去與人接觸，去讓故事發生。而當創作遇到瓶頸、腦筋一片空白的時候，你必須做的，就是透過不斷的思索，用各種角度的試探，去突破你思考的盲點，去找出另一個角度另一個方式，釋放你早已累積在內心的感情。

等到沒有靈感時才去找靈感，那是註定找不到的，我阿嬤說：「袂冬至就好搜圓，不通欲上轎才綁腳。」靈感是平時的定存，不是急用時的預借現金卡。

歷史格言備忘錄

8 好的老師直接帶你上天堂，壞的老師直接讓你住套房。（張老師國志）

9 靈感是苦思而來的。（牛老師頓）

10 宜未雨而綢繆，毋臨渴而掘井。（朱老師柏盧）

六　「我等到歌兒都謝了」之怎樣投稿才有搞頭

歌，是語言的花朵，說了那麼多，如果你懂得寫歌了，也有興趣開始把文字的種子，一顆一顆播種筆耕，那麼再來，就得問問自己你的目的何在？有人創作純自娛，也就是說，把歌詞完成了，自己晚上沒事讀一讀唸一唸，覺得很過癮，那你的目的就算完成！

如果你覺得這樣還不夠，也許會去認識一些音朋樂友，把歌詞譜個曲，洗澡時自己哼一哼，也能自得其樂，當然你更可以找人配幾個樂器，找個好嗓子唱一唱，甚至錄成 DEMO，PO上網讓大家點個讚。做到哪個程度，端看你自己的目的，而如果你越寫越溜，想把寫歌變成一種工作一個職業，想要讓自己的創作開花結果子孫滿堂，那麼，出道前，投稿就是一件非常重要的事！

說來奇怪，市面上有很多「寫作班」教人如何寫作，甚至也有求職班教人如何去面試，可是就沒有「投稿班」教人如何投稿，其實這門學問如此深奧有趣，實在應該列入國民義務教育，免得寫好的歌兒還見不到光就都謝了！以下是幾點個人工作經驗改編的建議整理，供蓄勢待發的創作人參考。

WHO 稿投給誰？

唱片公司或製作公司一般都有專門處理投稿作品的人，他面對一大堆來稿，會先做篩選，不喜歡的就先冰起來。他喜歡的作品，歌手、製作人、老闆也不一定喜歡，而且公司更有固定或習慣合作、甚至簽約專屬的創作人，投稿到公司裡，絕對需要耐心跟運氣。再來，把歌詞投給作詞人，把歌曲投給作曲人，他除了用絕對高標來審視你的作品之外，除非他的 case 多到寫不完，否則鐵定槓龜！至於投稿給歌手，說不定會被當成歌迷信件。所以最直接的，是投給製作人，最好是選歌時六親不認的製作人，如果他在製作專輯時自己不寫歌，那就更迷人了。

WHY 為什麼投給他？

投稿最好不要心存僥倖，除非你的歌好到誰都可以唱，否則通常誰都不唱。所以為什麼你要把歌投給這個人、或者為什麼要寫歌給這個人唱就很重要，因為你對他很了解，知道他懂得欣賞而且可能採用你的作品，如果你對他不了解，不妨花點時間去稍作留意，盲目投稿是有礙身心健康的。

WHAT 幫什麼歌手寫什麼歌？

你給什麼人什麼作品？一次一首還是一百首？打字稿或手稿？好歌或怪歌？有的人投稿不一定是要讓人「採用本作品」，有人投稿，只是要讓他有興趣的人知道自己可以寫歌，願意幫他寫，有人投稿，完全符合歌手現有的形象，有人投稿，反而全部顛覆歌手現有形象，什麼稿給什麼人才有搞頭，是一門心理學！

HOW 如何讓人知道我寫歌？

最常見的投稿方式是郵寄，以這個時代，不管你決定要投給公司或歌手或製作人，應該都不難找到網站部落格電子信箱，那麼，你也必須知道，網路上成千上萬有在塗塗寫寫的人，都跟你一樣，你是要不食人間煙火，貼在部落格裡等待伯樂？還是直接 Mail 給你希望投稿的對象？還是手寫寄信？還是透過關係找人轉達？還是到跑到河岸、躲在牆邊、坐在地下堵人面交？還是去參加比賽？還是自己作成 DEMO、自己演唱到處發表？大部分創作人都浪漫的以為專心把創意放在創作就好，殊不知，投稿也得花心思搞創意！

WHEN

如果作品有特定想給某個歌手，也許你可以留意一下他的動態，通常歌手見報或上通告，都是在宣傳期，宣傳期的意思，也就是「最近不需要新歌」，如果能多留意他的相關資訊，抓準時間，剛好在他的專輯製作前期投稿，機會或許高一點。

特別要強調一點，所有的投稿方式都是替你的作品找出路的輔助，而決定作品會不會被採用的，當然還是作品本身！

人肉搜索作業

11　找出十個歌手，並詳列其網站、臉書、部落格等。

12　找出十個製作人，並列出可連絡該人的通訊方式。

七　「媽媽你無對我講」之原創才是王道

創作絕對是一件辛苦的事，創作的辛苦在於，那是一種從無到有的過程，別人不曾用過的句子，沒有人提過的觀點，從未出現過的聲音，大家意想不到的畫面等等，經由創作人的巧思呈現出來，進而震撼人心，感動人心，你不只是兩棲作戰部隊，還必須是多重人格分裂，而這也是創作最大的挑戰與樂趣！

然而，也因為是無中生有，所以創意亦成了一件很容易造假的事，抄襲的概念、模仿的形象、雷同的手法、類似的作品，有人說是學習，有人說是參考，有人說是改編，有人說是惡搞！

我們也確實看到許多從世界各地分裝拆解然後，再在臺拼湊組裝而成的拼裝巨星，音樂是抄誰誰誰的，造型是抄誰誰誰的，MV 是抄誰誰誰的……流行創意行業，當場變成流行資訊行業，誰流行資訊取得的速度最快、模仿得最像、最順利取得歌曲翻唱版權，誰就是天王天后，說是自己有實力，其實是老天有保庇，說是自己好運氣，其實是公司有財力，說起來是超級巨星，說穿了不過是 Copy Machine！

所以，當你覺得某某知名作者的文筆很好，別學！當你發現哪首歌很紅，別學！在流行的世界裡，在創意的行業中，永遠只有第一名，沒有第二名，好商品、好創意一旦被氾濫複製，最後只會搞得大家都變成遜咖！

原創不怕雷同，「家後」可以經典、「阿嬤的話」也可以經典，但是，如果不是從自己血液裡產生的情感，只是因為看到別人寫，就開始一窩蜂的跟風，那麼就算戶口普查把所有直系血親、旁系姻親全部寫成一首歌，也成不了經典，依樣畫葫蘆，只會越畫越糊塗！

所以，奉勸新朋友，如果你只是練習文筆，那麼，愛怎麼寫都沒問題，創作本來就是天馬行空的，描紅也是個不錯的練習方式。但是如果你有企圖當一個職業作詞人千萬要自我要求，別投機取巧然後等到迸空了，出包了，被K了，再來怪媽媽沒有對你講，流行的歌這歹寫！

「原創才是王道」其實大家都知道，只是不一定做得到！

舉手之勞作作業

13 請分別舉例翻唱、抄襲、引用、改編、致意、惡搞等歌曲若干！
14 試找出經翻唱改編後，改編版具新意或比原曲更紅的歌曲若干！

八 「唱首情歌給誰聽」之關於歌的取材

好了，到這裡，如果你聽了聽想了想，覺得牙癢癢手癢養心癢癢，初這個也癢，初那個也癢，打算開始要創作，那麼，你應該寫什麼歌？寫給誰聽呢？

流行音樂，有一個說法，其服務的對象百分之八十集中在十二歲到二十二歲，所以一般流行歌的取材，風花雪月談情說愛就佔了大多數，市場取向，當然是西瓜效應裡最重要的反射，多觀察一下同學朋友，甚至回顧一下自己的戀愛經驗，多看點連續劇、讀點言情小說，想要構想出一則淒美動人的愛情故事，或甜蜜溫馨的羅曼史，並不困難！不過情歌迷死人，情歌也寫死人，這類題材也相對更多人寫，想要殺出重圍，想要比別人分數高，得有更洗練的筆法，更細膩的觀察！

所以也可以寫寫別的，比如故鄉，我家門前有山坡，後面有山坡，山坡前面有山坡，後面還有山坡，描寫自己的家，不管深山林內有獅，看起來普通普通，或是綠島小夜曲、台北的天空，因為同理心，不同故鄉依然會有感動！

而歌的功能，我們已經知道不止這樣，所以歌的取材也可以天馬行空，愛情、鄉情、友情、親情，既是人類共通的感受，當然都可以入歌，一個夠專業的作詞人，應該是可以替任何歌手寫歌的，當然了，有寫的功力，也有拒絕的權利，一切都是選擇，一切都取決於，你，想當一個怎樣的作詞人？

歌是聽覺，我們現在閉上眼睛，開始哼唱腦海裡記得的歌詞，你可以會發現，每一句都是扎扎實實，一個音一個字清清楚楚，什麼叫做經典？最簡單的測試，當你寫完一首歌，找一個最了解你的人，不看歌詞聽聽看，要是他能聽懂，要是他能感動，你才有機會去感動別人，而如果歌是用來感動人的，那麼，身為一個作詞人，你最應該去感動的第一順位，肯定是你最親近的人！

溫馨感人送分題

15　列出若干媽媽喜歡的歌，並說明喜歡的原因。

16　列出若干媽媽討厭的歌，並說明討厭的原因。

九　「我比別人卡認真」之做個堂堂正正的創作人

現在你知道了什麼是歌，歌有多大的功能，也知道如何寫歌，有自己寫歌的想法，甚至已經開始寫歌，那麼，你會願意把寫歌當成職業嗎？你是覺得自己能力不足？還是覺得這行沒有前途？你能不能靠寫歌養身立命，成家立業，功成名就，輝煌騰達？你要當一個怎樣的作詞人？

流行音樂這個行業就是由創作人、製作人、藝人、經紀人、幕後工作人員等等構成的，而創作更是整個行業的根本，沒有「歌」就沒有歌手，就沒有專樂手、就沒有專輯、就沒有 MV、就沒有卡拉 OK、就沒有演唱會……其他所有職稱都不成立了，如果你沒有把握，那麼最好別來攪和，而如果你真的願意，其實，當今的音樂圈，還有很多可以去努力，值得去努力，因為有很多入行的人，都漸漸遺忘了，他們當初寫歌的初衷，都漸漸學會了譁眾取寵，當商業歌曲越來越多，媚俗討好越來越火，真正出自內心的創作，就越來越可貴！

多認點真，少投點機，多原點創，少模點仿，寫得出來盡量寫，寫不出來，不要抄，不要用違法的方式刺激靈感，創作是一種良心事業，歌會被傳唱，作品會影響他人，寫出自己滿意的東西，寫出對得起自己的東西，做個堂堂正正的創作人，絕對比賺很多錢重要很多！

打完收工畢業考

17 詳述自己的創作理念並記錄之。

18 規劃自己的創作生涯並實踐之。

十 「一人一首成名曲」之尾聲

創作絕對是一件辛苦的事，但創作也絕對是一件值得去辛苦的事，一般士農工商，不管辛辛苦苦一輩子或者渾渾噩噩一輩子，不管風風光光一輩子或者混混蛋蛋一輩子，過去了也就過去了，真能留下些什麼豐功供後人緬懷的，或者什麼委業當後人教材的，都算少之又少！相對之下，創作人，包括任何形式的創作人，就幸運多了！

創作是一件長長久久的事，尤其流行音樂的傳播迅速容易，一個創作人過去了，其作品依然可以留下來繼續安慰後人、感動後人，這是非常難得的，也非常值得的！

個人認為，一個文字創作者，有生之年，都至少應該逼迫自己寫一首歌，都至少應該鼓勵自己寫一首歌，都至少應該為自己寫一首歌，寫一首自己的主題曲，寫一首自己的代表作，讓自己在人生的路上獨處時，可以哼唱，可以跟自己對話！

劇本寫作

曾西霸[*]

一　「一劇之本」的差異

（一）戲劇的本質是衝突、矛盾

「劇本」乃「一劇之本」的簡稱，它是整個戲劇的核心，也是後續劇場活動賴以鋪演的根本。因此理解劇本與其他敘事文類的差異，乃至不同形式的劇本的差異（例如廣播劇、兒童劇……等），均顯殊為必要，其中最重要者當為理解戲劇的本質。

虛弄干戈原是戲；再加粧點便成文。

從舊時代對「戲文」（也就是當今的「戲劇」）的定義，自可知曉戲劇是要「動干戈」的，動干戈意指的便是衝突、矛盾，大到兵戎相見，小到意見分歧均屬之，這和法國戲劇理論家布魯尼提耶（Ferdinard Brunetirére），在十九世紀力倡的「沒有阻礙就沒有戲劇，沒有奮鬥就沒有戲劇，沒有衝突就沒有戲劇」說法不謀而合；而「虛弄」點出虛擬、替代性表演的精妙；至若「有聲皆歌／舞動不

* 影評人、學者。

舞」（齊如山語）的粧點，更彰顯了中國傳統戲劇「合歌舞以鋪演故事」的特色。

（二）戲劇中故事的特殊條件

戲劇只是「說故事」的諸多形式之一而已，眾所周知的小說、史詩（epic、或譯敘事詩、長詩）、長篇漫畫也都在說故事。那麼預定要處理成劇本的故事材料，受必須考量的特殊限制便不可不知，簡述如後：

1 時間的限制——基於觀賞的慣性，舞臺劇（狹義的「戲劇」）演出時間為兩個半小時，電影為一個半小時，變成約定俗成的長度。

2 空間的限制——中國大陸經典舞臺劇《茶館》（老舍編劇），三幕劇情均壓縮集中在茶館，而非上天入地無所不能。

3 表現媒介的限制——廣播劇的表現媒介只有聲音（對話、音效、音樂），與小說的文字、電影的影像，表現力便有極大的落差。

4 情緒效果的限制——劇本中的故事必須一氣呵成，方能掌握觀眾的情緒，它無法像小說般慢慢醞釀，反覆閱讀。

5 幻覺程度的限制——小說借重腦海中的「假想銀幕」，加以形塑原屬幻覺的人物、景觀；劇本中則必須設法一切的幻覺予以「具象呈現」。

（三）與時俱進的劇本分類

傳統的劇本分類標準龐雜：有的從情調（喜劇vs.悲劇），有的從長短（五幕劇vs.獨幕劇），有的從表現媒介（電視劇vs.廣播劇）……不一而足，此次的「實用中文」教材編寫，時序已進入二十一世紀，故「劇本寫作」也與時俱進，以現代生活中最大眾化的傳播媒材——

電視電影——作為探討的對象，於今兩者的表現力同質性頗高，差異性較小，因而將其劇本同步討論，特此聲明。

二　構成劇本中的四大要素

其實，影視劇本是一個自足的成品，它已經技術性地將人物、情節、對話、主題交互運用，創造成渾然一體的作品；我們因為試圖略加解說編劇技巧，才被迫將之細分為四個部分，來進行拆解有關技巧的問題。

（一）人物

1 創造人物

李漁（笠翁）曾在他的《閒情偶寄》中說：「一本戲中，有無數人名，究竟俱屬陪賓，原其初心，止為一人而設；即此一人之身，自始至終，離合悲歡，中具無限情由，無窮關目，究竟俱屬衍文，原其初心，又止為一事而設。此一人一事，即作傳奇之主腦也。」強調了人物帶動故事的依存關係，只是想要無中生有創造一個人物有其難度，莎士比亞年過四十，徹底理解人情世故才寫出人物取勝的四大悲劇（《哈姆雷特》、《李爾王》、《馬克白》、《奧塞羅》），所以我們就必須多加觀察周邊人物，設法理解其處世觀點、基本態度，再以之為原型，略加改造納入劇本。

2 「人物表」的書寫

「人物表」是編劇對自己所創造的人物，最具體的描寫，此中包括外表形象、年齡、職業等，能夠提示選角或演員進行裝扮的依據；當然更應該包括他／她的基本性格，基本性格的設定，既方便編劇掌握自己筆下的人物，復可據此基本性格，檢驗全劇人物的合理性。某些時候「人物表」亦可用來界定眾多劇中人物之間的相互關係。

3 主要人物與次要人物的搭配

人物是用以傳達主要故事的工具，因而故事繁簡的程度，自然牽涉到人物的多寡，只要人物一多，不可避免就要區分出「主要人物」與「次要人物」，而且要將這兩類人物適當地加以搭配，在故事中交織活動去推展劇情。

（二）情節

1 「情節」（plot）不等於「故事」（story）

英國的著名小說家 E.M. 福斯特（Foster）著有《窗外有藍天》、《印度之旅》、《墨利斯的情人》、《此情可問天》），在其《小說面面觀》裡，曾經提醒世人，「故事」是純粹按照時間先後敘明事件的來龍去脈，而「情節」則加上因果關係、特定敘述者的觀點等條件，以便尋求更佳的呈現事件之手法，易言之：情節牽涉到「結構」的問題。

2 傳統三幕劇的結構

如前所述，考量如何精彩有效地說出一個故事，一方面是承自文學傳統的「謀篇」概念，思考配置材料的全面佈局，另一方面是向先行的戲劇傳統乞靈，好萊塢大片廠時期就推出「三幕劇」的編劇概念，以求符合觀眾對電影故事的期待。席德．菲爾德（Syd Field）的《實用電影編劇技巧》（*Screenplay*）發揚光大，且被其他作者大量援引，這個三幕劇的線狀結構，相當強烈地影響了全球的影視編劇。

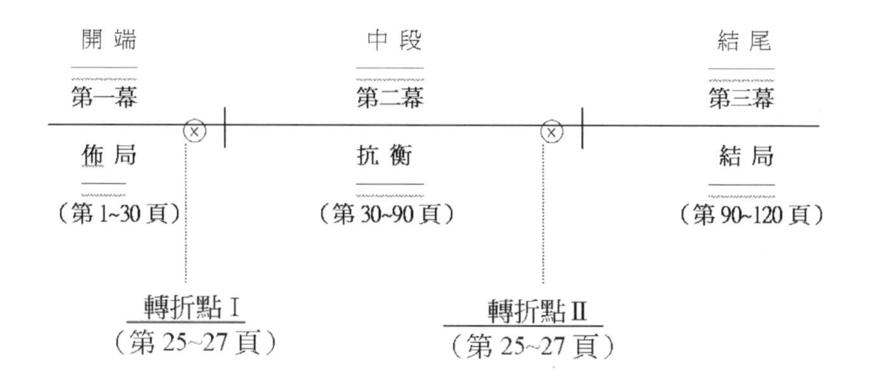

而在引發三幕變化的關鍵前導，則是圖表中的轉折點 I 與 II，此刻編劇必須設計、安排一個合理的重大事件或事變，具有足夠的力量，將劇情引領到全新的方向。美國編劇家協會選出的「一百〇一部最偉大的電影劇本」之首的《北非諜影》（*Casablaca*, 1942）為例，第一轉折點是革命夫妻的出現，第二轉折點是男主角眼見革命領袖的愛國情操，決定其最後抉擇。我個人三十餘年的編劇教學，習慣將重大「轉折點」的營造，稱之為「橋墩理論」，編劇架設了劇中幾個穩固的橋墩，劇情自可過關而被接受，緊接其後的樣式、雕琢等美化活動，無疑均可視為細微末節。

（三）對話

1 對話與人物的關聯性

劇本中的對話，當然會隨著劇中人物而各具特色，劇中人不同的身分、年齡、性格，本來就會抱持不同的人生觀、處世態度，以及言語的層次，因此一個大學教授和一個計程車司機，如果操持相同的對話是荒謬的，兩個分屬五〇年代和九〇年代的教授，其對話口吻也應該有著明顯的落差，由此可見想要寫好對話的首要條件，就是徹底了解你的人物！

2 對話是一種互動

缺乏經驗的編劇，最容易使對話寫作陷入兩種窘境：其一是千人一口，通篇都是編劇一人的口氣，遺忘了前述隨著人物條件而產生的變化；其二是劇中人的各自表述，而非被劇情引發出來的交叉對談。嚴格說來，日常生活中的「對話」，像是遊走於在場眾人之間，不停轉移焦點的一顆球，這顆球就是「話題」，它必然會讓所有的劇中人形成互動，話題會不斷地被引發再引發，過渡再過渡，而編劇設定的核心劇情，則能有效地控制傳球互動的路線與時間。

3 人物需求為對話定位

所謂「需求」也就是劇中人的企圖、存心、想法、到此一來的目的等，出現在個別的場面裡的人物，其需求會配合上他的身分、年齡、性格，自然而然影響到他的語言的力道：針對特定的話題，究竟是要直截了當抑或委婉表達，措辭內容的軟硬程度，以及是否需要顧及對方的情面……這絕非「語意學」的專業研究，而是強調人物需求影響對話的景況。

（四）主題

1 主題是編劇的創作本意，他希冀透過劇本，傳達給觀眾的中心思想。然對初學者而言，往往落於言詮、太著痕跡，甚或根本無法有效地讓觀眾對劇情有所感應，從而產生對編劇想法的認同。如此看來，現代戲劇之父易卜生（Henrik Ibsen）的名言：「我用九分的劇情去烘托一分的主題」，恐怕益發值得我們牢記在心，反覆玩味。

2 當最早的希臘悲劇《伊底帕斯王》，在索福克里斯（Sophocles）的手中完成，他便向世人召告如何運用高度的技巧，同步完成了「命運是可以違抗的」（伊底帕斯為避殺父娶母的神諭而逃離祖國）的基本主題，與「命運是無法逃避的」（伊底帕斯終究宿命地殺父娶母了！）的副主題，西元前五、六世紀的希臘悲劇已諳此理，二十一世紀的我們豈可不慎？

我個人有一個好故事，瘂弦先生一直勸我寫給他主編的「聯合副刊」的「極短篇」，但是這故事我也是聽來的，我不能掠人之美，所以一直不敢寫，但我很願意再一次地轉述。當你要勸孩子聽父母的話，你告訴他爸爸、媽媽生你、育你、養你非常辛苦，昊天罔極……等等，說了一大串全部都是言說。假如是戲劇的話，你要透過明顯可見的事實，經過戲劇性的處理來加以呈現，於是當你要告訴孩子這些大道理的時候，你不如用這個小小的故事來告訴他。有一對情侶在花前月下談戀愛，談到柔情蜜意的時候，女孩問男孩：「你真的愛我嗎？」「對啊！」「那你願意為我做任何事嗎？」「當然願意。」「那你回去把你母親的心挖來給我。」男孩果真回去，一刀把母親的心給挖了出來，捧在手裡趕回約會的現場，半路上一個不小心跌了一跤，捧在手上的心滾了出去，那心還是溫熱的、跳動的，它對孩子說：「孩子，你跌疼了沒有？」這麼一個簡單的故事，就是告訴我們父母對你的愛是完全不求回報、毫不計較的。再多的言談也比不過這個小小的極短篇，這個故事非常強而有力，當然有點超現實，但是你還是覺得它現實的意義非常濃厚。

三　劇本寫作的流程

(一) 發想

任何形式的寫作都一樣，最困難的是「決定寫什麼？」影視編劇自不例外。面對蒐集而來的原始材料，以及個人的生活經驗，究竟這回該是主題先行，反映當前的某些問題？或者從特定的人物出發，單純地說個好聽的故事？此一狀況自與搜集材料有密切關係，是故簡單表述發想的幾個途徑：

1 自身擁有的經驗
2 聽取別人的經驗
3 局部觀察加上想像
4 取材自社會新聞
5 改編其他形式的材料

（二）故事大綱

一般俗稱的「故事大綱」，亦即用繁簡得度的文字，將電影故事中的主要人物、重大轉折，以及最終結局等要項，予以明確交代的梗概敘述。

麻煩的是「繁簡得度」的問題，因為「故事大綱」的文字長短是不可一概而論的，如果是要去應徵一千萬元的電影輔導金，把故事大綱寫到三、四千字的程度毫不為過；反之，如若是早年刊印在電影院進場前的「本事」上，那麼只能用極其精準的兩、三百字，而且基於觀賞情趣的考量，還不宜將故事結果全盤說出。（你願意看老早已知兇手是誰的推理劇嗎？）

以下是本人的《夢想者一號》之故事大綱：

原為小學教師的蕭啟賢，富有理想，經常為文投稿，後因與收發室小姐同鄉的緣故，乃為其夫婿賴聰明供職的電影公司協助宣傳，進而共同投資籌組「巨將」電影公司，且為公司設計出「巨將發行．中外馳名」的口號。賴聰明的往昔老闆詹敦鴻係一政商關係良好之片商，深諳官場與商場兩面文化，「巨將」在其出面協助下，無往不利，奠定了成功的契機。

就在公司不斷發展擴張之後，原先來自鄉間的賴聰明夫婦，因受現實社會逐漸污染，不再保有純真善良，變得傲慢自大，對員工也極為刻薄，當初共同創業的蕭啟賢，看到彼此理念乃至待人處世的態度如此分歧，意欲結清賬目，退出公司，不料竟遭聰明夫妻以無契約為由加以拒絕，形同變相吞沒了啟賢的股權。

蕭啟賢值此窘境，湊巧又有人介紹他加入「米谷」（與台語「美國」同音）直銷行業，由於啟賢素來善待親友同事，初期組織網得利於人緣關係擴張迅速，其所屬「神鷹」體系領袖Terry（臺灣人郭禮光之洋名）更予以多方激勵，不斷提示啟賢只要全力衝刺，保證短期致富，隨時均可回頭完成「電影夢」。

啟賢再度被這表象光鮮的幻像所惑，進而在 Terry 慫恿下辭去教職改做專業直銷，等到深入接觸，才陸續發現直銷的細部弊端，繼而確實明瞭此一特殊行業的浮華不實，卻已無法回頭，走到進退失據的當口，啟賢遵從 Terry 的暗示，準備背水一戰去與聰明做最後談判，以便利用結賬可得的款項，自行購買大量的直銷產品，一舉衝上「鑽石」高階，來穩定其地位。沒想到賴聰明已是財大氣粗的電影大亨，罔顧舊日共創事業的情誼，遺忘了要回鄉買下一家老舊戲院的願望，完全不理會、不支援蕭啟賢這重大的契機，此舉讓啟賢大受打擊。

陷入低潮的啟賢偶遇舊友柳振天，得知影界老狐狸詹敦鴻利用振天亟欲執導電影的心理，假稱即將出資拍片，卻又不斷因應狀況，提出新的且難以達成的條件，以便支使振天替他奔走無數發行事宜，如今已獲黨的提名參選立委，完全遺忘承諾振天拍片之事；無獨有偶的啟賢的大上線 Terry，平日聲稱直銷事業萬萬不可觸及政治與宗教，詎料財富暴增之後，也動念要參選立委，嘗試政治權力的滋味，且要求啟賢出任競選部門的總幹事，弄得啟賢與振天二人非要各事其主不可，啟賢至此更加體會人性的虛妄，他原本追求的夢想均告落空，因而變得憤世嫉俗，行為有些偏激，鄰居甚至以臺語稱他「猶老師」。

蕭啟賢飽受挫折，心生怨恨，決定展開教訓賴聰明的計畫，由於極為了解「巨將」的全部情況，啟賢利用「巨將」與別家電影公司產生衝突之際，設法去放火燃燒「巨將」的片庫，誤導警方以為是影界恩怨，啟賢又在片庫起火的時刻，與他帶領的「米谷」事業夥伴，同在彰化參加年會，擁有十分明確的「不在場證明」，因而得以暫時置身事外，但是鍥而不捨的的承辦警員，最後終於找到啟賢不在場證明的破綻：原來「米谷」直銷商集合南下的「一樂園」飯店，與「巨將」片庫距離來回僅需五分鐘，啟賢徹底了解地形，知道「一樂園」的廁所與眾不同，居然設在咖啡座外面，所以啟賢佯裝上廁所，離開眾人耳目後，運用短暫的數分鐘跑去「巨將」片庫，佈置好簡單的易燃物，但無高溫火源不會立刻燃燒；然而啟賢更厲害之處，是他料準當天正好是苑裡玄天上帝公生日，賴太太必定會來祭拜燒紙錢，一俟祭拜完畢離去，屆時溫度升至足以起火的地步，自會順利燃燒「巨將」片庫，而那時啟賢早已離開臺北去了彰化……，警方的拆解已讓啟賢再無遁詞，遂向警方認罪。

只是身繫囹圄的蕭啟賢，因罪行上不致久監，再度顯現其「夢想者」的本色，依然對前來探訪的直銷夥伴，訴說著他出獄後的許多偉大計畫……。

（三）分場大綱

「分場大綱」是一個承先啟後的產物，「承」的是已經決定採用的故事材料，「啟」的是要為「對白本」做好基礎的準備工作，因此「分場大綱」的定義應該是：將定案之故事材料以「場」為單位，進行組織佈置，不但要呈現表達的先後順序，同時要分配個別材料所佔的篇幅，定其輕重緩急，以求最佳之吸引力。

正因為分場大綱是統籌全局的「鳥瞰圖」，有待與投資人、導演、劇組推敲其可行性，所以必須言簡意賅，以便看出整體架構，「主要劇情」能夠簡潔交代核心內容便罷，毋需過度細膩，如後所示之條列式或運用卡片，均極方便達到討論修正、調整增刪的目的。

以下是《夢想者一號》整體構思之後的部分分場大綱。

場	景	時	人　物	主　要　劇　情
序	太空中心／南美高地	日	蕭啟賢	啟賢幻想在南美巨岩上拉手風琴。
1	蕭啟賢家臥室	日	蕭啟賢	啟賢晚起，忙亂打電話聯絡其直銷友人。
2	巷道	日	蕭啟賢	啟賢破壞路霸所為。
3	車中	日	蕭啟賢、他車駕駛	啟賢對交通狀況諸多不滿。
4	公寓樓下門口	日	蕭啟賢、小張、友人甲、乙	小張約朋友來談直銷。
（中略）				
56	小吃攤	日	陳正彬、李武雄	兩人獲知啟賢前往大陸，誤以為落跑，虛驚一場。
57	桂林民宅	夜	蕭啟賢、王立龍、姑媽、村人若干	師徒兩人向大陸同胞介紹直銷事業。
58	灕江遊船上	日	蕭啟賢、王立龍、台商、女子	兩人見台商粗俗行徑，啟賢希望來日展現直銷商的優雅。
59	火車上	日	蕭啟賢、王立龍、年輕夫妻、群眾	兩人前往廣州的半路上，經歷了一次車廂驚魂。
60	檢驗所門口	日	蕭啟賢、王立龍	返台健康檢查後，兩人認定大陸是「米谷」事業的最大市場。

（四）對白本

「對白本」是真正據以拍片的藍圖，所有的電影工作者（包括導演、演員、攝影師、燈光、陳設……等）均可從對白本中明確了解各自需要的東西，所以「對白本」是真正的「一劇之本」，必須將「分場大綱」中比較簡單扼要敘述的「主要劇情」，從「概念」落實成具體可見的「表演」，也就是說，「對白本」必須完成一個合理入情的「情境設計」，利用「動作」和「對話」兩大要素的穿插，進行有過程、有細節的活動設計，以便具體呈現劇情，並達到編劇企圖表現的某些特殊效果。

因此之故，對白本的每一個單場，仍都需要標示「場」號、「景」（發生事情的「特定空間」）、「時」（僅需大分「日」或「夜」即可）、「人」（所有到場人物），唯其如此，電影工作人員才方便處理「場景集中表」，去進行電影拍攝最常見的「跳拍」，以利拍攝的時間和經費雙方面的節省。

至於表達劇情的「形式」處理，實在簡單得無以復加，基本上「動作」部分用△加以表示；（這是一般而論，某些時候△可以是物件或細微表情，因而精準的說，△是告訴攝影師該拍什麼，但既然「動作」高達八成以上，姑且先建立較簡單的認知便罷。）「對話」部分則以冒號（：）加以表示，且因電影劇本中對話非常的多，長久以來約定俗成的習慣，便將上下引號都予省略。對白本的「形式」簡單以至於此，至若「內容」則視編劇個人的想像與選擇，而千變萬化了。

例如《夢想者一號》的五十九場，最簡略的火車驚魂之過程與細節，在本人的發展設計下，變成這樣的內容：

第59場

S：59

景：火車上

時：日

人：蕭啟賢、王立龍、年輕夫妻、群眾

△火車車廂頂上的旋轉吊扇有氣無力地動著。

△硬座面對面的雙方隔著一方桌，分別是啟賢、立龍和一對年輕夫妻。

啟賢：桂林的風景沒話講，有漓江又有七星岩的鐘乳石，山水都好。

丈夫：歡迎常回祖國來看看，好地方還多著呢！

妻子：可這硬座真不舒服。

立龍：這很像臺灣六〇年代的火車，令人發思古之幽情。

妻子：還要多久才回到廣州？

丈夫：剛離開壯族自治區，進湖南不久，怕還要十個鐘頭左右。

妻子：那會把人折騰得半死，全是你害的，連個硬臥也買不到……。

啟賢：你們當地人也買不到嗎？（遲疑了一下，還是問了）是不是都讓特權、旅行社給包了？

△丈夫也猶豫了一下，才回答啟賢的問話。

丈夫：那倒也不是，我們從廣州來買得非常順利，回程完全不一樣，誰讓廣州變成了「天堂」？大家擠破頭也要從桂林、湖南進廣州去看看，自然軟、硬臥就一票難求了。

啟賢：我們也要去看看天堂，了解一下經濟富裕的南方大城市。

△此時傳來列車長的廣播。

列車長：（O.S）各位同志，我們的列車馬上就要停靠「冷水灘站」，基於安全的理由，提醒各位同志關緊門窗，以策安全。

△廣播結束，原本車廂裡稀少的乘客，紛紛關下窗戶，關窗聲不絕於耳。

立龍：到底發生了什麼事？

丈夫：（狐疑）我也不明白，就關了窗吧！

△丈夫動手關窗時，妻子還在半撒嬌半嘀咕。

妻子：就留個縫讓空氣進來，別把我悶死了。

△此時火車緩緩進站，從玻璃窗外看見站上人山人海。

△火車尚未停妥，已有人衝向車窗，搥打各個窗戶，並且大叫「開開窗！」「讓我們上車！」

△一雙粗壯的手撐住啟賢他們這個沒有完全關閉的窗戶，用力地向上頂，一時未能得逞。

△立刻又衝上來一人，也來協助頂開窗戶。

△這時從車廂入口已經湧進幾十人，夾雜著「哥兒」、「嫂子」、「小米，快！」的親朋呼喚聲。

△頓時之間，車廂內擠滿了人。

△啟賢他們的窗戶也已被頂開，人就一個接一個、一個拉一個相繼爬進車廂。

△對座的年輕夫妻，帶著驚嚇與機靈，不知何時已不見人影。啟賢、立龍卻來不及反應，完全被仍在持續湧進的人群卡住，絲毫動彈不得。

△啟賢與立龍驚魂甫定，環顧四周，這才發現車廂內早已是另一番景象。

△通道上的所有能站人的位置完全站滿，根本無人可以通行。

△啟賢面前的方桌上擠了五、六個人。

△窗口的窗檯上也坐了人，腳懸在外，手抓著窗，狀至危險。

△啟賢驚覺有東西滴在臉上，抬頭一看，頭頂的行李架上也擠了幾個打赤膊的漢子，滴下來的是他們的汗水。

△啟賢費盡九牛二虎之力，才找到空隙伸手去取出口袋中的手帕，覆蓋在頭上。

△車廂內悶熱吵雜，直如人間煉獄。

極短篇寫作

張春榮*

一　前言

極短篇，就狹義而言，是「極短篇小說」（Short Short Story）簡稱，強調小說的戲劇性。攸關極短篇的定義，以瘂弦在聯副（1978年12月15日）上的按語，最為精要：

> 極短篇是一個新嘗試，希望以最少的文字，表達最大的內涵；促使讀者幾分鐘之內，接受一個故事，得到一份感動和啟示。

就作者而言，能夠有「一個新嘗試」，能夠「創造性的解決問題」，展現機智、慧心；就作品而言，能夠以「以最少的文字，表達最大內涵」，能夠「小切片，大顯影」，展現戲劇性的密度與強度；就讀者而言，能夠「得到一份感動和啟示」，能夠讓人「有感覺，有感悟」，在共鳴中滿意，在掩卷後回味，叫好又叫座。

---

* 一九五四年生，臺南縣人，臺灣師範大學國文研究所博士。曾任警察大學、中正理工學院、清華大學、淡江大學、國立臺灣師範大學，現任臺北教育大學語文與創作系、語創所、臺文所教授。著有極短篇《狂鞋》，論述《極短篇的理論與創作》，並與顏藹珠合編《名家極短篇閱讀與引導》、《英美名家小小說精選》。曾獲全國學生文學獎、《中外文學》散文獎、第二十六屆中國語文獎章、《中央日報》文學獎、臺北教育大學優良教學獎、臺北教育大學教師教材與教學著作獎。

就廣義而言，極短篇可以是「極短篇散文」，向散文出位，注重敘事性，不強調戲劇性；注重細節，不強調情節，呈現場景的特殊氛圍與情調。

由上觀之，以一千字為上限的「極短篇」，不管是戲劇性大於敘事性的「極短篇小說」或敘事性大於戲劇性的「極短篇散文」，無不挑戰「極短小」、「極精悍」的書寫藝術。如何在高空走鋼索中化不能可為可能，走出人體工學的極致；如何在瞬間爆破裡化腐朽為神奇，點燃璀璨的創意火花；如何點石成金，出奇制勝，用大家都知道的A，大家都看過的；B，寫出大家沒有想的；C；正是極短篇的魅力所在。

二　寫作重點

極短篇的寫作，一言以蔽之，即「反常合道」;「反常」往往天外飛來，匪夷所思，卻新到讓人有感覺；「合道」則其來有自，入人意中，能夠寫出情之幽微，照見理之深蘊，好到讓人有感動。因此，極短篇寫作重點，在於荒謬與邏輯並存，在於「意料之外」與「情理之中」的巧妙組合。

所謂「意料之外」與「情理之中」的巧妙組合，最常見的模式有二：第一、始於「情理之中」，終於「意料之外」；由原先的合理、邏輯，最後環扣撞擊，演變成始料未及的超常離奇、突梯荒謬。第二、始於「意料之外」，終於「情理之中」；由原先的超常偏離、矛盾衝突，最後發展始料未及的事出有因，情有可憫。以下分別以王鼎鈞〈認識愛〉、〈失鳥記〉為例，抽絲剝繭，加以比較說明。

王鼎鈞〈認識愛〉：

一個作家娶了一個不識字的太太，每天教太太認字。他寫「桌

> 子」，把這兩個字貼在桌子上。他寫「電燈」，把這兩個字貼在電燈上。太太每天看見桌子、電燈，溫習這些字。不久，他家所有的東西都貼上了名條。
>
> 有一天，他教太太認識「愛」，這個字沒處貼，就抱住太太親嘴。兩個人親熱了一陣子，太太總算把這個字記住了。她說：「認識了這麼多字，數這個字最麻煩。」

全篇情節以「貼字」為軸心，始於「具體」（桌子、電燈）的對號入座，終於「抽象」（愛）無法指涉；只好化「貼」為「親嘴」，形成認字的超常、意外。而「愛」到底要「親嘴」幾次才算數，根本沒個準則。難怪作家太太直說「這個字最麻煩」。而這樣的結局，正是意料之中，亦是情理之中。

反觀王鼎鈞〈失鳥記〉：

> 有人養了一隻鳥，那是他最心愛的東西，每天侍候牠、欣賞牠，連作夢也夢見牠。
>
> 可是，有一天，鳥不見了，他忘記把籠子的門關好，鳥飛走了。他實在心痛，很想把那隻鳥再找回來，看見鳥就注意觀察，聽見鳥叫就把耳朵轉過去，可是那些鳥都不是他的鳥。
>
> 有時候，他看見成群的鳥，他希望那隻鳥就在裡面，其實，就是在裡面，他也認不出來。
>
> 不知道到底哪隻鳥是他的鳥？他只有愛所有的鳥。從此，他變成了一個愛鳥者，一個保護野鳥的人。

全篇始於「鳥飛走了」的衝突、心痛，次於客觀的接受、面對，終於合理的「愛所有的鳥」，化小愛為大愛。面對晴天霹靂的打擊，「他」

一開始往往患得患失，呼呼如狂；最後冷靜思考，理性擡頭，把路走寬；自「同情心」中心寬念柔，開出更大的視野。

值得注意的是，「意料之外」是突發、偶然，「情理之中」是常態、必然；而所有「一日之寒」的意料之外，其實都是「冰凍三尺」的情理發展。兩者之間，除了「故事」的時間先後關係外，更具有「情節」的因果關係。這樣的因果關係，證實了無風不起浪，無火不冒煙；兩者相反相成，錯綜變化，開出「無巧不成極短篇」的妙趣。同時，在因果關係中，除一因一果外，更有一因多果、多因一果的變化，並在因果循環中，深刻洞悉，照見「千金難買早知道，千千萬萬想不到」的曖昧複雜；體現「塞翁失馬，焉知非福；塞翁得馬，焉知非禍」的弔詭奧旨。

三　極短篇的優劣

極短篇的優劣，可以自題目、視角、情節三端上加以評量比較。怎麼訂題目、怎麼看（視角）、怎麼安排設計（情節），正是極短篇的本領所在。

（一）題目

極短篇的題目，貴於畫龍點睛，和正文相得益彰，各顯精彩。好的篇名，猶如多方折射的水晶球，在乍視初睹時，可以召喚睹多樣的美感效應。常見的訂題的方式有三：

1 雙關

雙關往往在「音」或「義」上另有所指。如張春榮〈鞋〉，指姊姊鞋子被偷，另類「和諧」的安慰；思理〈繭〉，兼指「深居簡出」

的宅男，「作繭自縛」的蹉跎。反觀鄒敦伶〈同學會〉，另指「告別式」（女主角）的聚會；姚藝真〈釣金龜〉，看似指「釣金龜婿」，實際上指「釣拜金的烏龜」，形塑篇名的意外。

2 反諷

反諷往往表裡不一，言與意反。如喻麗清〈獵人〉，男主角雖曾是打獵高手，但終成命運之神的「獵物」；鍾玲〈蓮花水色〉，寫流雲和尚在最光燦燦的蓮花水色中沉淪，終成「烏雲」；張靄珠〈白色教堂〉，寫的是精神病患縱火燒教堂的「黑暗之心」；愛亞〈齊人章〉，寫男主角齊仁並沒有享「齊人之福」，最終在女性的聯手復仇中享「齊人之禍」。凡此篇名，無不與正文顛倒，相互輝映，形成批判性的反諷。

3 象徵

象徵往往藉由意象，召喚多義深蘊。如袁瓊瓊〈蒼蠅〉，「蒼蠅」一指卑微的男女主角，二指死亡的化身；渡也〈永遠的蝴蝶〉，「蝴蝶」一指櫻子的美麗如蝶，二指櫻子瞬間死亡的夢幻人生；侯文詠〈櫻桃的滋味〉，「櫻桃」一指分享的喜悅，二指紅艷艷的希望；衣若芬〈口香糖〉，「口香糖」一指輕量級的愛情，二指變淡變硬變無味的褪色愛情。凡此篇名，無不藉由情節的開展深化，形成創造性的揭示，照見關鍵意象的豐贍象徵。

綜上所述，可見極短篇在訂題目上，多以具體的意象為佳，召喚文化積澱的想像空間。如郭良蕙〈鏡〉，藉由旅館隔壁爭吵，照見當年先生和自己爭吵時心肌梗塞，徒留悔恨至今。如將題目改為〈悔〉，直揭無隱，與原題相比則相形失色。又侯文詠〈死神在酒吧〉，寫護士長罹患癌症，怕女兒少不經事，處處耳提面命，導致母女衝突。若直接將題目訂成〈遺言風波〉，過於寫實，顯然不如〈死神在酒吧〉的耐人尋味。另楊照〈胖〉，寫男主角在太太和曉雲（第三者）輪流餵養下，變成一隻大豬公，自慚形穢，相形見絀。若將題目訂成〈溫柔的謀殺〉、〈男性的悲哀〉，均不如原來〈胖〉的言簡意賅，較能引發讀者閱讀興趣。

（二）視角

視角是小說人物的探照燈，照見人物的心理、抉擇與結局路徑；不同的視角會呈現不同的亮點和暗影，呈現不同光影的效果，引起不同的共鳴。

就第一人稱或第三人稱的敘事而言，極短篇的敘事視角，主要有「內聚焦」和「外聚焦」。「內聚焦」強調主觀的心理認知，聚焦內心世界的意識波動，特別能照見情感之幽微；「外聚焦」強調客觀的目擊呈現，聚焦外在事物的觀察體認，特別能彰顯事理之深旨。兩者比較，由內聚焦切入，極短篇中的敘述者等於人物；由外聚焦切入，敘述者小於人物，各有不同的控勒與拿捏。

以「髮」為題，可以採第一人稱內聚焦，加以展開。如：

> 十八歲時，我堅信女子不但要心細如髮，更要髮如波濤洶湧，散發波光萬頃的黑色魅力，才不枉此生。只要有一頭烏黑亮麗的秀髮，絕對是風情萬種百分百，回眸一笑百媚生。於是，我勤於洗髮、潤髮、護法，化妝臺上的瓶瓶罐罐，都是我的粉絲、親友團，每天對我黑如瀑布的長髮誇讚，我則報以燦爛的笑靨。我男友常對著我深情款款的說：「黑就是一種誘惑……」而這一頭柔柔亮亮、閃閃動人的秀髮，就在吸睛中飄著淡香，陪我踏上紅地毯的那一端。

三十六歲，自從前夫抓著我長髮猛往牆撞，嘴裡不斷咆哮「你這個花瓶！醋瓶！」我知道女人最重要的是事業，麵包終究勝過玫瑰。於是，頂著一頭俏麗短髮，讓耳背也出來迎接陽光，頸背也出來接受和風的親吻；我頂下一間服飾店，化壓力為動力，化業績為佳績，活出熱力，活出脆亮的笑聲。沒錯！簡潔是智慧的靈魂，短髮是幹練女子的標記，何必活在大男人的神話裡，讓自己變成「中看不中用」的笑話。迎著四周男子遞過來的仰慕眼神，回想自己長髮剪短的痛徹心扉，暗夜哭泣，真是「太傻」了。

五十四歲，很難接受身體出了狀況，幾次化學治療後，頭髮逐漸掉落、變稀，變成光禿禿一片，對於自詡「天下無雙宇宙無敵優質吸睛美女」的我，簡直生不如死，整天宅在家裡，與「帶毛的兒子」小寶朝夕相處。姐妹淘紛紛前來勸說：「頭髮以下的東西才重要！」、「只要健康，頭髮還是會長出來，幹嘛苦瓜臉？」、「健康才是1，其他都是0，出來走走，要活就要動！」……一句「要活就要動」，讓我打開心房，走出戶外，帶著「帶毛的兒子」，走在公園的紅土步道。頭戴假髮，頂著湛藍的晴空，手握狗繩，看著小寶在草叢間東聞西嗅，快活前行，望著前方綠蔭深處，我精神舒坦多了。咳。人生嘛，不管向左走，向右走，反正就是向前走。（張春榮）

同樣，也可以採第三人稱的外聚焦，加以展開。如：

十八歲時，他喜歡長髮的她。乍見盈盈笑靨的瓜子臉上，配著黑柔飛瀑般的秀髮，瀉成陽光下不盡的波濤，迎風起伏湧動，他看傻了。醉在她風情萬種的黑海裡，醉在她纖細優雅的談吐

> 裡，醉在她難以捉摸的一顰一笑裡。但交往一年後，她說：「你不懂女人！」
>
> 他覺得她的千萬髮絲一直向他未知的幽微角落延伸。
>
> 三十六歲時，他欣賞短髮的她，鵝蛋臉上，盪出陽光般的笑聲，如金戈鐵馬，配著伏伏貼貼的短髮，每根頭髮是紀律分明的哨兵。看她在辦公室指揮若定，他深覺跟這般幹練的女子一起，何等輕鬆。她說向東，你不必向西；她說吃鐵板燒，你不必考慮泰國菜；她說要買基金，你不必再存定存。但最後她說：「我不喜歡沒有肩膀的男人！」
>
> 他深覺和她在一起，自己越來越萎縮，頭髮開始掉……。
>
> 五十四歲時，他坐在電視機前望著講經的她，去除三千煩惱絲的額頭上，有明顯的戒疤。聽聞她慢條斯里的開示：「各位大德阿，眾生平等，要心無所住。」「師兄師姐啊，要化煩惱為菩提，化小愛為大愛……。」漸漸他體會男男女女都是眾生；深悟經藏如海，不必斤斤計較髮型，亦不必爭強逞能。終究大浪小浪都是水，花開花落都是姿態，哭哭笑笑都是情緒。他告訴自己：「長髮短髮的女人，重點在『女』；沒有頭髮的，重點在『人』。」（張春榮）

無可置疑，適切的敘事觀點，適當的聚焦，是極短篇成功的一半。就〈髮〉兩篇加以比較，明顯可以看出第一人稱的聚焦，擅長心理的細膩描繪，讓讀者感同身受，讀來較為親切；第三人稱外聚焦，擅長事件的客觀報導，讓讀者在「旁觀者清」中照見人生的進境，凝視由「髮」至「法」不同層次的開展。

其次，以「髮」為題材的極短篇佳作，另有：（一）喻麗清〈白髮〉；（二）林剪雲〈髮〉；（三）吳鈞堯〈洗髮〉；（四）張德寧〈沙漠綠洲〉;(五)張春榮〈光頭〉;(六)劉墉〈像今生一樣美麗〉;(七)袁瓊瓊〈黑髮〉。七篇在視角上,多偏好第三人稱外聚焦,偶爾在人物心理獨白時,兼用內聚焦,交織成不同型態、迭生意外的頭髮風波世界。

最後,極短篇的視角,也可以自另類「非人」的觀點切入,形成敘事視角的意外。以「髮」為例,也可以將「髮」擬人,展開特殊的視野,打破讀者閱讀期待,形成不同角度的嶄新的敘述,開拓「光怪陸離」的異想世界。

(三)情節

情節的安排設計,是小說的關鍵所在。極短篇的情節安排,貴於由懸念(suspense)走向驚奇(surprise);尤其在「轉折」(陡轉、區轉、遞升)的瞬間爆破中,揭示全篇立意所在,同時一窺作者巧智慧心的「創造性的解決問題」。

以王鼎鈞〈失鳥記〉為例,由失鳥的寢食難安(起);至第三段的無法找回,知性接受(承):

> 有人養了一隻鳥,那是他最心愛的東西,每天侍候牠、欣賞牠,連作夢也夢見牠。
>
> 可是,有一天,鳥不見了,他忘記把籠子的門關好,鳥飛走了。他實在心痛,很想把那隻鳥再找回來,看見鳥就注意觀察,聽見鳥叫就把耳朵轉過去,可是那些鳥都不是他的鳥。
>
> 有時候,他看見成群的鳥,他希望那隻鳥就在裡面,其實,就是在裡面,他也認不出來。

最後一段如何「轉折」變化(轉、合),則端賴作者的高明安排,精妙立意。

面對這樣的困境，靈珠自握，可以活化思維，另外走出不同的結局。如以下五種：

1 他鎮日焦慮尋找，一直抬頭尋找鳥的蹤影。恍惚之際，轉角迎面撞上車來，來不及閃，整個人彈了起來，頭重重砸到堅硬石塊，血流不止，傷重不治。

2 他為了怕鳥會飛走，於是狠下心來，把新養的鳥的翅膀都剪斷，讓牠們乖乖待在鳥籠，今生今世和牠作伴，永不分離。

3 他在大安森林公園找時，邂逅愛鳥的妙齡女子，兩人越聊越投機，正是「相逢何必曾相識，同是天涯愛鳥人」，兩人走上紅毯的那一端，婚後共同經營一家民宿，一座鳥園。

4 雖然沒找回那隻心愛的小鸚鵡，但他體會人和鳥溝通的重要，於是他下決心學會鳥語，學會和鳥族溝通。最後，他變成現代的「公冶長」，也獲得「鳥音杜立德」的美名，也成為鳥族的代言人。

5 他知道找不回心愛的鸚鵡，是科技不夠先進。於是他發明「鳥跡定位系統」，就可追蹤到鳥飛去的位置。同時，飛走的鳥有的會後悔，會狂 call 手機，因此要發明「鳥音留言信箱」。還有可以研發「智慧型手機」，只要鳥嘴一碰，就可即時通。最後，他一躍而成電子科技達人，大發利市。

就以上五種結局觀之，第一種結局「開低走低」，因小失大，堪稱慘劇，一般人最不願意看到；第二種結局「開低走低」，採取傷害的防範措施，實屬殘忍變態的恐怖飼主；凡此轉折，路越走越窄，由活路走上死路，又見「毀滅式的解決問題」，看不見任何希望，讓人一顆心一直往下沉，只能作為負面教材，提醒讀者切莫重蹈覆轍，引以為戒。

反觀第三種結局則「開低走高」，因禍得福，喜劇收場，最合乎一般讀者期待；第四種結局亦「開低走高」，化不可能為可能，開創出「難能可貴」的專長；第五種結局同屬「開低走高」，化阻力為助力，研發更先進的科技，造福鳥族，更造福人類；幫助自己，也幫助別人。凡此轉折，路越走越寬，柳暗花明又一村的開出新天地，實為「創造性的解決問題」，由低潮中走向高點，化危機為轉機，除了有「溫暖的心，冷靜的腦」外，更有別人「想不到」、「沒想到」、「沒看過」的創意，比起第一種、第二種結局，無疑更勝一籌。

在情節的安排上，除了上述「開低走低」、「開低走高」外，還有「開高走高」、「開高走低」的處理模式。四種模式相互比較，可以明顯看出「開低走低」、「開高走高」的設計安排，前後落差較小，在越來越慘的境遇中（開低走低）或錦上添花的光鮮亮麗（開高走高），往往未能予人驚喜，給人啟迪與感動，較不受讀者欣賞。

反觀「開低走高」、「開高走低」的設計安排，前後落差較大，在倒吃甘蔗的破涕為笑中（開低走高）或事與願違的樂極生悲裡（開高走低），最能予人震撼，最能予人「禍福相生」的深度撞擊，直指因果變化的複雜真諦，供人深思玩味。

綜上所述，可見極短篇的情節，是「高反差」的藝術，在「開低走高」（反敗為勝、逢凶化吉）或「開高走低」（反勝為敗、因福生禍）中，展現「高反差」的高明藝術，在「高反差」中，反差得有理，反差得有根有據，化矛盾為統一，讓人嘖嘖稱奇，拍案叫絕。

四　結論

極短篇是文學的輕騎兵，小切片的精緻顯微鏡。如何讓輕騎兵能屢見奇功，如何小切片能有大透視，則宜多觀察，多商量，多觀摩，以求精進。

第一、有意外才是人生

須知人生處處極短篇，世上不是缺少極短篇，而是缺少發現。一旦舊題材有新思維，新題材有發現；將左右逢源，信手拈來，讓極短篇的創意火花，處處閃耀；極短篇的活力泉源，時時湧現，無入而不自得。

第二、有意義才是王道

極短篇不是無厘頭、瞎掰的捉弄把戲，而是看似無厘頭中，其實有理可尋；看似瞎掰中，另有情感邏輯。因此，「有意義」的意外，才是極短篇的「極品」;「無意義」的意外，只是極短的「笑話」而已。

第三、有意思才是藝術

好的極短篇，要能言之有趣，言之有味。有意思的極短篇，在瞬間概括一生，在矛盾中走向「對立的統一」。尤其在極短篇中，要學會把所有的不幸當成意外，把所有傷痕當成酒渦，競寫清明的觀照，形塑想像的可能，直指人生境界的追尋探索，創造豐美雋永的精悍藝境。

參考書目

瘂弦等　《極短篇美學》　臺北市　爾雅出版社　1992年
隱地主編　《爾雅極短篇》　臺北市　爾雅出版社　1996年
張春榮　《極短篇的理論與創作》　臺北市　爾雅出版社　1999年
張春榮　《極短篇的欣賞與教學》　臺北市　萬卷樓圖書公司　2007年
張春榮、顏藹珠主編　《名家極短篇閱讀與引導》　臺北市　萬卷樓圖書公司　2007年

書評寫作

何淑蘋*

一　前言

何謂「書評」？簡單的說，就是以圖書為對象，評論其特色、價值與優劣的文章。書評固然可以評論舊書，但一般以新書為主，對讀者而言，可得知新書出版訊息，掌握該領域的學術動態。由於書評常點出書籍的優劣、特色，既是閱讀指引，幫助讀者領會，也可作為購書之參考。對作者、出版社而言，書評增加能見度，有助行銷；同時，書評指出內容、編輯的優劣，不僅對作者、出版社有助益，其他撰者、出版社亦可借鑑取法，提升出版品水準。且專業書評常涉及學術觀點的辨證，亦可避免以訛傳訛，兼具促進學術發展的功能。

臺灣書評寫作風氣並不算興盛，因為書評免不了議論，恰與傳統溫柔敦厚的處世之道相衝突。一味歌功頌德，違反書評寫作之原則；然若客觀指出不足，而受評者欠缺雅量，則易與人結怨。所以書評雖有價值，但吃力不討好，願意認真從事者少。然而，出版品良莠紛陳，無人針砭，對文化、出版界的發展皆非美事。因此，有必要提倡書評的寫作，並呼籲學界、出版界要有接受批評的雅量，才不會扼殺或打壓了書評發展的空間。

* 實踐大學應用中文學系兼任講師。

二　書評寫作的態度

閱讀一本書，每個人都會有自己的心得，但領會、見解有深淺之別，寫成書評，也有高下之分，需要以專業知識作為根柢。對書中內容有深切了解、對相關議題有廣泛認識者，所作的書評當然更能一針見血。因此，培養自己的專業，這是基礎、第一步。

撰作書評時，應抱持客觀公正的態度，尤忌預設立場，議論偏頗。對優點、特色應予表彰，但不要過度褒揚；也不能抓住一點錯誤，就全盤抹殺。語氣宜適切、態度應誠懇，若高傲的謾罵，用嘲諷、譏誚的口吻指責，不但有欠厚道，也暴露了個人氣度的窄小。

然而，一個具有專業知識的人，未必能寫出好的書評。評者意見本可作為讀者購書之參考，但倘若本應客觀公正的書評，變成行銷手段與工具，這不但是書評的沈淪，也賠上撰寫書評者的信譽，得不償失。

批評圖書的缺點，是書評寫作最難為之處。除了要有學養、見識道出其不足外，下筆也須特別謹慎，批評本易招致作者的不悅，因此語氣、態度如何拿捏，務必善加斟酌。

三　書評寫作能力的培養

撰寫書評前，應先掌握寫作要領。這類參考著作不難取得，如：蕭乾《書評研究》、徐召勛《書評與書評學》、孟昭晉《書評概論》、徐召勛主編的《書評學概論》和《圖書評論學概論》、徐柏容《現代書評學》、伍杰《書評理念與實踐》、吳銘能《書評寫作方法與實踐》。這些書籍度人金針，細讀一回，讀者應不難從陌生過渡到熟悉。如限於時力，朱榮智〈談「書評寫作」〉、應鳳凰〈書評寫作〉、劉春銀〈撰寫書評的方法〉等文，篇幅都不長，不妨詳讀。

其次，現今資訊流通便捷，初學者不妨蒐集名家、前輩的書評，分析其立意布局、行文風格，借鑑取法，以窺堂奧。而如何尋找適合的書評來觀摩呢？不妨配合專業，瀏覽相關報刊，譬如《科學月刊》常載有科學類的書評，《書目季刊》、《國文天地》則偏重中文學門的國學、文獻學領域，至於現代文學的書評，散見各大報副刊或《文訊》、《聯合文學》等刊物，也可利用《臺灣現當代作家評論資料目錄》來檢索。

不少作家、學者，書評先散見報刊，之後再彙成專書，例如：司徒衛《書評集》、《書評續集》，林燿德《重組的星空：林燿德論評選》、《期待的視野：林燿德文學短論選》，龍應台《龍應台評小說》，南方朔《魔幻之眼》、《靈犀之眼》、《新野蠻時代》，楊照《文學的原像》、《在閱讀的密林中》，張瑞芬《未竟的探訪：瞭望文學新版圖》、《狩獵月光：當代文學及散文論評》、《鶯尾盛開：文學評論與作家印象》、《春風夢田：臺灣當代文學評論集》、《荷塘雨聲：當代文學評論》，李奭學《書話臺灣：1991~2003文學印象》、《臺灣觀點：書話中國與世界小說》。如能多看，定可獲得啟發。

一本書問世後，有時回響熱烈，引發大量討論，如龍應台《大江大海一九四九》、齊邦媛《巨流河》等皆是。若能先將該書看過，寫成一篇評論初稿，再蒐集其他評文，比較觀點異同，可藉以訓練思考力、分析力，是提升書評寫作水準的好辦法。

四　書評寫作的步驟

（一）選擇對象

寫書評，首先要選擇評論的對象，不妨考慮選擇專長的類別，或原就熟悉、偏愛的某一作家、作品。從感興趣的入手，對文本自會認真通讀；從熟悉或專長的類別入手，則所見容易深入。

如何在浩瀚書海中尋覓值得一評的書呢？書店常將新書擺在明顯的位置，常逛書店便可獲知最新訊息。另外多瀏覽網路書店，或點讀「全國新書資訊網」[1]，都能掌握新書動態，從中覓得評論的對象。

是否書評只能評論好書？不然，偽造抄襲或具爭議的著作，也可成為批評對象，例如沈津〈一部剽竊、篡改《中國古籍善本書目》的偽劣圖書——評《中國古籍善本總目》〉，對劣質出版品、出版歪風，給予當頭棒喝，貢獻不小。《問學：余秋雨與北大學生談中國文化》入選二〇〇九年大陸「爛書排行榜」，媒體報導理由是：余秋雨自稱「創製了中國文壇散文式文化通史」。然而，本書空洞無意，文化問題仍然變成了一場盛大的余式抒情。[2]——此說是否公道？讀者不妨重新審視。

（二）閱讀文本

掌握所評對象，是書評寫作的根本。著手下筆前，須通讀全書，力求了解內容、掌握底蘊。指導閱讀方法的著作不少，莫提默・艾德勒（Mortimer J. Adler）、查理・范多倫（Charles Van Doren）的《如何閱讀一本書》頗值得推薦。閱讀是豐富心靈的饗宴，是尋幽訪勝的旅程，只要深入玩味，就能有所領會。

既欲進行評論，就不能隨興披覽，而應有目標的閱讀。不妨先略讀，有粗略認識後，再精讀，仔細探索。閱讀的同時，應隨時撮錄要點，筆記便是撰稿的基礎。而書評寫作，關注的不只是內文的形式、內容，舉凡書籍的選題與命名、章節的名稱與編排，甚至書籍的印

---

1 http://isbn.ncl.edu.tw/NCL_ISBNNet/。

2 引自《中國時報》，2010年2月12日。

刷、裝幀，插圖、封面、封底的設計，附錄、索引的編製，評者皆可留意。

（三）蒐集資料

除了評論對象本身外，相關著作和該主題的知識背景也宜多方涉獵，以充腹笥，這樣批評方能揮灑裕如。惟有廣博涉獵，才能拓寬視野，觸類旁通。另外，其他評文也應蒐集，一來盡量言人未言，闡發不同觀點，二來若前人的評論已深刻，無法後出轉精，則宜另擇他書，毋須重複撰寫。

至於蒐集途徑，書評因散見報刊，查找不易，最便捷的途徑就是利用網路檢索，尤以國家圖書館「臺灣期刊論文索引系統」最便使用。餘如向師長請益、與朋友交換心得，及瀏覽作家部落格等，也可獲得豐沛資訊。

（四）撰寫初稿

撰寫時應設想擬投稿的報刊，先了解稿約規定。有些刊物雖有書評專欄，但採約稿制；有些限制身分，如必須是大專院校教師。書評篇幅亦有限制，或幾千字，也有長達數萬字的。如《全國新書資訊月刊》規定須以臺灣近半年內出版品作為評論對象，且文長以兩千四百字、三千六百字、五千字為原則。

同時，也應觀摩該刊物所刊登的書評，掌握刊物之定位、讀者群。如屬較學術、專業的刊物，估計讀者已熟知的，可略去不談，或簡單帶過，無庸多費筆墨，可寫得更深入、學術些；如屬通俗刊物，則應寫得平易近人，避免賣弄專門術語。預設投稿刊物、讀者群後，可先擬訂大綱，再據以逐項撰寫。

（五）潤飾校對

初稿完成後，需重讀數遍。應檢視內容觀點，刪去謬誤、補充不足。引述部分，宜查核原書，避免轉引。註釋部分應檢查著錄項、頁碼。行文方面，宜刪除冗贅、潤色修飾，力求明白暢達，期能精彩動人。發表前應自行反覆誦讀，多番斟酌，盡力潤飾校對。如能請同儕、友朋協助把關，奉請師長斧正更佳。

五　書評的基本結構與作法

書評之基本結構，包含「標題」和「正文」兩大部分。

（一）標題的類型與作法

標題中最樸實的形式是以「評＋書名」、「評＋作者姓名＋書名」為題，如黃秀政〈評吳文星《日據時期臺灣師範教育之研究》〉，簡單俐落。為求醒目、引人注意，對標題也可加以講究。將作者、書名移作「副標題」，而「主標題」則出現各種別出心裁的樣式。常見標題模式有：一、以揭示書籍主題、內容、作用為題，如鐘友聯〈帶著它，賞鳥去——評《臺灣鳥類全圖鑑》〉。二、以評語、評價為題，如吳銘能〈此中空洞無物——評《2000臺灣文學年鑑》〉。三、以反詰、從原書名取材為題，如陳映湘〈纏綿以後呢？——評曹又方《纏綿》〉。四、以名言為題，如張輝誠：〈人情有所不能忍者——評張大春《富貴窯》〉。

（二）書評正文的內容

寫作書評與讀觀後感，都先預設讀者未曾看過此書，因此，必須以簡要的文字，為讀者搭起認識的橋梁，也為書評後續的分析、評論預作準備。因此，以下內容常是書評必備的成分，也常在書評前面部分就做交代。

1 書籍的基本資料

可在行文中交代作者、譯者、書名、出版社、出版日期等。有些刊物的書評專欄體例，慣將書籍基本資料，甚至包括總頁數、書價、ISBN 等訊息，配合書影，獨立呈現在書評的正文前。

2 作者、譯者簡介

對作者需費多少筆墨介紹，必須考慮其知名度和讀者的認知。如果作者是龍應台、陳文茜等大家耳熟能詳的名人，就毋需贅述；反之，則應稍作介紹。譯者一般或不提，或僅簡略帶過，但亦視情形而定。

舉例來說，如評《書的手藝人》，不但作者伊勢英子需介紹，譯者鄭明進是臺灣兒童繪本界的大師，也不能忽略。如評《投資大師羅傑斯給寶貝女兒的12封信》，作者 Jim Rogers 雖是美國投資界的傳奇人物，但臺灣讀者多半不認識，必須介紹，而譯者是赫赫有名的洪蘭教授，原可簡單帶過，但她在書前「導讀」暢談翻譯動機，是希望在急功近利的社會中，透過投資大師分享「發財」之道，將書中的金玉良言深駐讀者心中。如此一來，譯者及譯書動機也很值得一提。

3 概介書籍性質、內容

有些人在這部分的介紹過多、過詳，佔了絕大篇幅，以致壓縮評論的空間，使書評不像書評，而像全書大意介紹。概介的篇幅，應力求言簡意賅。有時把各章標題點出，讀者即可瞭然。如魏國彥〈妳酷、我酷，地球酷——評介《地球暖化，怎麼辦？》〉：

> 全書分為五章，全球氣候變遷危機、京都議定書——愛地球的一份重要約定、溫室氣體減量大作戰、健康城市「COOL」點子、全民生活大革命。文字雖淺顯，但是呈現的資料非常紮實，背後有深厚的學術基礎，理論與實務融會貫通，真正做到深入淺出，是一本少見的環保好書。[3]

除簡介全書外，對所評的書籍，難免會有引述，夾敘夾議，未嘗不可，如果是一字不差的引用，須加引號或採段落引文方式，讓讀者分得清是原書的論述或書評作者的見解。

除概介外，書評的使命是對特色、優劣做出具說服力的評價、建議，這是書評正文的重點。換言之，不能浮泛的說，必須舉證、說出道理來。如龍應台〈淘這盤金沙——細評白先勇《孽子》〉，指出角色語言運用上的瑕疵，使得「龍子和阿青的教育背景相當懸殊，兩人的口氣卻如出一轍」[4]，為取信讀者，引述小說對白為證，讓人一看即能贊同其說。

（三）書評正文各部分的作法

書評如何行文、布局，涉及書籍的性質、書評作者欲論述的內容，也關乎刊物定位、讀者訴求，因此並無固定範式，各自發揮。如果篇幅較長，偏向學術性的書評，可依常見論文格式立章節標題。然而，前〈緒言〉、後〈結論〉的學術論文格式，對較雅俗共賞的書評，可能略嫌生硬和嚴肅，不妨改成安插具勾勒重點、畫龍點睛之效的段落小標。

---

3 魏國彥：〈妳酷、我酷，地球酷——評介《地球暖化，怎麼辦？》〉，《全國新書資訊月刊》第95期（2006年11月），頁23-24。

4 龍應台：〈淘這盤金沙——細評白先勇《孽子》〉，《龍應台評小說》（臺北市：爾雅出版社，1985年），頁3-19。

段落小標以六至十二字左右的長度居多，可擷取關鍵字句或以精彩的字句概括段落意旨為小標。安插宜稍均勻分布，可與全篇標題呼應，但不宜重複。如黃久華〈贏局貴在佈局——反思《贏在軟實力》〉[5]，在三頁的篇幅中，均勻地安插了「站在高峰上・看見軟實力」、「硬實力・軟實力・巧實力」、「關鍵思維・孕育觀念・引領變革」、「相信改變・接軌世界・佈局贏局」四個段落小標，更能吸引閱讀，並有助掌握段落大意。

正文基本內容結構可分開頭、主論、結尾三部分，以下列舉常見的寫法，供初學參考。

1 開頭

評文開端寫法多樣，蕭乾《書評研究》歸納出「引人入勝的」、「揭布內容的」、「史的追溯」、「宣示批評的步驟及基準」、「推崇的」、「批評的」、「詮釋的」七類，其下再細分三十一種，可見隨人變化，原無定法。

觀察目前的書評，開端寫法多樣，如：揭示主旨、簡介原書、概述作者、說明書籍之命名、交代書籍寫作背景，都是常見的開頭。或提出一個問題作為開頭，或節錄相關的名言，或引述書籍的重點，或引述他人對該書、該作者的評價等等，不一而足。譬如李奭學〈記憶與遺忘——評高行健著《一個人的聖經》〉，首段是：

> 高行健的長篇小說向稱鉅製，繼《靈山》之後推出的《一個人的聖經》也不例外。新、舊作的類似處當然不止於篇幅，舉凡

5　黃久華：〈贏局貴在佈局——反思《贏在軟實力》〉，《全國新書資訊月刊》第136期（2010年4月）。

> 人稱的切換、獨白式的敘述風格或用字遣詞，《一個人的聖經》都不出《靈山》的塵影。那麼新作豈非多餘？非也，差異仍然一眼可見。《靈山》是桃源樂土的朝聖行，《一個人的聖經》卻徘徊在時間的洪流中，由記憶與遺忘交織而成。[6]

以高行健新、舊作品相對比，扼要勾勒出兩者的差異，讓讀者能先有粗略的概念。

2 主論

開頭可以揭示主旨、簡介原書和作者、交代書籍寫作背景、說明書籍之命名……，但開頭能交代的畢竟有限，所以未及談論的，就只好放在主論中。

一般主論寫作，常見採用先「介」後「論」方式。例如楊青〈福爾摩沙之歌——評《臺灣當代作曲家》〉[7]主論部分首先將江文也等這十二位作曲家略作簡介，其次歸納該書五項特色、三項優點，並指明兩項有待改進之處。全篇先「介」再「論」，次序分明，條理井然，評論得失也具體，可供初學參考。

3 結尾

書評結尾與開頭一樣變化多端，蕭乾《書評研究》分析出「申斥的」、「諷諫的」、「聲明的」、「獎譽的」、「指示的」、「批判的」六類。應鳳凰〈書評寫作〉簡化為「借題抒發型」、「批判與諷諫型」、「祝願

---

6 李爽學：〈記憶與遺忘——評高行健著《一個人的聖經》〉，《台灣觀點：書話中國與世界小說》，頁192。

7 楊青：〈福爾摩沙之歌——評《臺灣當代作曲家》〉，《全國新書資訊月刊》第103期（2007年7月）。

期望型」、「總結概括型」四種。簡言之，不論採用哪一種寫法，切忌虎頭蛇尾，疲軟無力，使終篇成敗筆所在。

例如張瑞芬〈飄零的六〇年代散文——我讀陳芳明《臺灣新文學史》〉，篇末云：

> 面對文學史這「無止無息的造山運動」(陳芳明語)，對於散文，我們不但需要參酌楊照所謂「文壇史」的概念（不能再理論先行），也需要更多研究者加入此一領域。只有對各家作品細密的閱讀與詮釋之後，才能深入理解散文創作的潮流、演變與趨勢，進而成就較全面而合理的散文論述。於陳芳明教授，我衷心覺得相當不容易了（至少短時間內沒人能寫出一本質量相當的論著來），對於我自己，只希望不要再光說不練，也該具體拿出點成績來了。[8]

作者在主論著力指出本書的重大疏失——無法還原散文發展的真實樣貌，因此結尾表達整體而言對作者抱持肯定敬佩的態度，至於本書「最沒有著力點」、「最力不從心」[9]的散文，則勸勉學界、督促自己一起更積極投入研究，以期梳理流變、釐清脈絡，讓散文在文學史上擁有合理適切的位置。

---

8 張瑞芬：〈飄零的六〇年代散文——我讀陳芳明《台灣新文學史》〉，《荷塘雨聲》，頁177-178。

9 張瑞芬：〈飄零的六〇年代散文——我讀陳芳明《台灣新文學史》〉，《荷塘雨聲》，頁171。

六　結語

書評的寫作，一方面可培養自己思辨的能力，一方面書評也是抒發意見的管道，對出版品做出優劣的評價，以免劣幣逐良幣，以訛傳訛，也可說是對社會的責任、貢獻。

想培養撰寫書評的能力，應厚植學養，從介紹書評寫作的著作中，領略寫作的理論和方法，並多觀摩名家的書評。執筆寫作，應秉持客觀的態度，以謙虛、適切的語氣行文，並依選擇圖書、閱讀文本、蒐集資料、撰寫初稿、潤飾校對等步驟進行。要言之，只要用心蒐羅資料、閱讀文本、爬梳內容、思考問題，定可有所收穫。勤讀、勤寫、勤投，相信能由初生之犢脫胎成文筆暢達、析論精當的書評高手。

影評寫作

李志薔*

一　前言

就像書有書評，樂有樂評。電影也有影評。在一部電影的生產過程中，一般而言，需要龐大的資金、專業人才和攝製、產銷體系才能完成。從企劃、籌資，到編劇、選角的籌備期；進入實際拍攝的製作期；電影上映前後，大量的廣告和行銷宣傳曝光，「影評」在此電影行銷的後端，擔負著推介、反映、迴響和批判的角色。一篇有影響力的影評，不但會牽動影片的票房和口碑，甚至可能會影響該部電影在影史上的地位。有時候，即使電影已經下片，透過 DVD 和網路的傳播，影評的效力也仍持續在進行著。

影評基本上是西方的產物，法國深具影響力的《電影筆記》雜誌，當年便造就了楚浮、高達、夏布洛等人的文名；這些人隨後陸續跟進拍電影，成為帶動法國電影新浪潮的推手。臺灣早期影評皆發表

* 前臺灣大學機械研究所畢業，為國內知名之小說家，並曾擔任多部影片及紀錄片導演、編劇、監製等職務。曾獲聯合報文學獎、臺灣文學獎、中國文藝協會青年文學獎、台北電影委員會金劇本大獎等三十餘項。
第一部劇情電影《單車上路》，獲譽全片有種獨特散文詩的氣息，德國曼漢姆及福岡影展亦評該片為亞洲電影開發了新的視野。二〇一〇年電視電影《秋宜的婚事》獲金鐘最佳電視電影等三項提名。二〇一一年有劇情長片《十七號出入口》、《你現在在哪？》等。

在報紙或文藝相關雜誌，影評人兼具記者、編輯或學術身分，「臺灣電影新浪潮」（1982-1986）之前，較具代表性的有黃仁、劉藝、景翔等人；代表性雜誌如《劇場》等。一九八〇年代起，新銳影評人夾著新觀念登場：焦雄屏、陳國富、藍祖蔚、韓良憶、韓良露、曾偉禎、游惠貞、黃建業、劉森堯、李幼新、聞天祥等人，也推波助瀾地促成正在風起雲湧的臺灣新電影運動。而當時除了報紙報導之外，最具代表性的媒體是《影響》雜誌。

在紙本影評時代，影評人具有相當的權威性和壟斷性，影評文章通常也會集結出書。然二〇〇〇年之後，拜網路興盛之賜，讀者蒐集資訊或互動交流的管道變多，紙本影評的權威和壟斷的影響力也逐漸消失，取而代之的，是素人影評或部落客達人的崛起，或專業影評紛紛轉入網路發展。目前較具代表性的如中央大學經營的《放映周報》、「開眼電影網」的影評專欄或中時電子報的「電影部落格」等。而前述的重要影評人，也紛紛跨入電影產業發展：如陳國富轉往大陸，成為華誼兄弟電影公司總監及導演，焦雄屏往來兩岸成為重量級製片人；藍祖蔚在廣播電台主持電影與音樂節目，並在網路平臺播大書寫影評；而游惠貞、聞天祥等人也成為臺灣重要影展的策展人（如金馬國際影展、台北電影節、臺灣國際紀錄片雙年展等）。可見登堂入室的影評人，其發展空間頗大，由評論而入創作或電影製作產業，均佔有極大之優勢。

二　寫作影評的素養及準備

（一）認知

作品，因為有欣賞者的評論和詮釋，效果加乘，使其內容變得更加豐富。對於有志於影評寫作者，應該建立一個觀念，即「創作者與欣賞者是同位階的」。好的評論也需要堅實的功力，不需妄自菲薄。藝術家、作品和鑑賞者的關係應該成為一個鐵三角，影評作為電影和觀眾之間的溝通橋梁，其精準、巧妙的分析足以為電影加分，並促進觀眾對影片的理解。影評人乃電影創作者之知音，有時候「前衛作者電影」的存在須透過影評進步的視野，方能取得觀眾的認同，並獲得其時代之地位。

（二）養成

電影號稱「第八藝術」，屬於綜合創作媒介。鑑賞電影有別於文學創作，除了故事創意和文字技巧、美學之外，還包含攝影、音樂、美術、構圖、燈光、場景、戲劇、表演、造型、服裝等等之總體表現；有時候甚至包含動畫、合成或製作技術。所以，寫作影評養成時期，平常必須對各類藝術表現形式多所涉獵，不論繪畫、音樂、舞臺劇、小劇場或平面攝影，了解每種創作媒材的長、短、優、劣，以及在電影中運用的主從關係，方能在下筆寫作時觸類旁通，言之有物。

（三）多多閱讀和觀賞影片

所有的學養養成，幾乎都從「閱聽」開始。看經典電影、讀電影史，甚至多閱讀文學書籍，熟悉創作之形式和說故事的方法，都是必要的先期準備工作。當你了解了電影的發展脈絡，電影和其他藝術競爭和合作的微妙關係，以及科技發展對電影製作帶來的影響和助益時，才能精確評估一部電影的成績。甚至，當你熟稔文學創作技巧，便能判斷一部影片的故事養分來自何處？敘事結構與形式巧妙與否？而熟悉文學的各種欣賞與評論技巧，也有助於影片的評析。

（四）熟悉各種電影類型

電影的內容和說故事的方法雖然千變萬化，但電影一百年來的發展，其核心精神和故事走向通常有著一定的「原型」。熟悉各種商業電影類型，有助於寫影評者抓準創作走向和傳達的精神價值，對於分析論斷一部作品有很大的幫助。一般商業電影類型約略可歸納如以下幾種：

（1）西部片　（2）警匪片　（3）黑色喜劇
（4）脫線喜劇　（5）通俗劇　（6）情境喜劇
（7）恐怖片　（8）科幻電影　（9）戰爭片
（10）冒險電影　（11）奇幻影片　（12）史詩電影
（13）運動電影　（14）傳記電影　（15）諷刺劇
（16）勵志片　（17）公路電影　（18）社會寫實片
（19）愛情文藝片

每種電影類型各有其說故事的手法及特色，但多數電影不會只是墨守成規或遷就一種類型。譬如魏德聖的《海角七號》的原型便是「樂團勵志片加情境喜劇和愛情文藝」。而戴立忍的《不能沒有你》則屬「社會寫實片加親情倫理通俗劇」。

許多創作型或藝術片的導演更是以突破類型框架為其挑戰，難以任意歸類；但熟悉各種電影類型，對於掌握影片核心精神而言，依舊是相當好的一個工具。

（五）勤於蒐集資料

影評寫作需要各種參考資料，比如導演和製作團隊的背景，導演還有哪些電以作品，其創作主軸和方向為何？電影中用了哪些明星演員，拍攝期間有哪些傳奇故事？抑或這部電影在海外其他地區的賣座或評價如何？是否得過影展獎項？內容題材放在臺灣是否有其爭議或容易獲得共鳴之處？等等。如此，才能寫出一篇質量俱佳的影評。現在資訊十分發達，從前只有專業影評人可以獲得的材料，透過網際網路搜尋管道，一般初學者也可以蒐羅得到，善用網路資料，對於寫作影評會有不小的幫助。

三　影評的類型

一部電影，同時具有商業性和藝術性元素。商業者，透過明星、議題、宣傳、行銷來吸引觀眾進入戲院，一般手法較為商業、通俗。藝術性上，乃作品之完整性、成熟度、精緻度和深刻程度，是否達到藝術要求的水準。有的電影會偏向光譜的某一面，成功的電影，則能將兩者融合得十分妥切。影評通常會考慮發表管道、用途與字數限制，再訂定寫作策略。其依性質概略粗分如下：

(一) 個人式影評——多見於個人網站或個人部落格

由於時代的變遷，影評發表模式逐漸由「紙本」走向「網路」，因而降低了影評寫作與發表的門檻。人人可以針對喜愛或討厭的電影發表意見，並張貼出來和朋友交流分享。是故，這類影評文章水準參差不齊，很多只是感性的抒發或印象式的書寫，只能稱是「觀影心得」，沒有組織、重點與裁剪，更無法達到專業評析之要求。然而沒有門檻的網路平台，卻是初學者很好的一個習作管道。許多「部落客達人」便因此一躍成為專業影評人，影評文章也集結出版成書。

（二）通俗性影評——通常發表於大眾媒體（如報紙）和娛樂雜誌（或網站）

此類影評多出自影視記者或專業影評人之手；但為了吸引大眾讀者，通常會強調「雅俗共賞」。是以內容更多偏重電影觸及的議題以及故事的綱要，或者電影當中用了哪些明星演員？拍攝期間有哪些令人好奇的故事？等等。某種程度偏重「報導」的比例，而較少對藝術表現手法或議題挖掘的深刻度作出評析。其優點是容易閱讀，並且勾起閱聽大眾觀看電影的興趣。

（三）藝術性影評——多見於影展公報、專業性影評網站或學術性電影雜誌

此類影評較能言之有物，並且對影片本身做出有觀點的詮釋和批判。評論者會針對關於一部優質電影的必要元素如：導演風格、表現形式、導演的場面調度能力、劇情的深刻完整與否、團隊製作之精劣、美術質感、攝影手法、燈光表現或演員詮釋的說服力……等等，視篇幅大小作出重點評析。有時甚至作出抽象的延展和哲學的論辯，企圖與影片作品產生對話。此類影評的缺點是閱讀門檻較高，且個人風格強烈，但是比較可以流傳久遠，經得起時代的篩淘。

四　影評寫作的重點

影評者，透露的乃是寫作者觀看一部電影的方式及角度，並在其功用上強調引介、傳播之特質。文章的寫法難有定式，也不能格式化要求初學者依樣填充框框。筆者僅強調寫作之原則、策略及其重點，透過簡短的舉例印證，希望讀者能了解其中精要，融會貫通，並舉一反三。

（一）觀點

寫一篇影評，最重要的是要有自己的觀點，而非只是新聞或資料的堆砌。誠然，參考蒐集來的資料是寫作前必要的準備，但若一篇影評只有資料堆疊，就難逃「剪貼」之譏，更無法呈現寫作者的獨特眼光。創作和評論本來就蘊含某種程度的主觀性 （當然也有一定程度的客觀性），初學影評之人一定要放下心防，大膽呈現自己綜合評斷的觀點，不論好壞皆能充分提出論點和理由，並佐以證據說明，才能成為一篇好的影評文章。至於綜合評斷的要素，可詳見底下（二）至（四）所述。

（二）導演風格

最能呈現綜合評判標準的，非「導演個人風格」莫屬。而所謂導演，乃是指以導演為首的創作者，其歷年來作品的特色、關心之議題、擅長的表現手法及其美學的總體表現，能夠形成個人創作特色且成一家之言者，謂之具有「風格」。尤其以「作者論」為評論重點的領域，導演風格的陳述與評析是不可免的重點。以臺灣地區讀者熟悉的導演為例：

- 侯孝賢導演——擅長國族歷史和時代氛圍的經營（《悲情城市》、《戲夢人生》、《好男好女》等）。長鏡頭攝影美學是其標記。
- 楊德昌導演——以犀利的鏡頭，精準剖析臺灣都會中產階級虛偽醜陋之一面。擅長多條敘述線、理性思辨的敘述風格，深刻檢視當代的台北都會。（《恐怖分子》、《獨立時代》、《一一》）
- 蔡明亮導演——擅長描繪個體生存的孤獨、寂寥，以及人與人之間的疏離與隔閡。（《愛情萬歲》、《河流》、《你那邊幾點？》）
- 王家衛導演——極端風格化的視覺影像、富有後現代詩意的表述

方式，精準掌握現代都市人對愛情的執著與耽溺。(《阿飛正傳》、《重慶森林》、《花樣年華》)

(三) 故事內容與蘊藏題旨剖析

電影是一個最重「說故事」的創作媒介。因為以人類心理學的條件，觀眾坐在密閉的戲院二個小時，唯有「故事」發展可以吸引他們持續關注下去，但卻又無法停下來休息，對方才的情節內容加以咀嚼思考。很多想傳達的意旨都藏在故事的背後，不像小說、散文可以用文字發表直接而抽象的議論。是以觀看一部電影，劇情的完整度、邏輯性、戲劇張力和用影像說故事的順暢性……等等，經常成為評價一個導演夠不夠成熟的首要條件。

而故事內容亦即指「探討的是什麼議題？」。許多藏在故事背後的道理，需要影評人透過犀利的眼光，穿針引線做為觀眾和導演之間的橋樑。舉例說明：

1 電影的議題具有怎樣的價值和其時代性？──《王者之聲：宣戰時刻》突破傳統傳記的手法，揭露政治其實是某種（聲音的）「表演學」。

2 電影對社會現狀的呼應與批判──《不能沒有你》在感人的親情之外，對社會不公與公務人員僵化體制的批判。

3 對幽微題旨的剖析──波蘭導演奇士勞斯基《藍色情挑》、《白色情迷》、《紅色情深》三色電影中，對於自由、平等、博愛意在言外的詮釋。

(四) 表現手法分析

初學影評者應該有一基本認知，大多數藝術創作的批評原點可簡化為兩大項，即「寫什麼？」和「如何寫？」所謂「寫什麼？」即是前項所述「故事內容與蘊藏題旨剖析」，而「如何寫？」便是導演的「表現形式與創作手法」。通常能夠把形式與內容搭配得宜的電影，便是一部好作品。

劇情電影發展至今，約一百一十餘年，其表現風格約略可粗分：

1 寫實主義電影——企圖盡量以不扭曲的方式再複製現實的表象，大部分導演強調「內容」比「形式」和「技巧」重要。其最高準則是簡單、自然、直接。[1]代表性作品如戴立忍的電影《不能沒有你》。

2 古典主義電影——介於寫實主義和表現主義之間。大多數電影多落在此列，比如李安的電影《色戒》。

3 表現主義電影——導演關切的是如何表達他對事物的主觀和個人的看法。攝影機被用來評論事物，是強調本質意義而非外在現實的方法。代表性作品如蔡明亮電影《天邊一朵雲》或王家衛電影《2046》等。

一般人談電影皆著重主題內容，甚至簡化為「好不好看？」或「感人與否？」，這雖然是其中一項指標，但以專業影評的角度無法服人。是以必須就其他藝術表現細節加以分析。所謂「表現形式與創作手法」，以（非動畫）劇情電影為例，可約略歸納為以下幾點：

（1）劇本的結構與創意　（2）導演風格

（3）鏡頭語言　（4）剪接方法與節奏

（5）電影美學　（6）造型、美術、燈光等技術美學

（7）導演的場面調度　（8）演員選角與說服力

（9）配樂之運用　（10）特效與動畫等輔助元素運用成功與否。

---

1 見 Louis Giannetti 著，焦雄屏譯：《認識電影》（臺北市：遠流出版事業公司，1992年），頁4。

以上僅是大體分類，難免會有小部分重疊。寫影評者切入的策略，可以參考一般國際影展或金馬獎頒發獎座的項目，即為鼓勵導演、劇本、攝影、燈光、美術、造型設計與動畫特效等高水準的表現，出類拔萃者，甚至可提升至藝術家或大師的境界。

（五）美學分析

如同文學有「文字美學」；電影當然有「電影美學」。所謂「美學」者，指一切藝術審美條件之綜合論述，趨近哲學層次的抽象概念。電影由影像組構而成，其美學亦由構成影像之內容條件建構形成。譬如：影像質感（灰樸或精緻）、色彩（艷麗或樸拙）、光影（柔和或堅硬）、攝影及剪接節奏（舒緩或躁動），以及聲音和配樂如何與影像對位？戲劇呈現方式與對白的多寡等。比如侯孝賢的電影特寫極少，擅用「長鏡頭」營造舒緩的戲劇張力，為其代表性美學。而楊德昌對「畫外音」的巧妙運用，成為他最鮮明的導演風格。蔡明亮的電影對白極少，幾乎完全以影像說故事。王家衛在電影《2046》幾乎全用演員特寫表現，以強化人物情緒，捨棄場景交代，塑造一種跟侯孝賢截然不同的電影語言。

這樣的表現形式，基本上都跟導演的美學理念有關。能夠深入評析作品的美學風格，庶幾可以接近導演創作時的原始構想，亦必能作出切中要點的評論。

（六）標題

好的標題對一篇影評而言，雖然非屬必要，但卻能有錦上添花的效果，甚至在傳播效應和吸引讀者的效益上，有其不可抹滅的貢獻。是以初學影評者在下標題時，亦應特別用心。必須謹記：「標題是內容的一部分」。當對影片的觀點和想法充分沉澱之後，務必運用豐富學養與創意，去選擇一個適切的題目當作標題。

好的標題會讓讀者眼睛一亮，產生與電影的關鍵聯想，又引起讀者的好奇，試舉幾個例子：

1 流出眼淚，終結悲情（鄭秉泓評介鄭文堂《眼淚》2010）
2 另一個越戰叢林（焦雄屏評介《華爾街》1988）
3 前方吃緊，後方緊吃（何英傑評介《權力風暴》2007）
4 王者之聲，勝利者的聲音（聞天祥評介《王者之聲》2011）
5 非誠勿擾 2：愛情相聲（藍祖蔚評介《非誠勿擾 2》2011）

這些都是知名影評人的下標功力的展示，唯賴豐富的學養與靈活的創意。從典故、從成語、從片名、從俐落的口語中尋找靈光，做出最佳的選擇。

五　寫作影評之注意事項

學習影評寫作者，除了要對上述寫作策略及重點融會貫通之外，還有幾點必須特別注意。

(一) 切勿爆雷

由於電影有別於小說或其他類型作品，觀眾必須自願密閉在戲院裡觀賞約兩個小時，以人類心理學上的需求，必須特別注重「說故事」。有情節的推展、人物因果關係和故事的精彩結局才能吸引觀眾目不轉睛繼續看下去。是以，一般影評雖然難免討論到劇情，到不宜從頭到尾全盤描述，甚至應該避掉某些關鍵部分，讓後續觀眾可以保有觀看影片的新鮮感。如果影評人不慎把重要劇情托出，網路上俗稱

「破梗」或更嚴重的「爆雷」，則將被讀者指責，甚至遺棄。至於如何在申論觀點、舉例說明和推演時不要「爆雷」，則需要寫作者自己拿捏。

（二）開頭與結尾

一般文章可分為「開頭」、「中間」與「結尾」三部分。其比例和寫法雖然沒有一定範式，但一般見諸報章雜誌，千餘字的影評文章最為常見。如此篇幅的影評，開頭和結尾就顯得十分重要。

中間部分，當然是依照影評剖析的重點盡量詮釋作者觀點；但一個好的「開頭」猶如一個好的標題，則是吸引讀者目光，專心致志讀下去的重要動力。有人開宗明義就把最重要的評語／觀點寫出來，以引人入勝；有人則從時事話題等導入，烘托全片精神。

而「結尾」的表現，最能看出影評的功力。一段好的結尾餘韻猶存，令讀者思之再三，不僅精準評斷一部影片，也總承整篇文章的觀點。好的結尾貴在簡潔有力，餘韻猶存，令讀者印象深刻。

六　結論

一篇影評，根據其發表管道，各有期長短不一的篇幅。而影評人也不一定是全才，無法有足夠的字數和學養將上述重點一一析論，只能針對個人擅長部分做比較充分發揮，成為深刻有力的詮釋。除了平時努力充實自己，多多觀影、閱讀和寫作之外，一個成功的影評人亦應該遵守評論者的寫作倫理。蘇聯詩人加姆札托夫給書評人的建議，亦可以轉化用在影評人的身上：

1 對好的東西始終說好，不好的始終說壞——影評常伴隨電影的行銷宣傳，有時有極大的商業利誘，但良心的評論者應有所堅持，勿作應酬文章。

2 要談影片裡說過的東西，不要談影片沒有的事情——影評應避免自己天馬行空推衍，過度則成個人式想像。

3 不要當隨風搖擺的人物——寫影評者要從訓練中培養個人風格及信心，堅持自己觀點，不要被外在因素影響判斷。

4 不要用自己還不理解的東西來開導別人。

總而言之，一篇影評本質上屬於實用的寫作形式。影評雖然有別於創作；但基本文字技巧還是必要之要求。如何在流暢達意之外，還充滿文采和犀利的觀點，做出鏗鏘有力的評價，是每個影評人念茲在茲的目標。就如本文開頭所述，一篇有影響力的影評，不但會牽動影片的票房和口碑，甚至可能會影響該部電影在影史上的地位，吾人能不慎乎？

參考書目

Louis Giannetti 著　焦雄屏譯　《認識電影》　臺北市　遠流出版事業公司　1992年

JAMES MONACO 著　周晏子譯　《如何欣賞電影》　臺北市　電影資料館出版　1983年

焦雄屏著　《閱讀主流電影》　臺北市　遠流出版事業公司　1990年

黃建業、張偉男譯　《電影經驗》　臺北市　書林出版社　1992年

劉森堯編著　《導演與電影——當代十位代表性電影靈魂人物》　臺北市　志文出版社　1977年

鄭秉泓著　《臺灣電影愛與死》　臺北市　書林出版社　2010年

李志薔著　《電視電影・偶像劇》 臺北市　遠足文化出版社　2004年

中時電子報「電影部落格」　http://blog.chinatimes.com/posts.html?cateid=7

開眼電影網「e 週報」　http://app.atmovies.com.tw/eweekly/eweekly.cfm

中央大學「放映週報」　http://www.funscreen.com.tw/

KingNet 影音台「影評專欄」　http://movie.kingnet.com.tw/movie_critic/

通識教育叢書・通識課程叢刊 0202002

中文實用寫作二十講

主　　編　張高評
責任編輯　邱詩倫
特約校稿　林秋芬

發 行 人　林慶彰
總 經 理　梁錦興
總 編 輯　張晏瑞
編 輯 所　萬卷樓圖書股份有限公司
　臺北市羅斯福路二段 41 號 6 樓之 3
　電話 (02)23216565
　傳真 (02)23218698

發　　行　萬卷樓圖書股份有限公司
　臺北市羅斯福路二段 41 號 6 樓之 3
　電話 (02)23216565
　傳真 (02)23218698
　電郵 SERVICE@WANJUAN.COM.TW
香港經銷　香港聯合書刊物流有限公司
　電話 (852)21502100
　傳真 (852)23560735

ISBN 978-957-739-986-1
2016 年 4 月初版
定價：新臺幣 460 元

如何購買本書：
1. 劃撥購書，請透過以下郵政劃撥帳號：
　帳號：15624015
　戶名：萬卷樓圖書股份有限公司
2. 轉帳購書，請透過以下帳戶
　合作金庫銀行　古亭分行
　戶名：萬卷樓圖書股份有限公司
　帳號：0877717092596
3. 網路購書，請透過萬卷樓網站
　網址　WWW.WANJUAN.COM.TW
大量購書，請直接聯繫我們，將有專人為您服務。客服：(02)23216565 分機 610

國家圖書館出版品預行編目資料

中文實用寫作二十講 / 張高評主編.
-- 初版. -- 臺北市 : 萬卷樓, 2016.04
面 ;　公分. --

ISBN 978-957-739-986-1(平裝)

1.漢語 2.寫作法 3.文集

802.707　　105000249